本书受到江苏省青蓝工程优秀青年骨干教师项目资助

20世纪90年代以来小说的"80年代叙事"

童娣 ◎ 著

中国社会科学出版社

图书在版编目(CIP)数据

20世纪90年代以来小说的"80年代叙事"/童娣著.—北京：中国社会科学出版社，2016.2
ISBN 978-7-5161-8481-3

Ⅰ.①2… Ⅱ.①童… Ⅲ.①小说研究—中国—当代
Ⅳ.①I207.42

中国版本图书馆CIP数据核字(2016)第146137号

出 版 人	赵剑英
责任编辑	陈肖静
责任校对	刘 娟
责任印制	戴 宽

出　　版	中国社会科学出版社
社　　址	北京鼓楼西大街甲158号
邮　　编	100720
网　　址	http://www.csspw.cn
发 行 部	010-84083685
门 市 部	010-84029450
经　　销	新华书店及其他书店
印　　装	北京君升印刷有限公司
版　　次	2016年2月第1版
印　　次	2016年2月第1次印刷
开　　本	710×1000 1/16
印　　张	14.5
插　　页	2
字　　数	219千字
定　　价	56.00元

凡购买中国社会科学出版社图书，如有质量问题请与本社营销中心联系调换
电话：010-84083683
版权所有　侵权必究

目 录

序言 …………………………………………………… 丁　帆（1）

绪论 …………………………………………………………………（1）

第一章　历史三调:80年代的三副面孔 …………………………（1）

　第一节　作为自然历史的80年代与"80年代性" ………………（2）

　　一　对作为自然历史的80年代的概述……………………………（2）

　　二　80年代的时代特征与文化逻辑………………………………（6）

　第二节　作为反思、怀旧对象的80年代与"80年代意识" ……（12）

　　一　90年代思想界的分化及其对80年代认识的分歧 …………（12）

　　二　21世纪对80年代的追忆缅怀及理性审视 …………………（20）

　第三节　"80年代叙事":作为历史想象的80年代……………（26）

第二章　作家主体的重构与叙述80年代的小说的嬗变…………（31）

　第一节　20世纪90年代以来作家主体的重构 …………………（32）

　　一　80年代叙述80年代的作家的构成及其叙述局限 …………（32）

　　二　新生代的崛起与20世纪90年代以来叙述80年代的作家的

　　　　构成 ……………………………………………………………（36）

　第二节　从同一到分裂:20世纪90年代以来叙述80年代的作家

　　　　立场的分化 ……………………………………………………（41）

　　一　启蒙主义立场与20世纪90年代以来小说对80年代的

　　　　叙述 ……………………………………………………………（42）

  二 后现代主义立场与20世纪90年代以来小说对80年代的叙述 …………………………………………………………… (48)
  三 保守主义立场与20世纪90年代以来小说对80年代的叙述 …………………………………………………………… (52)
 第三节 作家主体的裂变与"80年代知识分子"形象的瓦解 …… (58)
  一 重述现代性:"80年代知识分子"的重塑及其局限 ……… (59)
  二 反省与追问:"80年代知识分子"的理想主义及其危机 …… (62)
  三 反观与投射:"80年代知识分子"的世俗品性及"象征资本"的原始积累 ……………………………………………… (66)

第三章 20世纪90年代以来叙述80年代的小说的叙事意图及其文本显影 ……………………………………………… (72)

 第一节 后现代历史哲学渗透下历史意识的嬗变 ……………… (73)
  一 从自上而下的历史叙事到自下而上的历史叙事 ………… (73)
  二 从断裂到连续的历史意识及其文本显现 ………………… (78)
 第二节 消费文化语境下的认同焦虑与怀旧诉求 ……………… (94)
  一 消费文化语境下的认同焦虑 ……………………………… (94)
  二 后现代怀旧叙事及其游戏化 ……………………………… (97)

第四章 20世纪90年代以来叙述80年代的小说的题材范畴及其审美聚焦 ……………………………………………… (103)

 第一节 "新土改"叙述的伦理反思及其理性精神 …………… (105)
  一 历史意识:对"新土改"局限的理性反思 ………………… (106)
  二 创作视角:"新土改"之于生活习俗与价值伦理的变迁 …… (109)
  三 审美风貌:反二元对立的人物设置与反喜剧的叙述风格 …… (112)
 第二节 "个体户叙事":个体意识的凸显及其道德悖谬 ……… (115)
  一 个体意识的觉醒与伦理观念的变革 ……………………… (118)
  二 个体户的另一面及其对价值观念的冲击 ………………… (120)
  三 "个体户叙事"的日常化与非道德化 ……………………… (124)

第三节 考察 80 年代政治的双重维度及其叙述局限性 …………（127）
- 一 维度之一：公共权威与知识分子、市民的驳诘………（128）
- 二 维度之二：宗法制度下的乡村政治图景 ………………（131）
- 三 对 20 世纪 90 年代以来叙述 80 年代政治的小说的反思……（134）

第四节 对 80 年代城乡关系的描写及其价值悖论 ……………（136）
- 一 80 年代现代化进程中的城乡不平等关系的审美表现 …（137）
- 二 80 年代城市梦想的悲剧及其现代性意义 ………………（141）

第五章 叙事的嬗变与 20 世纪 90 年代以来小说对 80 年代的叙述 …………………………………………………………（148）

第一节 叙事伦理的变迁 ……………………………………………（148）
- 一 从人民伦理到个体自由伦理的叙事伦理嬗变 …………（148）
- 二 叙述者干预与叙事伦理的变迁 …………………………（151）

第二节 从沉默到发声——民间的凸显与叙事话语的嬗变 …（155）
- 一 民众对权力话语主体与启蒙话语主体合法性的质疑 …（156）
- 二 民间话语对于权力话语与启蒙话语的拷问 ……………（158）

第三节 从宏观到微观——日常生活的崛起与叙事焦点的转移 …………………………………………………………（161）
- 一 世俗化与同一化："80 年代日常生活叙事"的两个思想层面 ……………………………………………………（162）
- 二 冲突和调适：在个体日常生活与社会规范伦理之间 …（166）
- 三 时代的错位与"日常生活叙事"的局限 ………………（169）

第六章 20 世纪 90 年代以来小说的"80 年代叙事"的价值与局限 …………………………………………………………（172）

第一节 文学史视野下"80 年代叙事"的价值 ………………（173）
- 一 "知识分子写作"与"80 年代精神" ……………………（174）
- 二 在历史与现实之间的审美选择与叙事意识……………（178）

第二节 20世纪90年代以来小说的"80年代叙事"的局限与
　　　　缺失 ……………………………………………………（180）
　一 "80年代叙事"之"80年代意识"之反思：与"文革叙事"
　　　小说比较 ………………………………………………（181）
　二 历史感的匮乏与历史意识的危机……………………（186）
第三节 反思80年代的两翼——文学史对80年代文学的历史叙述与
　　　　文学创作的"80年代叙事"之间的张力 ……………（190）
　一 文学史对80年代文学的历史重述与文学创作的"80年代叙事"
　　　之间的共谋 ……………………………………………（191）
　二 文学史对80年代文学的历史重述与文学创作的"80年代叙事"
　　　之间的裂隙 ……………………………………………（196）

结语…………………………………………………………（201）
参考文献……………………………………………………（204）
后记…………………………………………………………（214）

序　言

丁　帆

在整个 20 世纪的中国历史版图上有着许许多多的年代转折节点，其中 80 年代俨然是一个说不尽的话题，作为共和国政治文化的晴雨表，文学在那个时代承载了"二次启蒙"的重任，人们至今还留恋着那个时代的文学，就足以证明它的历史地位与分量。将 90 年代以来以 80 年代整体形象为叙述对象及以 80 年代为叙述背景的作品作为研究对象的著述已经很多了，但是，童娣还是在十年前就十分坚定执着地进入这一领域，完成了她的博士学位论文，当时我就说，关键问题是你对 80 年代的文化背景一定要有一个深刻的认知，并且要在新的史料发现中，立起一个不为他人所注意的历史核心价值理念作为论著的骨架——人性与人道主义的视角，就此而言，这部论著经过数年的修改，已经达到了预期的目标。

正如作者所言，整个 80 年代并非是一个整体性的历史阶段，其中充满着矛盾与冲突，这个十年在 20 世纪历史中是意识形态最动荡的时间段之一，在文学内容和形式的表达上都是那个世纪里最有活力和激情的时期，所以，童娣将它归纳为 1983、1986 和 1989 三个界点，是有其深刻寓意的，但凡经历过那个时代的人一看就明白。

但是，如何看待 90 年代以降对 80 年代文本的研究，作者却有自己的主张，她将研究对象加以重新地界定，扩大了研究的范畴与视野，我以为，作者的这种界定是与众不同的，其道理就是："就论述对象而言，本书涉及 20 世纪 90 年代以来以 80 年代整体形象为叙述对象及以 80 年代为叙述背景的作品，有些作品跨越几个时代，其中涉及80年代的部分叙事内容也将纳入本书的考察范围。本书认为，不管作家主观意图上是否有意识地将80年代作为问题对象来加以审美把握，作品自身都或多或少地涉及对80年代的描述、阐释与评判，因此，一些间接叙述80年代的文本也将作为本书的研究对象。……这类作品早在20世纪80年代的'伤痕''反思''改革''新写实'等小说潮流中就有大量反映。由于这类研究成果已经较为丰硕，所以不作为本书的研究对象，只是本书研究的比较与参照对象。"

作者看似是从"叙事学"的角度介入对20世纪90年代以来文学反映80年代的研究，从文本出发来阐释小说的历史变迁，但不可忽视的是，在文本分析的背后，我们看到的是一种穿越历史文本碎片时的人文价值观念的显现。这就是作者所说的"本书'80年代叙事'中的'叙事'的功能也是建构性的而非再现性的，是革命性的而非因袭性的"。我以为这种颠覆性的理论结构所隐含的不仅仅是叙事的技术层面，也包含叙述内容的伦理价值，所以作者表明："叙述既指小说的'叙述内容''叙述文'，也指一定的'叙述行为'"。

为了能够对80年代有一个更深刻的认识，童娣在几乎所有的资料阅读中，试图建构一种新的认知谱系，她所发现的问题，应该是具有学术眼光的，也是有学理依据的，尽管你可以与之商榷，但是你得承认她论证的是言之有据、持之有理的："大体而言，关于20世纪90年代以来小说对80年代的叙述的研究还存在这样一些问题：其一，研究界对这一问题尽管稍有触及，但尚缺理论与学术自觉，研究的系统性与整体性严重不足。其二，研究界对这一问题的研究侧重文学分析，缺乏历史、社会学、文学的多重观照视角。其三，研究界表现出将80年代本质化的研究倾向，对不同作品中的80年代内部的错综复杂性、多面性及其时代变异缺乏清晰把握。"就此三点，足以说明作者独特的眼光和判断所在。

作者采用历史研究与审美研究相结合的研究方法切入20世纪90年代以来叙述80年代的小说，对其做历史、社会学、文学等多重维度观照，主要包括两个层面：一是将20世纪90年代以来叙述80年代的小说置于

20世纪90年代以来的具体社会文化语境以及20世纪90年代以来文学的总体状况下加以考察,比较20世纪90年代以来的小说叙述80年代与叙述当下的差异,分析20世纪90年代以来叙述80年代的小说的审美特征与文学史意义,进而辐射与透视20世纪90年代以来整体的文化逻辑与文学的总体特征。二是将20世纪90年代叙述80年代的小说置于近几年"80年代热"的背景下加以考察与定位,侧重于文学史对80年代文学的历史重述与文学创作的"80年代叙事"之间的共谋与断裂,从而对20世纪90年代以来叙述80年代的小说做出整体反思与总体评判。

"本书试图从社会学、经济学、思想史、文学史等多个交叉层面对'80年代叙事'做出宏观上的把握。比如本书的个体户也是经济学的考察对象,城乡关系也是社会学的考察对象,80年代政治也是政治学的考察对象、知识分子问题也是思想史的考察对象。文学叙事与经济学、社会学、政治学、思想史尽管在对象上有一定的交叉,但文学并非仅仅是上述学科的形象演绎,文学与上述学科在叙述视角与价值评判方面呈现出一定的差异,从而构成与上述学科的张力关系。"当然,这些问题的提出不仅仅是完成一种"思想的考古",更重要的是站在今天的思想高度去反思历史中的文学表现,是需要一种勇气和精神的,就此而言,童娣对文本的穿越性解读还有不够深刻犀利之处,我想,她会在今后的进一步阐释中逐步成熟起来的。这也是我们对她的期望。

但是,我并不认同作者自己在绪论中的谦辞,认为自己的视野受限,而是在于她最后说出的真相,即:在"概括20世纪90年代叙述80年代的小说之内涵与嬗变轨迹及其所凝聚的深层文化动因、时代审美趋向"时,没有渗透更多的哲学层面的批判精神。

作为导师,我期待童娣在形下的文本阐释和分析中得以形上的哲思升华。童娣是一个刻苦读书的学者,我相信她有未来。

是为序。

2015年12月8日匆匆写于仙林大学城依云溪谷

绪　论

整个80年代刚刚过去20多年，人们似乎早已感到它非常遥远了。当下的文化热点要么习惯于以"游戏历史"的态度对待比80年代更远的"过去"，要么热衷于当下的"存在"，而80年代成为夹缝中的一个过渡，一个被新的转型遮蔽的环节，甚至是一个常常被视为可有可无的遗迹。然而，我们真的应该让80年代这么快地就被过渡掉么？我们真的应该就让那"80年代精神"这么快地从我们的精神指缝间溜走么？

"人对他自己也感到迷惑——他无法学会忘记，而总是留恋于过去；不管他跑得多远，跑得多快，那锁链总跟着他。真是奇怪：曾经存在而又消逝的那一时刻，前后两渺茫的那一时刻，就像幽灵一样又回来打扰此后的一个时刻的平静。"[①] 在尼采看来，人之所以区别于兽类，正在于人是"历史"地活着。"我们必须知道什么时候该遗忘，什么时候该记忆，并本能地看到什么时候该历史地感觉，什么时候该非历史地感觉。"[②] 也许，我们当下的时代是一个健忘的时代，是一个试图摆脱历史重负轻松向前的时代，是一个历史感相对匮乏而远非滥用的时代。文学叙事的目的正在于试图恢复人们对历史的感觉，抵抗遗忘，提醒人们放慢前行的步伐，不断回过头来打量与反观自身。而更有价值的文学叙事不仅告诉人们"什么时候"该遗忘和该记忆，更能自觉地意识到什么样的历史对当下更有意义。

[①] ［德］尼采：《历史的用途与滥用》，陈涛、周辉荣译，上海人民出版社2000年版，第1页。

[②] 同上书，第4页。

正是在这一意义上,本书试图分析20世纪90年代以来小说对80年代的历史叙事,从而发现20世纪90年代对于作为特定历史阶段的80年代的理解与阐释及其在这一阐释过程中所体现的特定的历史观念与历史意识,进而在一个相对宏观开阔的视野中研究20世纪90年代与80年代的断裂与延续、叛逆与回归等复杂的关系。

为了清楚地说明本书的研究对象,有必要首先对几个关键的时间概念,包括文学叙述与叙述对象的关系加以厘清。本书所说的20世纪90年代以来是中国社会文化的转型期。这一转型时期以80年代末的政治事件以及1992年的"南巡讲话"为重要标志,以全球化的蔓延与深入、商品经济的蓬勃发展以及消费主义文化思潮的蔚为大观为主要特征。就时间区间而言,本书的80年代开始于1978年的思想解放运动,终结于20世纪80年代末。正如海登·怀特所言,"我们所讨论的'历史'以语言、情感、思想和话语为形态"[①],这里的80年代不仅仅指一个时间概念,更主要指一个历史阶段,一种社会情态与文化精神。"八十年代,是一个时间概念,也是一个空间概念;是一个政治的概念,也是一个文化的概念"[②]。还有研究者为了突出这一时期的符号意义与思想史意义,主张用"后文革时代"或"后毛时代"[③] 来表示从"文革"结束至1989年这一当代思想史上的独特阶段,这里的"后文革时代"或"后毛时代"与本书的80年代在政治与文化内涵上是基本一致的。应当指出的是,80年代并不是整一的、一成不变的,根据不同时期的主题与任务、主体人物的差异,80年代又可以分别以1983年、1986年和1989年为界点,分为几个小的时间阶段。

就论述对象而言,本书涉及20世纪90年代以来以80年代整体形象为叙述对象及以80年代为叙述背景的作品,有些作品跨越几个时代,其中涉及80年代的部分叙事内容也将纳入本书的考察范围。本书认为,不

---

① [美]海登·怀特:《后现代历史叙事学》,陈永国、张万娟译,中国社会科学出版社2003年版,第293页。
② 刘淳:《青春在激情中燃烧》,《收获》2008年第3期。
③ 陈彦:《中国之觉醒:文革后中国思想演变历程1976—2002》,香港:田园书屋2006年版。

管作家主观意图上是否有意识地将80年代作为问题对象来加以审美把握，作品自身都或多或少地涉及对80年代的描述、阐释与评判，因此，一些间接叙述80年代的文本也将作为本书的研究对象。以小说形式再现80年代的"事件、人物、结构和过程"[1]，呈现80年代的社会动态、思想观念、情感情绪，表达对80年代的理解和判断，即所谓"80年代叙事"。这类作品早在20世纪80年代的"伤痕""反思""改革""新写实"等小说潮流中就有大量反映。由于这类研究成果已经较为丰硕，所以不作为本书的研究对象，只是本书研究的比较与参照对象。

克罗齐指出："没有叙事，就没有独特的历史话语。"[2] 海登·怀特更是进一步强调"叙事始终是、而且仍然是历史书写的主导模式"。[3] 也即是说，我们的历史书写，我们所形成的关于"过去"的一系列知识和阐释正是通过"叙事"来想象和建构的。在《叙事结构分析导论》一文中，罗兰·巴尔特认为"叙事的功能不是去'再现'，而是去构造一个对我们仍然具有疑迷作用的场景，但它不可能属于模仿性领域……叙事并不指示，并不模仿……从所指者的（实在的）观点看，实际上只是空无（rien），'发生'的东西只是语言、语言的历险，它的出现永远是值得庆贺的"。[4] 某种程度上，正是结构主义关于叙事的建构功能的宣言为新历史主义历史叙事理论提供了理论依据。"当代叙事理论普遍地认定这样一个思想，即叙事只是构筑了关于事件的一种说法，而不是描述了它们的真实状况；叙事是施为的而不是陈述的，是创造性的而不是描述性的。"[5] 本书"80年代叙事"中的"叙事"的功能也是建构性的而非再现性的，是革命性的而非因袭性的。

"叙述"一词，在杰拉尔·日奈特看来，包含三个不同的概念：第一，

---

[1] [美]海登·怀特：《后现代历史叙事学》，陈永国、张万娟译，中国社会科学出版社2003年版，第293页。

[2] 同上。

[3] 同上。

[4] [法]罗兰·巴尔特：《叙事结构分析导论》，《符号学历险》，李幼蒸译，中国人民大学出版社2008年版，第143—144页。

[5] [英]马克·柯里：《后现代叙事理论》，宁一中译，北京大学出版社2003年版，第130页。

叙述系陈述语句，口头的或书写的话语，用来连贯一个事件或一系列事件；第二，指构成这段话语主题的一连串真实的或虚构的事件，以及它们之间的各种关系，如衔接、对比、重复等；第三，叙述指一个事件，但不再是所讲述的事件，而是指某人讲述某事这个事件：叙述行为本身。进而，他建议用故事一词表示叙述所指或内容（哪怕这个内容可能会具有很低的戏剧性或很少的情节）；把能指，陈述语句、叙述话语或原文本身称为叙事文；用叙述行为表示产生叙述之行为以及从广义讲叙述行为所处的那个真实的或虚构的情境。① 这三者的关系表现为：叙述内容依赖于一定的叙述话语，而叙述话语依赖于一定的叙述行为。而这种依赖关系表明不同的叙述行为可以使相同的叙述内容产生不同的叙述话语。参照热奈特的叙事理论，本书对80年代的叙述既指小说的"叙述内容""叙述文"，也指一定的"叙述行为"。

在研究历史与叙事的关系时，海登·怀特引出关于叙事的问题的讨论，进而肯定"叙事不仅是一种话语模式，而且，最重要的，也是一种特殊的解释模式"。② 叙事"不仅仅是一种可以用来也可以不用来再现在发展过程方面的真实实践的中性推论形式，而且更重要的是，它包含具有鲜明意识形态甚至特殊政治意蕴的本体论和认识论选择"。③ 也就是说，任何叙事都不指向客观性的事实与真理性的判断，而是一定意识形态与文化观念的产物，有其鲜明的时代特征与话语方式。"历史本身在任何意义上不是一个本文，也不是主导本文或主导叙事，但我们只能了解以本文形式或叙事模式体现出来的历史，换句话说，我们只能通过预先的本文或叙事建构才能接触历史。"④ 因此，我们对历史的理解与阐释既不能信任任何

---

① [法]杰拉尔·日奈特：《论叙事文话语——方法论》，张寅德编：《叙述学研究》，中国社会科学出版社1989年版，第188—190页。另可参见 [法]热拉尔·热奈特《叙事话语 新叙事话语》，王文融译，中国社会科学出版社1998年版，第198—199页。

② [美]海登·怀特：《后现代历史叙事学》，陈永国、张万娟译，中国社会科学出版社2003年版，第314—315页。

③ [美]海登·怀特：《形式的内容叙事话语与历史再现》"前言"，董立河译，文津出版社2005年版，第1页。

④ [美]詹明信：《晚期资本主义的文化逻辑》，张旭东编，陈清侨等译，生活·读书·新知三联书店1997年版，第148页。

一种关于历史的叙事文本，但又必须依赖于进行历史叙事的叙事文本。

90年代以来，回望、反思与重新阐释80年代已然成为思想界与文学界共同关注的热点问题。查建英《八十年代访谈录》，韩少功、王尧《韩少功王尧对话录》，徐江《启蒙年代的秋千》，张立宪《闪开，让我歌唱八十年代》等分别以不同形式，借助新的知识谱系，根据不同的价值理念，形成了各自对80年代的重新认识。20世纪90年代以来小说也参与了对80年代的反思与建构，而且由于文学作品特有的形象性与感性特征，其对80年代的反思较之思想界的理论阐释更富有审美魅力。然而，由于研究界倾向于从潮流化角度研究小说，20世纪90年代以来叙述80年代的小说由于其零散性加之研究界对这一类重新阐释80年代的小说缺乏应有的理论与现实敏感度，现有研究成果只有少数几篇单篇的长篇小说评论对此有所触及，如李陀《破碎的激情与启蒙者的命运》、周晓扬《惊醒之后：如何疗救知识分子的"伤口"》、王春林《"说出复杂性"的"反现代化"叙事》与张宏《"新启蒙"吊诡与现代性追问》等。

总体而言，关于20世纪90年代以来小说对80年代的叙述的研究还存在这样一些问题：其一，研究界对这一问题尽管稍有触及，但尚缺理论与学术自觉，研究的系统性与整体性严重不足。其二，研究界对这一问题的研究侧重文学分析，缺乏历史、社会学、文学的多重观照视角。其三，研究界表现出将80年代本质化的研究倾向，对不同作品中的80年代内部的错综复杂性、多面性及其时代变异缺乏清晰把握。

笔者在翻阅20世纪90年代以来文学期刊的基础上，搜集零散见诸期刊的叙述80年代的小说150余篇。在充分占有原始材料的基础上，拟从历史与文学的勾连入手，采用历史研究与审美研究相结合的研究视角切入20世纪90年代以来叙述80年代的小说，对其做历史、社会学、文学等多重维度观照。本书就方法论维度而言，具体可分为如下几点。

点面结合、从微观到宏观的研究方法。所谓点面结合、从微观到宏观具体包括两个层面：一是将20世纪90年代以来叙述80年代的小说置于20世纪90年代以来的具体社会文化语境以及20世纪90年代以来文学的总体状况下加以考察，比较20世纪90年代以来的小说叙述80年代与叙述当下的差异,分析20世纪90年代以来叙述80年代的小说的审美特征与文学史意义,进而辐射与透视20世纪90年代以来整体的文化逻辑与文学的总体特征。二是将20世纪90年代以来叙述80年代的小说置于近几年"80年代热"的背景下加以考察与定位,侧重于文学史对80年代文学的历史重述与文学创作的"80年代叙事"之间的共谋与断裂。"20世纪90年代以来小说的'80年代叙述'的价值与局限"第一章就是从这两个层面对20世纪90年代以来叙述80年代的小说做出整体反思与总体评判。

历史比较的研究方法。80年代小说对80年代的叙述尽管不作为本书的研究对象,却是本书的重要研究参照系。对同一历史事件与同一叙事对象在两个时代作品中的不同阐释系统、知识谱系、话语方式以及价值评判的考察既有助于我们对不同时代文化语境、知识权力的把握,又能帮助我们获得对80年代历史真实性的多维全面的把握。

从文学与其他学科的张力关系中进入对"80年代叙事"的研究。尽管本书研究对象侧重于20世纪90年代以来叙述80年代的小说文本,但由于80年代作为一个文化概念的多维性与复杂性,本书试图从社会学、经济学、思想史、文学史等多个交叉层面对"80年代叙事"做出宏观上的把握。比如本书的个体户也是经济学的考察对象,城乡关系也是社会学的考察对象,80年代政治也是政治学的考察对象、知识分子问题也是思想史的考察对象。文学叙事与经济学、社会学、政治学、思想史尽管在对象上有一定的交叉,但文学并非仅仅是上述学科的形象演绎,文学与上述学科在叙述视角与价值评判方面呈现出一定的差异,从而构成与上述学科的张力关系。

从文本中发现问题,以问题带动论述的研究方法。本书的各个章节均围绕特定问题展开,第一章的问题在于20世纪90年代以来叙述80年代的小说是如何产生的,也即是说,伴随着80年代历史的悄然落幕,80年代是在何种文化背景与主体原因的综合作用下进入20世纪90年代以来的文学视野的。20世纪90年代以来小说叙述中的80年代与作为自然历史过程的80年代以及思想史视野下的80年代三者之间构成了怎样的张力关系。第二章的问题在于20世纪90年代以来小说的"80年代叙事"较之

80年代小说的"80年代叙事"在作家主体构成方面发生了哪些变化,这些变化又是如何渗透于20世纪90年代以来小说的"80年代叙事",导致其对80年代评判的差异性的。第三章试图追问,20世纪90年代以来作家为什么会对叙述80年代发生兴趣,是否隐含着对于80年代小说的"80年代叙事"的潜在不满,这些不满又是如何作用于其对80年代的叙述的?对80年代的怀旧式的叙述是否暴露了作家对20世纪90年代以来文化语境的失望与失落,对于80年代的一味怀旧给叙述80年代带来怎样的问题?第四章围绕以下问题展开:20世纪90年代以来叙述80年代的小说中的80年代呈现为何种历史面貌?20世纪90年代以来叙述80年代的小说与80年代叙述80年代的小说在对80年代的认识与阐释方面是否存在差异?这些差异是如何形成的,差异背后隐含着怎样的知识话语与意识形态?20世纪90年代以来叙述80年代的小说在凸显历史真实的同时是否又产生了新的历史遮蔽?80年代的哪些历史事件在20世纪90年代以来叙述80年代的小说中是缺失的?导致这些缺失的因素有哪些?第五章试图追问:80年代在20世纪90年代以来的小说中是怎样被记忆与叙述的?相较于80年代叙述80年代的小说,20世纪90年代以来叙述80年代的小说在叙事伦理、叙事话语、叙事焦点层面发生了哪些变化?第六章的问题表现为:20世纪90年代以来叙述80年代的小说在20世纪90年代以来整体文学格局中有何特殊性,这些特殊性是如何形成的?它的局限性又表现在哪些方面,这些局限性反映了当下作家与文学的哪些问题?

  由于阅读视野的限制,本书难以穷尽20世纪90年代以来所有叙述80年代的小说,难免挂一漏万。再加上一些文本的含义驳杂,未能纳入本书的叙述框架之内。当然,本书也并非着力于对20世纪90年代以来叙述80年代的小说做一个面面俱到的评述,而是在澄清20世纪90年代以来叙述80年代的小说与80年代叙述80年代的小说异同的基础上,试图梳理20世纪90年代以来特定的文化时空对于80年代的想象,还原80年代丰富驳杂的历史面貌,凸显20世纪90年代之于80年代的断裂与延续的复杂关系,并概括20世纪90年代以来叙述80年代的小说之内涵与嬗变轨迹及其所凝聚的深层文化动因、时代审美趋向。

第一章　历史三调:80年代的三副面孔

　　严格来说,80年代与"80年代叙事"是完全不同的两个概念,就如同"历史"与"历史叙述"的区别。然而,二者之间又不可避免地发生着密切而复杂的关联。尽管后者才是本书的研究对象,但80年代是如何进入"80年代叙事"视野的,"80年代叙事"所呈现的80年代较之历史本身又被赋予了怎样的复杂性,这些问题无疑是首先需要面对的。借助柯文关于"历史三调"的命题,笔者认为作为问题对象的80年代也具有相互联系的三重性,即作为自然历史演变与发展过程的80年代、作为反思与怀旧对象的80年代以及作为历史想象产物的80年代这三个层面。与80年代的三个层面相对应,我们可以根据三者在性质、特征、关注点等方面的差异抽象出"80年代性""80年代意识"以及"80年代叙事"这三个既相互区别又彼此纠缠的概念。

　　"80年代性"与作为自然历史过程的80年代相对应,是指作为自然历史过程的80年代的性质、特点、时代特征与文化逻辑,是80年代区别于其他时代的重要标志与最为本质的特点。从对80年代的相关历史描述中,我们可以将80年代的时代特征与文化逻辑大致归纳为:一是启蒙主义与浪漫主义的叠加与驳诘;二是主流意识形态与知识分子诉求的重合与裂隙;三是知识分子主体地位的确立及其相对同一性;四是自我的觉醒与个人权利意识的增长。"80年代意识"与作为反思与怀旧对象的80年代相对应,是指80年代后人们对80年代的感性记忆与理性反思综合作用所形成的关于80年代的各种观念、思想的集合体。这一记忆与反思应该说从80年代末就诞生于80年代内部，且在不同的社会与文化背景下经历了一定的流变。"80年代叙事"与作为历史想象产物的80年代相对应，主要是指80年代后小说关于80年代的虚构与想象、阐释与评价，它具有区别于历史叙事的诸多特性。正是在这一意义上，20世纪90年代以来小说对80年代的叙述构成了本书的研究对象与问题的关键点。

第一节 作为自然历史的80年代与"80年代性"

一 对作为自然历史的80年代的概述

作为特定自然历史阶段的80年代早已伴随着80年代末的社会运动悄然落下了帷幕，但这并非意味着80年代就此遁入历史的尘埃，杳无音信。在二十余年的时间里，80年代潮起潮落般不断浮出历史地表，被人们一再地叙述与言说。在这样众说纷纭的谈论中，作为自然历史的80年代被蒙上了一层曼妙的轻纱，再也无法简单归结到一个单纯的、明晰的状态。因此，试图给80年代画出一幅清晰而全面的肖像，试图逻辑严密、条理井然地描述所谓的"80年代性"极有可能是一场颗粒无收的徒劳之举。"这个时代一直不能留给我们一个清晰而完整的形象，它就像一篇杂乱无章的草稿，里面有各种各样的线索，而根本谈不上是脉络清爽的故事。"[1] 福柯等后现代哲学家更是打破线性的、统一的一致的历史观，强调以"系谱学"的方式探求历史的"不连续性""断裂处"。这里无意对80年代做出确定性的评判，而是尽量从资料文献与历史场景出发，以客观性的笔法描述作为自然历史过程的80年代以及"80年代性"。

作为社会文化概念而非物理时间概念的80年代以1978年开始的思想解放运动以及对"文革"的清理与反思为其时代开端。一般认为，"文革"是封建主义和专制主义在当代的复辟，而作为"文革"之反动的80年代则接续了被中断与延宕的五四传统，在深层逻辑上回应与推进了五四

---

[1] 尹昌龙：《引言 回望激情岁月》，载《1985——延伸与转折》，山东教育出版社1998年版，第2页。

的新文化命题。无论是关于人道主义、异化的讨论，还是对民主与科学的呼吁，抑或是对现代化与西化的诉求，都可以看作五四精神在80年代的遥远回响。在一定程度上我们可以用"启蒙时代"来表述80年代的时代精神与文化特征。正如作为80年代思想启蒙中坚人物的金观涛在《八十年代的一个宏大思想运动》的访谈中所说："我对八十年代有一个基本的评价，它是中国第二次伟大的启蒙运动。中国历史上有过两次启蒙，第一次启蒙就是五四新文化运动，产生了新的思想，完成了中国民族国家的重建。第二次启蒙就是八十年代民间半民间的启蒙运动，它与体制内的思想解放运动相呼应，为中国的改革开放奠定了思想基础。没有八十年代的思想解放和启蒙，今日中国经济高速发展是不可思议的。"[①]

"西方文化史的每一个时代似乎都被禁锢在一个特定的话语之中，而这些话语旋即提供其通向'现实'的途径并无限敞开可能呈现为真实的视界。"[②] 同样，80年代也有占主导性的时代话语，这一话语可以概括为对"现代化"的欲望与诉求。80年代正是以这种主导话语为中心，同时向人、社会、意识等诸多层面辐射，而这一辐射又反过来推动"现代化"话语的蔓延与滋长。以70年代末的思想解放运动为开端，刚刚走出"文革"阴影的知识分子和广大民众就自觉自愿地参与到这一"新时期"神话的塑造与建构中。这一现代化叙述具有弥合历史伤痕与现实动员的巨大作用，它"使'我们'巧妙地越过了当代中国政治生活中最大的结构性裂隙：政权的延续、意识形态的断裂与社会体制的变迁"。"通过对80年代/'启蒙时代'的再定位，通过'科学与民主'旗帜的高扬，通过单一的'文革'叙事，'我们'得以成功地剪去'革命时代'的历史与记忆，完成一次'高难度'的、'无缝隙'的历史对接。"[③]

"现代化"作为笼罩与整合一切社会力量的思想资源，在实践层面表现为包含政治、经济、文化等各个领域的一项综合性的社会工程。社会学

[①] 金观涛：《八十年代的一个宏大思想运动》，《经济观察报》2008年第365期。
[②] ［美］海登·怀特：《解码福柯：地下笔记》，张京媛：《新历史主义与文学批评》，北京大学出版社1993年版，第121页。
[③] 戴锦华：《隐形书写》，江苏人民出版社1999年版，第44—45页。

家黄平认为"80年代的思想解放是在三个层面展开的：一个是指导思想层面，要不要承认实践是检验真理的唯一标准；一个是政策层面，要不要坚持按劳分配，农村是要不要分田，工厂是要不要搞物质奖励和扩大企业自主权；第三个层面就是文艺。"[①]这一分析正是对80年代政治、经济、文化三个层面现代化的概括。同时政治、经济、文化这三者也并非互相隔离、互相割裂，而是相互联系的，或者说，正是三者的循环互动才促进与保证了80年代思想解放运动的开展与现代化进程的深入。

80年代政治层面的改革是以平反"文革"错判干部、反思毛泽东及其思想的功过是非、反思"文革"的根源为开端的。将"文革"的产生追溯到整个封建制度的"超稳定结构"可谓是其时最具反思性与洞见性的成果之一，也可以看作80年代启蒙主义思潮的一个重要组成部分。对民主观念以及人权观念的诉求是80年代政治思潮的重要组成部分。不过80年代人们所理解的民主是以西方民主为样板，这就势必与现行的政治制度存在不可调和的矛盾，80年代批判《苦恋》、清除精神污染、反对精神污染扩大化等运动可以看作知识分子、民众的民主诉求与主流政治意识形态之间冲突的表现。这一冲突最终升级到高校大学生上街游行要求"加快社会主义民主进程、推进政治体制改革"并最终引发了80年代末的政治运动，从而导致了80年代的终结。

80年代经济现代化的具体措施有农村实行联产承包责任制、确认个体户合法化、成立经济特区并逐步开放沿海城市、鼓励私人承包国企等，"万元户"成为80年代最具诱惑性的时髦词汇。然而伴随着经济改革的进一步发展与深入，吃喝风、抢购风潮、官倒、资本寻租等腐败现象也初露端倪。因此，80年代末的社会运动表面上是一场要求民主的政治运动，其背后却有深层的经济根源，这就进一步深入说明了80年代改革中经济与政治之间的互动关系。

80年代文化层面的现代化比较复杂，牵涉日常生活、道德习俗、人格诉求、文艺思想等方方面面。80年代，纺织工业部女部长吴文英所穿

[①] 黄平、姚洋、韩毓海：《我们的时代》，中央编译出版社2006年版，第125页。

的在今天极为普通的衣裙被传为新闻,吴所说的"不用管别人怎么评论,要解放思想"成为思想解放的宣言。牛仔裤、喇叭裤、蛤蟆镜成为80年代时髦青年表现自身叛逆和自由的标志物。80年代道德结构的变迁可以围绕人生价值所展开的三场讨论——"潘晓讨论""张华讨论""蛇口风波"为标志。1980年5月由《中国青年》刊登"潘晓"来信引发了关于人生观的讨论,表现了从"文革"走过来的一代青年的精神困惑、迷惘及对"革命"伦理价值观念的深刻质疑和个人意识的初步觉醒,这场讨论本身构成80年代思想解放潮流的一个部分。1982年大学生张华跳入粪池救农民,在全国引发一场如何看待大学生自我价值的讨论,认为张华牺牲值得与不值得形成了两派针锋相对的观点。不过,"这场值得与不值得的争论的理论基础却是同一个,这就是当时主流的集体主义道德理论"。[1] 也就是说,认为张华牺牲值得遵循的是唯动机论与唯奉献论的立场,而认为张华的牺牲不值得遵循的是效果论与集体利益论的立场,两者都是遵循的集体主义的道德标准。1988年1月的"蛇口风波"则表明了只讲动机与奉献的绝对主义道德遭受质疑,对个人自我价值的重视开始突破意识形态的坚冰。这三场讨论表现了80年代人们在社会价值认同与个体价值认同之间的冲突、裂隙,表明了80年代道德伦理思潮的时代转向。

文艺思想方面,"人道主义"成为80年代最为核心的文艺主潮。自1980年开始,短短两年内"全国有二百多种杂志参加了这场讨论。讨论的问题十分广泛,其中最重要的,也最为争论各方关注的,是人、人道主义和异化问题"[2]。王若水《为人道主义辩护》[3]、王若水《谈谈异化问题》[4]、周扬《关于马克思主义的几个理论问题的探讨》等文章将人道主义的价值讨论推向深化。此外,高尔泰的"美是自由的象征"和李泽厚的"美是自由的表现",将美的本质界定为自由,希望通过审美达到人的真正

---

[1] 高瑞泉、杨扬等:《转型时期的精神转折——"新时期"以来中国社会思潮及其走向》,上海古籍出版社2008年版,第245页。
[2] 秦英君:《当代中国哲学思想史》,河南大学出版社2000年版,第299页。
[3] 王若水:《为人道主义辩护》,《文汇报》1983年1月17日。
[4] 王若水:《谈谈异化问题》,《新闻战线》1980年第8期。

自由，引发了人们对美学的热情。哲学热、美学热、主体性讨论、批判国民性、《今天》、朦胧诗、《黄土地》、《红高粱》等第5代电影、伤痕文学、寻根文学、先锋小说、70年代星星画会孕育的现代艺术、崔健《一无所有》构成了80年代颇具时代特色的文化版图。这些历史事件在当时都引起社会大多数人的强烈反应，"这些曾经在社会上引起巨大反响的历史事件已经成为了一种属于这个时代的标志甚至符号象征"[①]。

"文化热"构成了80年代最为重要的精神文化现象，文化成为80年代中国最具号召力、最具时髦性的核心词汇。分别创立于1982年5月、1986年1月和7月的《走向未来》编辑委员会、中国文化书院和《文化：中国与世界》编委会，他们分别以科学、传统以及西方为参照，以文化问题作为切入点，探讨中国的政治社会问题。如同"文革"的政治以文化作为工具，80年代知识分子对于政治现实以及意识形态的拷问也戴上了文化的脸谱。"对于大多参与者来说，文化热更多是意识形态现象而非文化现象。文化热不仅关系到解放思想，还关系到人们对中国现代化的策略选择。市场经济、个人独立、政治民主和言论自由是知识分子们公开要求或者心照不宣的价值追求。"[②] 可见，80年代政治、经济和文化的现代化诉求及其实践具有不可分割的整体性，从而在80年代占据时代的核心。

二　80年代的时代特征与文化逻辑

从上述关于80年代的历史描述中，我们可以大致概括出"80年代性"，对80年代的整体特点、文化逻辑与时代精神做一大致的判定：一是启蒙主义与浪漫主义的叠加与驳诘；二是知识分子主体地位的确立及其相对同一性；三是主流意识形态与知识分子诉求的共谋与裂隙；四是自我的觉醒与个人权利意识的增长；五是西方思想文化资源在80年代对中国产生深刻而巨大的影响。

所谓启蒙主义与浪漫主义的叠加与驳诘是指80年代具有理性与感性

[①] 朱航满：《重返八十年代：怀念，或者反思》，《中华读书报》2006年5月31日。
[②] 陈彦：《中国之觉醒：文革后中国思想演变历程1976—2002》，香港：田园书屋2006年版，第110页。

共生、理智与激情激荡的时代特征。从"文革"阴影中走出来的80年代一代人，普遍发出了"回到五四"的口号，接续五四的启蒙主义传统，寻求与五四的勾连。80年代无论是反思"文革"、反对极"左"，还是倡导思想解放、弘扬人道主义和主体性、呼吁民主科学自由、鼓吹现代化与西化等，无疑都是接续了五四的精神血脉，继承了五四的思想资源，表现出与五四相仿的问题意识与话语谱系。① 可以说，"80年代不仅在理论上提出'五四'的口号，而且在深层逻辑上对五四传统作了直接呼应并实践在当时的文化建构行为中"②。

"文明与愚昧的冲突"③ 可以看作80年代的启蒙主义话语最为响亮、最具穿透力的口号。具体而言，80年代的启蒙主义可以概括为三个方面：一是批判传统与反对专制。二是启用五四"国民性"话语，对广大民众进行思想启蒙。三是强调人性、个人自由、个人的价值与尊严。（这与"自我的觉醒与个人权利意识的增长"部分有一定重合，在此不赘。）80年代经济上的发展，其意义不仅仅表现在财富的增长层面和现代化的物质层面，更重要的是对私有财产、个人才能的尊重背后所体现的自由的精神。另外，正如李陀认为80年代的主潮是"通俗人本主义"，也即是说，80年代的人性、人道话语更多指向本能复苏与感性觉醒。80年代出现的"全民美学热""不仅是理论的自我甦生，而且是被压抑的感性生命解放的勃发形式"④，可以说，美学热正是80年代思想解放与生命激情勃发的表征。相比较"文革"期间的革命理性偏枯以及90年代的感性欲望的泛滥，80年代是一个启蒙理性与感性激情和谐共生的时代，理性主义与非理性主义形成张力结构。80年代举国上下都沉浸在一种久病初愈的亢奋中，无论是国家抑或是生命个体，都重新焕发出青春的活力。理想与激

---

① 魏京生：《第五个现代化》、苏绍智：《政治体制改革刍议》、胡平：《论言论自由》等文章表达80年代人对于民主与自由的启蒙诉求。参见林道群、吴赞梅编《告别诸神：从思想解放到文化反思1979—1989》，（香港）牛津大学出版社1993年版。

② 贺桂梅：《80年代文学与五四传统》，博士学位论文，北京大学，2000年，第13页，未出版。

③ 季红真：《文明与愚昧的冲突》，浙江文艺出版社1986年版。

④ 王岳川：《中国镜像：90年代文化研究》，中央编译出版社2001年版，第30页。

情、懵懂与觉醒、探求与困惑等构成了一个时代的精神特征与文化气质。正如经历过80年代的研究者所回忆的："在我的记忆中，20世纪80年代是一个青春的季节，一个充满浪漫与想象的岁月，也是一个激情奔涌的时代。它是一个什么都可以发生，什么都可能发生，但什么都没有结果的年代。或许，这个时代根本不需要任何结果而只需要发生。激情、真诚、理想、浪漫、单纯、文化激进、反叛意识、真理追求等是那个时代的主要特征。那个时代有那么多的躁动，有那么多的混乱，有那么多的宣言，有那么多的口号——甚至，它们随着诞生而消失。想象、困惑、苦恼、思索，一个接着一个反反复复。那是一个不知疲倦的时代，也是一个多种价值尺度并存的时代。"① "八十年代一个特征，就是人人都有激情。什么激情呢，不是一般的激情，是继往开来的激情，人人都有一个抱负。这在今天青年人看起来可能不可思议。其实那种责任感和激情是有由来的，是和过去的历史衔接的。"② 这些不乏煽情与怀旧的文字再一次将我们带回充满理想与激情的80年代现场。

众所周知，知识分子是启蒙的主体，80年代的启蒙热潮离不开广大知识分子的热情倡导与推动。换而言之，80年代的启蒙之所以可能，与知识分子重新确立自身主体性有莫大的关系。相较于"文革"期间知识分子被打成"牛鬼蛇神"接受工农兵改造和90年代知识分子的边缘化，80年代是知识分子的黄金时代。知识分子登上时代舞台，成为时代的宠儿和一呼百应的文化英雄。他们作为80年代的文化英雄与时代先知、人文价值的塑造者与社会观念的引导者，重新恢复了作为"立法者"与"启蒙者"的角色定位与认同。如果说20世纪90年代以来思想界出现"思想"与"学术"的分化、人文精神与世俗情怀的分化、自由主义与"新左翼"的分化，知识分子内在的分歧与裂隙越来越深③，那么80年代知识分子尽管也有一定分歧，但这一分歧却被遮蔽了。"当时一个比较有趣的现

---

① 刘淳：《青春在激情中燃烧》，《收获》2008年第3期。
② 查建英主编：《八十年代访谈录》，生活·读书·新知三联书店2006年版，第252页。
③ 许纪霖：《启蒙的命运——二十年来的中国思想界》，《另一种启蒙》，花城出版社1999年版，第262—268页。

象是各种新思潮组成了反'左'大联盟,联盟之内不同的思想资源、不同的利益立场,虽然已有分歧,但仍统一在'改革'的旗帜之下。""不同的理论,只是角度不同,共同的价值核心是对人的重新肯定,对个人的重新肯定。"①

80年代知识分子主体地位的确立并非自然发生的,一方面,它在一定程度上依赖于主流意识形态的首肯与赞同;而另一方面,知识分子一旦确立了自身的地位势必又要进一步打破主流意识形态的束缚,这就造成了80年代知识分子与主流意识形态既有共谋又有裂隙的复杂格局。70年代末为知识分子平反、恢复高考制度、将知识看作科学生产力、提升知识分子在社会体制中的地位等,重新将知识分子推入社会的中心,从而初步弥合了知识分子在肉体与精神上的伤痕。这些策略可以看作主流意识形态重新争取知识分子的认同与支持的努力。同时,主流意识形态又针对"文革"的"封建化",提出"现代化"与"改革"作为整合知识分子的精神资源。张颐武《"八十年代"的意义》一文中的一段话在某种程度上道出了这种同构性的根源:"八十年代是中国改革开放的'起点'。当时大家对于未来并不完全清晰和明确,却有一种对于变革的强烈的共识。当时人们对于'文革'时代的痛苦和压抑记忆犹新,大家都愿意寻找一个不同的未来。尽管人们的思想和意识千差万别,但对于变革的渴望,对于新的生活的期待,对于未来的承诺都是没有疑义的。那个'起点'确实是让中国人获得了新的可能和新的希望。这恰恰是80年代最为可贵的一点。"② 与此同时,知识分子也为国家的改革实践提供现代化的意识形态基础,营造社会的普遍共识,创造改革氛围:他们"为每一次社会观念解放和经济开放而提供理论支持,并证明其合法性。无论是'实践是检验真理的标准'的大辩论,还是农村'联产承包制',无论是思想解放运动,还是市场经济模式,知识分子都作为时代的发言人而呼吁奔走"③。

不过,由于80年代的现代化又只是主要局限在经济层面,政治、观

---

① 韩少功、王尧:《韩少功王尧对话录》,苏州大学出版社2003年版,第44页。
② 张颐武:《"八十年代"的意义》,《北京青年报》2006年9月3日。
③ 王岳川:《中国镜像:90年代文化研究》,中央编译出版社2001年版,第80页。

念的变革相对滞后,这一矛盾势必引发知识分子与主流意识形态从合作到逐渐走向分裂。如果说"文革"期间,除了极个别的知识分子保持自身独立思考的能力,大多数知识分子都为意识形态所驯化,90年代意识形态的整合能力在消费文化影响下逐渐减弱;那么相比较而言,80年代初期可谓是主流意识形态与知识分子的蜜月期。或者说,主流意识形态的"规训"基本上得到知识分子的自觉"赞同"。但"赞同"并不意味着放弃自己的思考与追求,并不意味着知识分子放弃其作为"社会良心"的形象角色定位,并不是如某些论者所批评的那样新启蒙知识分子完全是为改革意识形态服务、与国家权力合谋。一方面,"不是因为服务于政治,而是因为'思想解放运动'的叙事方式支持了'知识自主'的可能性与重要性,才使知识分子得以积极卷入官方发起的新意识形态话语。这本身正是20世纪80年代知识分子寻求自主性努力的一个组成部分"[①];另一方面,也有一部分知识分子的思想行动超出了主流意识形态所能容忍与承受的范围,从而导致知识分子与主流意识形态的分裂,其实,这种分裂早在蜜月期就已经埋下了伏笔。"正是在历史体验的合法性能够与政治秩序的合法性之间,80年代的意识形态一开始就隐含严重的裂痕,它预示了80年代意识形态在情感体验与政治认同二个基本点上始终无法重合。"[②] 也即是说,"人"的价值是80年代政治认同的起点,但一旦"人"的诉求超越了政治和意识形态的承受程度,这种诉求势必会导致意识形态的压制。由此,知识分子与主流意识形态之间的紧张与分裂最终以高度戏剧化与象征性的政治事件表现了出来。

　　自我的觉醒与个人权利意识的增长是80年代最为基本也是最为本质的特征,它是80年代从根本上完成对"文革"极"左"意识形态批判与断裂的锐器,同时它也为90年代世俗化的扩张提供了依据与源泉。因此,把握了这一特征,就能更好地理解80年代,理解80年代前后历史的演进

[①] 许纪霖、罗岗等:《启蒙的自我瓦解:20世纪90年代以来中国思想文化界重大论争研究》,吉林出版集团有限责任公司2007年版,第263页。

[②] 陈晓明:《剩余的想象——九十年代的文学叙事与文化危机》,华艺出版社1997年版,第3页。

逻辑及其规律。上文提到的"潘晓现象"以及李泽厚的《主体性论纲》、刘再复在文学领域发动的主体性论争等都可以看作其时确立个人主体性的努力。十多年后，有人撰文整理了一个从张中晓、李泽厚、王元化到顾准的"告别黑格尔"的思想谱系①，而"这一告别的正当性基础正是从集体主义、总体性转向自我或主体性的建构"②。思想界的"康德与黑格尔之争"、告别马克思迎来康德都可以看作从集体、总体、理性转向自我、个体与感性的标志。

作为80年代文化逻辑起点的思想资源与话语参照可以说大多数来源于西方，从"走向未来""文化：中国与世界"等丛书的大规模译介以及萨特热、弗洛伊德热、海德格尔热、《河殇》事件等中可见一斑。这就造成了一再为后来研究者所诟病的"崇洋媚外"与西化倾向。的确，80年代"新启蒙""文化热"等思想资源皆源于西方，80年代文学的意识流、寻根文学、先锋文学都受到西方现代主义的滋养。"当时运用西方话语也成为'现代化'的内容，模仿西方曾经是一批知识分子的思想动力，在西方的现代性刺激下生长出来的文化现象，成为80年代重要的景观。"③然而，应当指出的是，一些批判80年代西化的研究者对中国80年代的历史文化语境缺乏历史的同情与理解。首先，从目的来看，"'新时期'对种种西学思潮和理论话语的译介无不以摆脱'极左思潮'、开拓当代中国社会和思想生活的语言空间为目标"④。其次，从策略来看，"不难看出，支持这种由西（学）返中（国问题）的理论探索路径和文化普世主义态度的是一种开放进取的时代精神，是敢于越出'自我同一性'的樊笼，在'他者'中最大程度地'失掉自我'，以便最大程度地收获更为丰富的自我规定的勇气和信心"⑤。最后，从实践来看，如五四启蒙主义，80年代新启蒙主义的思想资源已经最大限度地被内化为80年代的精神与灵魂的

---

① 单世联：《告别黑格尔：从张中晓、李泽厚、王元化到顾准》，《黄河》1998年第4期。
② 陈赟：《当代中国人精神生活的自我理解》，《思想》第5辑。
③ 韩少功、王尧：《韩少功王尧对话录》，苏州大学出版社2003年版，第39页。
④ 张旭东：《重访八十年代》，《读书》1998年第2期。
⑤ 同上。

重要组成部分。而且，80年代一些新启蒙学者并非盲目崇拜西方，而是采取一种借鉴与批判共存的态度。甘阳早在1989年出版的《中国当代文化意识》前言中就指出："八十年代及以后'中国的文化讨论'之根本任务则是双重性的：一方面，深刻地反省并纠正以往在理解西方文化上的种种不足、偏差和错误，把近几十年来被粗暴地拒绝排斥的近代西方文化的基本价值特别是自由、民主、法制重新下大力气引入中国，并使之立地生根成为中国现代文化的内在组成部分；另一方面，则要深入地思考20世纪以来特别是近几十年来西方文化和学术的发展，以期更深刻地把握现当代西方文化的内在机制和根本矛盾，从而富有远见地思索今后中国文化可能面临的问题。"①

对作为自然历史过程的80年代做一相对客观的描述与梳理，一方面可以为下文"作为反思、怀旧对象的'80年代'与'80年代意识'"提供一个思想逻辑起点与历史参照对象；另一方面对本书"20世纪90年代以来小说对'80年代'的叙述"起到映照与反衬作用。由此我们便可以进一步追问20世纪90年代以来小说的"80年代叙事"中的80年代作为历史想象的产物，它到底在多大程度上符合或者偏离作为自然历史过程的80年代，为什么会发生这种偏离，等等。

第二节　作为反思、怀旧对象的80年代与"80年代意识"

一　90年代思想界的分化及其对80年代认识的分歧

如果说上文侧重于从历史事件入手，尽量还原作为自然历史过程的80年代的话，那么本节则试图从20世纪90年代以来对80年代的重述与反思入手，探寻以历史的"后见之明"所反观的80年代。后来者不同的希望、诉求，不同的价值立场、不同的视角使得他们对80年代的认识、态度、评价也表现不一，这也决定了后来者笔下的80年代的迥

---

① 甘阳主编：《八十年代文化意识·初版前言》，上海人民出版社2006年版，第6页。

异面貌。在本质上，80年代并非是客观自明的，而是被后来者所"叙述"与"建构"出来的，后来者对80年代不同态度与评判的叠加构成了"80年代意识"。

换而言之，"80年代意识"是指20世纪90年代以来人们对80年代的感性认识与理性反思综合作用反映而形成的关于80年代的各种观念、思想的集合体，是人们关于80年代的认识、理解、评价与判断的综合。这一理解与反思应该说从80年代末就诞生于80年代内部，在不同的社会与文化背景下经历了一定的流变。也即是说，"80年代意识"并非一个本质化的、固定不变的概念，而是充满着不确定性和流动性的思想、观念体系。"80年代意识"不是一种凝固化、板结化的空间网结，而是一个历史性的、阶段性的时间概念。甚而，对于80年代同一人物、同一事件，在不同的历史阶段、根据不同的价值理念可能形成截然相反、互相抵牾的评判，这就要求我们充分甄别"80年代意识"内部的错综复杂性、多面性及其时代变异。而80年代变得如此扑朔迷离、面目全非，与"80年代意识"的复杂性不无关联。

大致而言，20世纪90年代以来，随着思想界的分化，对80年代的认识与评价也表现出不同的倾向性。不过总体而言，20世纪90年代以来"在现代性的追求未有改变的总前提下，'现代化的焦虑'就转变为对'现代性后果的批评'"[①]。对80年代的态度也从认同走向反思与批判。最具有代表性的反思与批判80年代的思想文化潮流是从与80年代知识分子的思想运动有密切联系的"人文精神"寻思开始的。人文精神的讨论是在20世纪90年代以来中国社会政治经济发生体制性变革的背景下展开的。90年代的消费主义与大众文化的兴起打破了原有的政治与文化格局，对主流文化与精英文化造成了巨大的冲击，导致人文精神的失落、溃败与知识分子的生存危机。不过，这一精神震荡与危机意识也促使一些知识分子在知识结构、文化立场与思维方式等方面做出调整。尽管"参加此次讨论

---

① 高瑞泉、杨扬等：《转型时期的精神转折——"新时期"以来中国社会思潮及其走向》，上海古籍出版社2008年版，第12页。

的不少学人有很浓厚的'80年代情结',他们往往带着80年代的'光荣与梦想',带着80年代积累起来的思想资源"[1],因此对于90年代的道德堕落、精神沦丧、世风日下,表现出较多的激愤色彩,对于80年代的精神与道德风尚则表现出无限的追怀与叹惋;然而更多清醒的讨论者则将人文精神失落的根源追溯到80年代思想与文化实践中的一系列问题。"'人文精神'论争的主流是批判文化市场和大众文化,也是人文学科和人文思想在面对80年代主流现代化意识形态的悖论情境时所做的一次自觉的反省和重塑。"[2]可以说,"人文精神讨论"既是80年代新启蒙思想的回响,也是对新启蒙思想的内在审视。从王晓明编《人文精神寻思录》所收文章来看,学者对80年代的反思可以概括为三个层面:一是反思80年代人文精神的法西斯成分。如陈思和《人文精神:是否可能与如何可能》以顾城为例,认为"以俯瞰裁压的方式对待别人,对待大众,这样的人文主义者、道德理想主义者,有可能成为一个潜在的雅各宾党人,一个潜在的罗伯斯庇尔,一个高尚的侵略者、高尚的精神杀手"[3]。二是考察80年代人文精神与意识形态的纠缠。季桂保《文化世界:解构还是建构》指出:"根本而言,'文化热'之所以会在转瞬间成为过眼烟云,关键在于文化自身仍然没有能够作为同政治系统和经济系统真正分离的一个独立领域出现。"[4]同文中,陈引驰认为80年代文化被意识形态化。"文化的意识形态化,并不仅仅意味着文化的内容充满意识形态的色彩,更意味着文化被意识形态化地加以使用了。文化不再是目的而是工具,是手段,成为一连串的口号和姿态。口号和姿态只有感情的价值,而无理性的内涵。"[5]许纪霖《道统、学统与政统》一文更是从传统以及深层结构入手挖掘80年代知识分子与意识形态纠缠的根源:"有趣的是,当80年代的大陆知识分子强调自己的精英地位时,多少是不自觉地继承了前人的这种心态。虽然

---

[1] 金元浦、陶东风:《阐释中国的焦虑——转型时代的文化解读》,中国国际广播出版社1999年版,第36页。
[2] 贺桂梅:《人文学的想象力》,河南大学出版社2005年版,第19页。
[3] 王晓明编:《人文精神寻思录》,文汇出版社1996年版,第29—30页。
[4] 同上书,第78页。
[5] 同上。

他们以一种比五四知识分子更激进的态度激烈反传统,但在建立道统的方式或进路上仍然是'传统'的。最近金观涛、刘青峰在香港出版的新著《开放的变迁》一书对这一问题作了很好的分析,五四以后中国知识分子重建意识形态一体化机构,虽然意识形态即'道'的内容改变了,但那种一元化的结构却没有变,仍然以意识形态为导向来重塑社会。从这个意义上说,80年代大陆知识分子的反思仍未突破这个传统的格局。"① 三是反思80年代文化实践中的功利主义倾向。李天纲《人文精神寻踪》指出"我们很容易发现80年代后期,近十年的'文艺复兴'急剧地政治化。精神分析、存在主义、结构主义、解构主义等等被随摘随丢,最后登场的是自己群体结撰出的急待操作的政治主张,原来号称以文化研究、学术薪火为职志的思想人物忽然成为党派领袖。"②

应当指出的是,"人文精神讨论"对80年代的反思是站在坚守启蒙精神与人文精神的立场上对80年代的纠偏,他们并非要整体否定80年代,只是由于90年代人文精神失落而向80年代追究原因,其目的在于在反思中重建人文精神的维度,并借以摆脱物质与精神上的困境。"人文精神"大讨论标志着知识分子在对80年代历史的态度上存在着矛盾与分歧,标志着80年代知识分子的"内在同一性"逐渐瓦解,知识分子话语由相对整合到开始正式走向分化。

另外一些研究尽管在狭义上不属于人文精神讨论范畴,却是对上述反思的呼应与补充。如邓晓芒《20世纪中国启蒙的缺陷》首先认为80年代的启蒙运动"在对于普遍人性的反思方面仍然未达到西方启蒙运动的深度,特别是对于启蒙价值的基本标准即'理性'的思考仍然停留于表面的逻辑理性(知性)的层次"。其次80年代启蒙的总体倾向是"知识精英眼睛向上,希望自己的大声疾呼能够在民众中引起轰动后,最终被那些掌握权力的人听进去"。最后,"启蒙思想在他们那里除了具有清算以往的封建残余思想的功能以外(在这方面取得了相当可观的成效),更重要的功

---

① 王晓明编:《人文精神寻思录》,文汇出版社1996年版,第50页。
② 同上书,第37页。

能还在于为当前的政策提供参考，为改革开放设计蓝图（在这方面他们一败涂地）。然而，启蒙思想就其本质而言并不适合于后面这种运用，因为它骨子里是一种批判性的思想"。一旦启蒙的具体意见被官方政策所接纳，那就与启蒙精神背道而驰。① 邓文从80年代启蒙的表面性、趋上性等角度反思80年代，为我们理解80年代的新启蒙最终走向失败提供了洞见性的解释。

如果说人文精神讨论是在80年代的新启蒙内部反思80年代，那么20世纪90年代以来兴起的新左派、新保守主义与后现代主义思潮则根据自身特定的思想资源与价值立场，从外部对80年代的一些侧面做出批判。新左派、新保守主义、后现代主义思潮在20世纪90年代以来的崛起标志着80年代启蒙知识分子内部走向分化。

所谓"新左派"，有学者将之定义为："'新左派'思潮是以西方左翼社会主义思想理论为基础，以平等与公平为核心价值，把中国走向市场经济的转型过程中的社会分层化、社会失范与社会问题理解为资本主义社会矛盾的体现，并以平均主义社会主义作为解决中国问题的基本选择的社会思潮。"② 这一定义大体符合新左派的基本特征。一般认为王绍光、崔之元、甘阳是新左派的代表人物。本书并不试图对新左派思潮的来龙去脉、思想取向以及其与自由主义的论争作详细阐释，而是侧重于梳理新左派对于80年代现代化道路的重新认识以及其对80年代新启蒙思潮的不同看法层面。首先，新左派认为80年代的新启蒙思潮在本质上是与国家意识形态的合谋。其次，新左派指出80年代新启蒙思想所吁求的恰恰是西方资本主义的现代性，从而掩盖了资本主义世界体系背后的不民主与不平等内涵。再次，新左派认为启蒙主义思想致力于批判平均主义所导致的社会专制，却在自由与解放的宏大叙事下遮蔽与掩盖了社会不平等与阶级分化的事实。最后，新左派认为80年代的新启蒙运动简单将改革前的社会主义实践概括为封建主义传统，而遮蔽了其

---

① 《史学月刊》2007年第9期。
② 萧功秦：《新左派与当代中国知识分子思想的分化》，公羊编：《思潮：中国的"新左派"及其影响》，中国社会科学出版社2003年版，第404—405页。

"反现代性的现代性"内涵。新左派主张将中国社会主义实践纳入现代性视野,重新审视社会主义与现代化的复杂关系,"正视作为遗产和债务的当代社会主义的历史"①,对新启蒙主义的现代性模式起到一定的纠偏作用,可以说是对80年代反思的再反思。然而新左派对于新启蒙的批评也表现出一种缺乏历史同情与理解的态度,即对80年代反封建专制主义的迫切性与必要性认识不足,而且对社会主义现代性"仅仅因为其对于资本主义现代性的所谓'批判意义'或'抗衡意义'而全盘加以肯定,而忽视社会主义现代性在许多方面与资本主义现代性的同源同根关系,也没有深入地反思中国社会主义现代性实践所造成的教训"②,这无疑是值得警惕的。亦有论者对"反现代性的现代性"的适用性与合法性提出了质疑,"只有以理性为核心,以科学、民主为诉求,才是真正的现代性;只有以人性为尺度,来对抗工具理性对人的压抑和异化,才是真正意义上的现代性反思;而仅仅是对抗现代性和现代化进程,却不论以什么为诉求来对抗,这样的评判标准并不具有自足性。因此,用所谓的'反现代性的现代性'与'没有反思的现代性'之别以及这样的思想框架,来反思中国特定而丰富的社会文化进程,颇有一种削足适履的味道"③。

新保守主义从保守的立场分析中国激进主义源流及其发展,并将80年代整个思想潮流归结为激进主义。这一理论取向应该说在80年代中后期就有所萌芽,而80年代末的政治动荡则为新保守主义的大肆扩张提供了现实的土壤。李泽厚的"告别革命"④说表达了对80年代激烈的政治对抗和"革命"模式的反思。如果说李泽厚的"告别革命"说主要是批判80年代的政治激进主义,那么也有学者对文化激进主义做出反思:"后'文革'时代初期的封建主义批判不但不能执行清理文化激

---

① 戴锦华:《隐形书写——90年代文化研究》,江苏人民出版社1999年版,第33页。
② 陶东风:《现代性反思的反思》,李世涛主编:《知识分子立场——自由主义之争与中国思想界的分化》,时代文艺出版社2000年版,第444页。
③ 张光芒:《中国当代启蒙文学思潮论》,上海三联书店2006年版,第109页。
④ 李泽厚、刘再复:《告别革命》,香港天地图书1996年版。

进主义的任务反而使自己表现为某种文化激进主义,但并未对传统提出真正的挑战。"①

上述反思尽管不无启发性的意义,却由于缺乏对当下困境的深入体察以及与现实的隔膜而表现出对80年代的历史实际和本身的复杂性缺乏同情的理解。正如有论者所反驳的:"设想80年代的文化思潮为'激进主义'主宰是不合乎历史实际的。""如果说80年代存在一个主流思潮的话,那也是'补天派'和'渐进派'获得最广泛的支持。"②新保守主义这种由一个复杂事件作为起点,将政治灾难和文化恶果推导到一个时代的激进主义,无疑是抹杀了历史丰富性、复杂性、偶然性与多元性。

后现代主义在20世纪90年代初期的出场标志着20世纪90年代以来思想界的分化以及部分知识分子在知识与话语方式层面的转换。尽管后现代话语在中国的兴起与西方后现代思潮的渗透与影响有关,但20世纪90年代以来中国经济与社会的变化是其产生的现实土壤。在后现代主义者看来,"八十年代'启蒙''代言'的伟大叙事的阐释能力丧失及崩解","八十年代的激进话语变成无可追怀的旧梦,消逝在历史裂谷的另一侧",因此90年代"话语的转换已不可避免"。③ 这一阐释为后现代话语合法性奠定了理论基础。后现代主义表现出与现代性理论迥异的文化立场与价值取向,它以批判的姿态来审视与清算80年代的现代化过程与启蒙实践中的一系列结构性问题。80年代新启蒙运动所张扬的科学、民主、理性等现代观念作为普适性的宏大叙事受到他们的质疑与解构。其一,后现代主义质疑了80年代启蒙知识分子天然的代言人与启蒙者身份,以反思与批判的态度对待知识分子的道德理想主义。其二,后现代主义思潮对批判80年代的另一个维度是从后殖民角度认为80年代新启蒙一味模仿与移植西

---

① 陈来:《20世纪文化运动中的激进主义》,孟繁华主编:《九十年代文存》上卷,中国社会科学出版社2001年版,第123—124页。
② 陈晓明:《反激进与当代知识分子的历史境遇》,李世涛主编:《知识分子立场——激进与保守之间的动荡》,时代文艺出版社2000年版,第313页。
③ 张颐武:《阐释"中国"的焦虑》,《二十一世纪》1995年4月号总第28期。

方话语，陷入西方殖民主义的陷阱。"80年代启蒙精神的价值的失误，可以从追求普遍的世界一体化方面见出（如'走向世界'、'走向世界文学'等口号）。"① 他们认为80年代现代性是一个终极目标，而在现代化的建构过程中"西方乃是无可争议的主体"，"西方被视为世界的中心，而中国已自居于'他者'位置，处于边缘"，"这个将自己处身其中的文化'他者化'的过程，正是中国'现代性'的最为重要的表征。这个'他者化'的过程乃是将中西在空间上的差异和区别与时间上的进步/落后的编码融合为一"。② 对这一观点，捍卫80年代新启蒙的学者做出针锋相对的驳斥。有论者指出80年代的"新文化、新启蒙运动，并不是简单地追寻西方话语，而是根植于当时的历史境况，为解决中国实际问题而发生的思想解放运动。它的背景是刚刚过去的所谓的'文化大革命'中的极端个人崇拜，现代迷信，是以'对资产阶级全面专政'为宗旨的封建法西斯"③。后现代主义者实际上是将西方后现代性对同一性的批判和对差异性的捍卫运用到对80年代新启蒙的阐释中，这种恰恰是移植的西方话语重新阐释80年代的一个致命的缺陷在于忽视了80年代现代化与新启蒙的历史文化语境，对历史缺乏同情的理解。还有论者认为中国后现代主义并未继承后现代主义原本最为重要的反现代性的核心，他们是"借助（也许是擅用？）'后现代'之名义，建立一种关于'现代主义的80年代'和'后现代主义的90年代'的总体叙述，借此完成一种关于历史断裂的叙述，借此宣称80年代文化与精英文化的'非法性'"，进而确立自身合法性，"多少带有审判'失败者'的轻薄"。④ 这一反批评尽管不无尖刻，却是颇有见地的。不过，后现代理论所反映出来的敏锐的问题意识及批判向度却也并非一无是处。

之所以从启蒙主义、新左派、新保守主义、后现代主义这几个层面分

---

① 王一川：《从启蒙到沟通》，王晓明编：《人文精神寻思录》，文汇出版社1996年版，第212页。
② 张颐武：《"现代性"的终结——一个无法回避的课题》，罗岗、倪文尖编：《90年代思想文选》第一卷，广西人民出版社2000年版，第223—224页。
③ 徐友渔：《自由的言说》，长春出版社1999年版，第249—250页。
④ 戴锦华：《隐形书写》，江苏人民出版社1999年版，第62—63页。

别描述90年代以来对80年代的反思,一方面是尊重90年代的思想分化史实,另一方面是基于行文论述的方便。但是应当指出的是,尽管上述派别对80年代的认识判断存在一定分歧,却也并非毫无交叉之处。比如他们对80年代新启蒙与意识形态的谋和、80年代的过度西化、80年代对现代化的简单化认识等的批判尽管表述不一,在基本倾向上却是一致的。总之,无论是对80年代启蒙的反思还是维护,都代表了研究者在新的文化背景下,对80年代的重新认识与评判,尽管这些评判都存在或多或少的片面性,但也正是在这种偏激中获得了片面的深刻性。

二 21世纪对80年代的追忆缅怀及理性审视

如果说90年代研究者对80年代的认识主要表现为批判与捍卫对立的模式,而且主要限于对80年代的思想评判层面,那么21世纪以来对80年代则更多表现为追忆与缅怀,更多地涉及80年代的政治、经济、文化、民间日常生活等方方面面。近几年来80年代成为思想界、文化界与文学界关注的热点。文化界有查建英《八十年代访谈录》,新京报编《追寻80年代》[①];文学研究界有程光炜、李杨等的"重返80年代"系列研究,李新宇《如何反思八十年代》[②]、毕光明《精神的八十年代》等文章[③];《收获》也开设"八十·年代专栏"对80年代的文化与文学思潮进行重新研究与定位。零零散散的还有朱大可《缅怀80年代》系列关于80年代的文化研究,研究80年代的"流氓话语"(《酷语和色语的文化寻租》《流氓话语的诗歌摇篮》《本土流氓话语的现代崛起》《国家话语转型及其美学跃进》)即80年代的边缘文化表达对国家主义和意识形态的反叛,对被模式化、固定化的80年代的解构与颠覆。

2004年,旷晨、潘良编著《我们的八十年代》[④]、2005年王晓梅编著

---

① 查建英:《八十年代访谈录》,新京报编:《追寻80年代》,中信出版社2006年版。
② 李新宇:《如何反思八十年代》,《文艺争鸣》2006年第1期。
③ 毕光明:《精神的八十年代》,《海南师范大学学报》2007年第3期。
④ 旷晨、潘良编著:《我们的八十年代》,广西人民出版社2004年版。

了《记忆长河：怀旧八十年代》①、2006年《新京报》也编辑出版了《追寻80年代》，这些书的出版标志着怀旧80年代的浪潮开始风起云涌。编者普遍认为80年代是一个"最富有激情""象征着光荣与梦想，抗争和奋斗"的黄金时代，"只有打捞和记录它们，在混沌的脑海为它们安放一个位置，那些光辉灿烂的文明才不会陷落，才有可能再次释放其灼灼的光华"②。现实的物欲膨胀的社会变迁是激发对80年代那真挚而深切的情感追忆与怀旧的动因。"怀旧的涌现作为一种文化需求，它试图提供的不仅是在日渐多元、酷烈的现实面前的规避与想象的庇护空间，而且更重要的是一种建构。"③ 上述书籍或者通过对80年代的老电影、电视剧、动画片、小人书、老新闻、广告、标语口号、文学书评、流行歌坛、日常生活等内容的呈现，或者通过寻访文化界风云人物，复现了80年代记忆的点点滴滴，建构了关于80年代的怀旧符号与怀旧表象。

尼采在《历史的用途与滥用》一书中区分了三种历史："历史对于生活着的人而言是必需的，这表现在三方面：分别与他的行动与斗争、他的保守主义和虔敬、他的痛苦和被解救的欲望有关。这三种关系分别对应了三种历史——要是它们能被区分开来的话——纪念的、怀古的和批判的。"④ 上述几本关于80年代的书可谓是纪念的或怀古的历史叙述。这类纪念或怀旧80年代的书籍，其特殊之处在于涉及80年代生活、文化、社会的方方面面，特别是80年代老百姓的日常生活细节，衣食住行等记忆碎片，最大限度地从个人经验出发达到对80年代生活场景的还原。其不足之处在于大多从大众传播、流行文化的角度来怀旧80年代，将80年代仅仅简化为怀旧的符号，80年代的意义被大大地消解。

相比而言，查建英《八十年代访谈录》⑤、王尧《一个人的八十年

---

① 王晓梅编：《记忆长河：怀旧八十年代》，中国电影出版社2005年版。
② 《我们的激情岁月——写在记忆隧道入口处》，旷晨、潘良编著：《我们的八十年代》，广西人民出版社2004年版，第1—3页。
③ 戴锦华：《隐形书写》，江苏人民出版社1999年版，第112页。
④ [德]尼采：《历史的用途与滥用》，陈涛、周辉荣译，上海人民出版社2000年版，第11页。
⑤ 查建英：《八十年代访谈录》，生活·读书·新知三联书店2006年版。

代》、徐江《启蒙年代的秋千》、张旭东《重访八十年代》、李陀《另一个八十年代》、毕光明《精神的八十年代》、陈村、吴亮、程德培《80年代：文学·岁月·人》等从批判反思的角度深入80年代的精神与文化内核，表现出一定的学术与思想深度。查建英《八十年代访谈录》可谓既是对特定80年代的怀旧也是对80年代的反思。访谈录从文化热的角度切入，访谈了11位在80年代的思想文化领域占据主流地位的人物：作家阿城、诗人北岛、画家陈丹青、学者陈平原、歌手崔健、导演田壮壮等。李陀从"友情"入手重现80年代的时代文化氛围，指出80年代的主潮是"通俗版的人文主义"并强调避免回顾的"简单化"；北岛将90年代的危机追溯到80年代，表现出清醒的反思意识；阿城关于80年代的知识构成的观点对重新认识80年代具有较大的启示意义。然而《八十年代访谈录》也表现出显著的缺憾。这种缺憾最显著表现为：一是强烈的精英主义色彩。其采访的人物皆是80年代的时代精英，是精英人物的豪华盛宴，他们所建构的也是一个精英主义的80年代，而普通人的日常生活与情感状态被排除于80年代之外。这种遮蔽与抹杀普通人物的80年代回忆与反思到底有多大的代表性与普遍性是值得怀疑的。二是对80年代沉重话题的有意无意的遮蔽，忏悔意识明显不足，这或许受制于其在80年代的精英地位以及其知识结构的限制。对这个问题，李劼表现出相当尖锐的批评态度："难道他们在八十年代里真的除了光荣就没有惭愧了？难道他们在八十年代里真的除了辉煌就没有丑陋了？我还想说的是，八十年代是有个句号的……但对所有的八十年代人物来说，却是个问号，是个巨大的问号。我不知道谁可以回避这个问号，也不知道谁可以无视这个问号。我很想问的是，在查建英的八十年代派对里，有没有竖立着这个问号？"三是《八十年代访谈录》所采访的11位人物尽管是80年代的名人，却并非思想上的中心人物，李泽厚、庞朴、王元化、刘晓波、金观涛等这些"文化热"的代表人物在书中是缺席的，因此难怪有论者认为《八十年代访谈录》所提供的是"主体缺席的80年代"[①]。而且"这些人物都是当时的革新者，

---

① 王学典：《"八十年代"是怎样被"重构"的?》，《开放时代》2009年第6期。

我们所听到的也就只是他们的声音,而缺乏他们革新的'对象'的声音"①,这也体现了后来的文化当权者争取历史话语发明权和中心地位的历史霸权意识,其所导致的后果是在揭示80年代的立体性、丰富性、复杂性的方面有所缺失。

王尧《一个人的八十年代》、徐江《启蒙年代的秋千》区别于怀旧式的神话,他们采取的是更为理性的批判与反思视角。《一个人的八十年代》从知识分子个人生活史和精神史的角度表达了对80年代的记忆,"当我在80年代的宏大叙事和统一论述中唤醒自己'落差'中的经验和记忆时,我触摸到历史的缝隙,可能是一条很细的缝隙"②。正是这种边缘化的历史细节与经验的叙述重返了80年代的历史现场,并构成了对于形形色色的80年代消费化的反动。此外,《一个人的八十年代》作者由乡入城,其对80年的叙述始终贯穿城乡比较的眼光和视角,从而凸显了历来为研究界所忽视的80年代乡村的真实图景与状况。《启蒙年代的秋千》从文化史的角度入手,评价20世纪80年代的重要文化现象,在写作思路上类似于美国的《伊甸园之门》③。徐江指出:"我写作这本书有两个目的:一是通过个人的视角对那个时代进行还原的记录;二是对人们夸大的一些东西,还其本来面目。"这种个体的、平实的视角无疑有利于历史真相的还原。

张旭东《重访八十年代》是一篇从学理层面入手,较有深度的反思80年代的专题论文。其论文首先阐发了重访80年代的历史文化语境及对80年代产生兴趣的原因,即"当代中国令人眼花缭乱的经济、社会变动使我们首次得以在消费时代的条件下重新思考'现代性'的基本问题,并在'小康社会'的物质空间和自我幻象中重写'改革时代'的意识史"。其次他阐述了告别80年代姿态背后的问题及80年代之于90年代的借鉴与启示意义。"告别80年代的姿态或许有助于中国知识思想界摆脱种种话

---

① 李云雷:《"神话",或黄金时代的背后——反思20世纪80年代文学的一个视角》,《天涯》2009年第2期。
② 王尧:《一个人的八十年代》,华东师范大学出版社2009年版,第1页。
③ [美]莫里斯·迪克斯坦:《伊甸园之门——六十年代的美国文化》,方晓光译,译林出版社2007年版。

语的桎梏和政治的阴影,从而积极地迎接90年代的课题;但它同时也容易使人有意无意地回避种种当代中国文化思想的与生俱来的立场困境和理论匮乏。"在肯定80年代的基础上,他进一步表达对80年代的批判性反思:"然而80年代文化热或西学热所带有的强烈的审美冲动和哲学色彩无法掩盖这样一个事实:'文革'后中国思想生活追求的是一种世俗化、非政治化、反理想主义、反英雄主义的现代性文化。"毕光明《精神的八十年代》[1]一文在肯定"80年代文学的性格就是对人的生存权利和正当生活欲求,对人的精神自由的热烈、兴奋而顽强的表达"的基础上为80年代的"启蒙"和"文化热"辩护并试图概括出80年代的文化特征:"80年代社会解禁后带来的审美狂欢,标志着人的自由意志的苏醒,这就是知识群体追求的'现代性',至于90年代以后经济主义和科学主义主导的现代化运动带来的严重问题,根本不是80年代的'文化热'的必然结果,90年代文学写作的欲望化也与80年代的'纯文学'追求南辕北辙。""80年代的历史文化批判和人性解剖,有人类文明史作为参照,有结实的知识结构做基础,而非个人和群体利益目标引导的情绪化话语宣泄。启蒙作为文化合唱的主调,也是普世价值为知识界所认同后的理性选择。所以,80年代文化浪漫而不浮浅,繁富而不混乱,同时具有开放性和宽容精神。"

在《60年代:从历史阶段论的角度看》一文中,詹明信批判了美国对60年代的两种立场:"对辉煌的60年代依依不舍的怀恋,和为十年中许多失误及坐失的良机而忍气吞声地公开检讨,这两种立场构成了两大谬误。这两大谬误又无法因能找到某条衔接两者的中间道路而得以避免。"[2]詹明信的描述同样适用于当下思想界与文化界对80年代的立场与叙述。有学者针对近年反思80年代热也提出了自己的看法,可以说是对反思的再反思。李陀反对将80年代"简化"为精英人物、成功人士和领军人物的发家史。"我认为对80年代的回忆有点特殊,它应该是一次深刻的反思

---

[1] 毕光明:《精神的八十年代》,《海南师范大学学报》2007年第3期。
[2] [美]詹明信:《晚期资本主义的文化逻辑》,张旭东编,陈清侨等译,生活·读书·新知三联书店1997年版,第339页。

和检讨,而不是伤感,或是光荣的怀旧,所以,如果也被纳入'成功人士自述'模式,就太可惜了。"① 在他看来,80年代所有这些群体都是搅动时代的动力,扮演了各自的角色,维护了各自的利益。"那是一个非常复杂的历史发展,不应该被简化、被化约,尤其不能被简化成一些文化精英如何发迹,如何成功的故事。"这种非精英化的自省意识无疑是值得重视的。针对以种种名义,打着反思的旗号否定80年代的观点,李新宇表达了一个启蒙者对80年代的捍卫。他提出在反思中要"谨防为'文革'招魂",同时批评了一些人指责80年代和五四对西方现代性规范的接受和国民性话语,并对"世界体系论"和批判"线性历史观"做出批判。② 两位论者观点表面看来似乎互相矛盾,其内里却是一致的,即强调在反思中批判,在批判中坚守。尼采关于批判的历史的理论对于我们当下的80年代反思无疑具有较大的启示价值。"因为既然我们只不过是先辈的产物,我们也就是其错误、激情和罪过的产物,我们无法摆脱这一锁链。尽管我们谴责这些错误,并认为我们已摆脱了这些错误,我们却无法否认一个事实:我们来自它们。"③ 也即是说,我们生活在历史之中,我们对历史的反思无法跳出历史的馈赠与限制。这就要求我们在反思历史的同时反省自身。

20世纪90年代以来思想界与文化界对80年代的反思与怀旧及其所形成的"80年代意识"提醒我们进一步追问:为什么会出现对80年代的反思与怀旧,这种反思与怀旧是在何种历史条件下进行、在何种意义上展开的,又在何种机制上运作的? 20世纪90年代以来关于80年代的分歧是如何形成的,如何看待这些认识的合理性与缺陷? 思想界与文化界对80年代的反思与怀旧是否为20世纪90年代以来小说对80年代的叙述提供了思想资源与理论资源? 20世纪90年代以来思想界与文化界对80年代的不同态度与评价是否也间接导致了20世纪90年代以来叙述80年代的小说

---

① 李陀:《另一个八十年代》,《读书》2006年第10期。
② 李新宇:《如何反思80年代》,《文艺争鸣》2006年第1期。
③ [德]尼采:《历史的用途与滥用》,陈涛、周辉荣译,上海人民出版社2000年版,第24页。

在叙事立场方面的分化？在解决这些问题以前，我们有必要对作为历史想象的文学叙事与揭示历史真实的历史叙事作一辨别与区分。

第三节 "80年代叙事"：作为历史想象的80年代

上述对作为自然历史的80年代的描述以及对"80年代意识"的概括，建立在一定的历史文本基础之上，可以看作对80年代的"历史叙事"。按照新历史主义的观点，"每一种叙事，无论它看起来如何'完整'，都是建立在一组本应该包括在文本中却被遗漏的事件的基础之上的；实在的事件如此，想象的事件同样如此"[1]。此外，正如克罗齐所言，一切历史都是当代史，上述对80年代的描述与概括也深受当下文化与思想语境的影响与制约。因此，上述对80年代的"历史叙事"无疑存在着一定的漏洞与误释，但它却为本书所要着重论述的20世纪90年代以来小说的"80年代叙事"提供了一个现实与理论参照背景及比较对象。

在某种程度上可以说作为自然历史的80年代的时代魅力与作为反思对象的80年代的思想魅力共同促发了将80年代作为想象与审美对象的"80年代叙事"的兴盛。不过，20世纪90年代以来叙述80年代的小说中的80年代是历史想象与文学想象的产物，因而具有区别于作为自然历史的80年代与作为反思对象的80年代的特点。

作为一种历史想象，"80年代叙事"的一个至关重要的特点在于，它不是抽象的、冷冰冰的年代记录表，而是由一系列细微而丰富的生活细节、人物命运、历史场景所构成的鲜活而生动的时代胶片。一般来说，历史叙事更为关注特定的历史发展规律与特定的时代整体风貌，而作为历史想象的文学叙事则更为关注特定历史背景下人的存在境遇，"它展示的历史的'情境'和'结构'，却更具有'生存的标本'一样的性质"[2]。换

---

[1] [美]海登·怀特：《形式的内容：叙事话语与历史再现》，董立河译，文津出版社2005年版，第14页。

[2] 张清华：《境外谈文——中国当代文学中的历史叙事》，花山文艺出版社2004年版，第62页。

言之，历史叙事是从历史到人，人只是印证历史进程及规律的客体对象；而文学的历史想象是从人到历史，以人物的命运折射历史的更迭变动。对历史和人的不同侧重是区分这两类叙事的关键。正如有研究者所指出的"就叙事的目的来看，历史叙事追求的是使接受者处身于历史潮流中感受社会之变迁，文学叙事则追求使接受者进入一个生活场景之中体验世态人情；历史叙事为的是满足人们的集体性想象或对集体的想象，因此强调历史整体感；文学叙事为的是满足人们的个体精神乌托邦，因此强调独特性情感体验"。[1] 米兰·昆德拉在书写历史时无意描述历史自身的政党和社会制度的组织，也并不追求历史的连续性和完整性，而是极力在富有存在意味的历史情境中开掘人的生存困境，他关注的是"作为人类存在的新范畴的历史"[2]。他说："在历史背景中，我只采用那些为我的人物营造出一个能显示出他们的存在处境的背景。"[3] 可见，昆德拉的历史小说对人的重视更甚于对历史的重视。他"从敞亮被遮蔽的人的存在的角度进入历史本身的，这使得他采取了与历史学家及传统历史小说家迥然不同的一种历史眼光，即弱化政治——社会维度的意义，还原历史事件在人本——存在维度上的价值……昆德拉的小说及其中的历史都遭遇到了一个更高层次的哲学追问，正是在这种带有终极性的追问中，历史被间离、重组，构成了一系列富有哲学意蕴的历史影像，沉淀在人们的心灵深处。"[4] 20世纪90年代以来叙述80年代的小说中的80年代不仅仅是人物的生存背景，同时还影响了人物的思想情感与行为方式。

受制于特定的"历史科学"视角的局限，历史叙事对历史的理解和阐释可能陷入历史本质主义的陷阱。换而言之，其历史叙事的首要目的是对特定历史过程的阐释和历史意义的发掘，具有特定的指向性。此外，"我们需要考虑到我们同过去交往时必须要穿过想象界，穿过想象界的意识形

---

[1] 李春青：《文学的与历史的：对两种叙事方式之关系的思考》，《社会科学辑刊》2006年第6期。
[2] [捷克]米兰·昆德拉：《被背叛的遗嘱》，孟湄译，上海人民出版社1995年版，第220页。
[3] [捷克]米兰·昆德拉：《小说的艺术》，董强译，上海译文出版社2004年版，第47页。
[4] 李凤亮：《历史境况在复杂与简练之间——米兰·昆德拉的小说历史观》，《华南师范大学学报》2002年第6期。

态，我们对过去的了解总是要受制于某些深层的历史归类系统的符码和主题，受制于历史想象力和政治潜意识"。① 尽管后现代历史学解构了元历史学观念，赋予这种指向性以多层面、多向度内涵，并试图最大限度剥离历史的意识形态限制，但由于历史学科自身的限制，这种努力异常困难且收效甚微。"任何具体的人在借助语言而把目光投向过去的时候，他的视点和视野都已经被限制在某一现刻历史、语言的历史沉淀以及它们错综的复合影响之中。"② 而文学由于其特有的含混性、隐喻性，其历史叙事通过对历史和记忆的不断书写与重释，将历史视为"阐释、建构与不断修正中的产物"③。作为历史想象的文学叙事的目的不在于特定的历史结论，其对历史发展过程、特定历史背景下的人事的重视更甚于对特定历史结论的发现与历史规律的总结。"小说将根深扎在历史文献之中，总是与历史有着亲密的联系。然而与历史不同的是，小说的任务是将我们心智的、精神的以及想象的视野拓展到极致。"④ 作家往往从自我个体经验出发来观照 80 年代，强调个人对 80 年代独特的历史经验与情感体验，而远非从史诗或正史或意识形态的角度来书写 80 年代，因此其对 80 年代历史的想象与阐释是充分个人化与多元化的。由于小说对 80 年代的叙述侧重 80 年代的某一侧面，又关注自我的主观体验，因而使得文学作品中的 80 年代可能面貌不一，甚至呈现出相互矛盾、相互辩驳的特征。或刻意美化，80 年代被描述得无比浪漫美好且充满诗意，或过度丑化，将 80 年代看作 90 年代社会诸多问题的源头，在这一极度肯定或极端否定的"80 年代叙事"中，80 年代纤毫毕见、美丑杂陈。

尽管作为历史想象的文学叙事中的 80 年代是虚构的产物，但这并不必然意味着它不能还原历史真相。罗兰·巴尔特在《历史的话语》一

---

① [美]詹明信：《马克思主义与历史主义》，《晚期资本主义的文化逻辑》，张旭东编，陈清侨等译，生活·读书·新知三联书店 1997 年版，第 152 页。
② 徐贲：《走向后现代与后殖民》，中国社会科学出版社 1996 年版，第 47 页。
③ 廖炳惠编著：《关键词 200：文学与批评研究的通用词汇编》，江苏教育出版社 2006 年版，第 127 页。
④ 罗斯：《写在羊皮纸上的历史》，艾柯等：《解释与过度解释》，生活·读书·新知三联书店 1997 年版，第 168 页。

文中对作为各种形式的历史主义基础的"历史的"和"虚构的"话语之间的区分提出了挑战。"我们可以把适合于叙述历史事件的方式——一个在我们的文化传统中从属于历史'科学'规范的问题,它要求符合'实际发生的事情'这样的准则,并根据'合理的'说明原则来加以判断——与适合于史诗、小说或戏剧的方式加以区别吗?"[①] 在此,罗兰·巴尔特一方面对所谓历史"科学"的历史话语产生质疑,另一方面又突出了史诗、小说、戏剧等虚构作品的"历史性"与"历史价值"。他甚至认为:"历史的话语,不按内容只按结构来看,本质上是意识形态的产物,或更准确些说,是想象的产物。"[②] 既然后现代历史观认为不存在客观化的、本质化的历史真理,一切历史都是通过叙事,通过一系列的想象、回忆、虚构、修辞等手段建构起来的,那么小说、戏剧、电影等这些天然的虚构性、创造性与想象性文本在建构主体性历史、个人化历史方面似乎更占优势。这种主体性的个人化的历史叙述有助于冲破宏大历史的种种遮蔽,拨开历史的重重迷雾,从而最大限度接近历史某一层面的真实。在参考非虚构历史文本对80年代的叙事的基础之上,借助小说等虚构文本的"80年代叙事",可以最大限度获得对80年代多元化、立体化的认知与理解。

  历史叙事所要求的抽象性与概括性原则导致历史科学文本相对忽视历史自身的复杂性和偶然性。尼采曾引用席勒的论述指出:"一件接一件的事情开始离开盲目的偶然性和无规则的自由,而充当一个和谐整体中的一员——这个整体当然只是在被描述时才显现出来。"[③] 而"80年代叙事"文本并不注重对历史事件的完整有序的表述,其关注的侧重点乃是特定历史背景下个体的人的命运。因此,20世纪90年代以来小说对80年代的叙述更为关注80年代的偶然性、不确定性、不可知性的一面,更关注历史

---

  ① [法]罗兰·巴尔特:《历史的话语》,罗兰·巴尔特:《符号学原理:结构主义文学理论文选》,李幼蒸译,生活·读书·新知三联书店1988年版,第49页。
  ② 同上书,第59页。
  ③ [德]尼采:《历史的用途与滥用》,陈涛、周辉荣译,上海人民出版社2000年版,第47—48页。

中的"裂隙""非连续性"和"断裂性"[①]对个体命运的影响。

  由于作为历史想象的 80 年代是本书所要着重论述的范畴，因此这里主要从历史叙事与文学叙事的区别入手说明作为历史想象的 80 年代的特殊性。而作为历史想象的 80 年代的具体特征以及"80 年代叙事"的特点正是本书所要进一步探讨与解决的问题。

---

① ［美］海登·怀特：《解码福柯：地下笔记》，张京媛编：《新历史主义与文学批评》，北京大学出版社 1993 年版，第 113 页。

第二章　作家主体的重构与叙述 80 年代的小说的嬗变

作为文学叙事的主体，作家思想立场、价值观念、心理结构、人生态度等决定了他会对何种文学题材产生叙事兴趣，如何组织起文学的叙事结构并如何灌注自身的文学观念与价值立场。具体到 20 世纪 90 年代以来叙述 80 年代的小说的作家主体同样如此。

20 世纪 90 年代以来叙述 80 年代的小说较之 80 年代叙述 80 年代的小说在作家主体构成方面发生了一系列变化，一些 80 年代成名的作家思想发生了转向，其对 80 年代的态度发生了转变；而于 20 世纪 90 年代以来崛起的新生代作家构成了 20 世纪 90 年代以来"80 年代叙事"的主体，新生代作家的独特性同样催生了"80 年代叙事"的裂变。

相对于 80 年代作家主体的相对同一性，20 世纪 90 年代以来作家在思想立场上开始分化，大体分为启蒙主义、后现代主义与保守主义三种价值立场。价值立场的分化导致他们对 80 年代的态度产生了明显的差异，并决定了他们对 80 年代的重新叙述。20 世纪 90 年代以来作家主体的失落以及启蒙的溃败激发了他们对"20 世纪 80 年代知识分子"的重新认知与理解，反过来，20 世纪 90 年代以来小说中的"20 世纪 80 年代知识分子"形象也是我们透视 20 世纪 90 年代以来作家主体自身角色认同的一个窗口。

第一节 20世纪90年代以来作家主体的重构

一 80年代叙述80年代的作家的构成及其叙述局限

20世纪90年代以来叙述80年代的作家主体相对于80年代叙述80年代的作家主体发生了一系列的变化。为了厘清20世纪90年代以来叙述80年代的作家主体的构成及其与80年代叙述80年代的作家主体的具体差异，我们有必要先对80年代叙述80年代的作家的构成及其主体意识有一个大体的认知。以"伤痕""反思"文学拉开序幕的80年代文学的主流是对历史的记忆和反思，作为现实的80年代还未真正步入80年代作家的视野，直到"改革文学"的横空出世，80年代小说对本时代的叙述才渐次成熟并开始进入80年代文学的主流。在一定程度上，以反映现实变革的所谓"改革文学"构成了80年代叙述80年代的小说的主体。

按照作家的年龄构成及其与意识形态的远近关系，80年代叙述80年代的作家大致可以分为以下三类：第一类是在"文革"期间即发表作品，80年代大体延续其创作的40年代出生作家，以蒋子龙、柯云路为代表；第二类是在"文革"前发表过作品，由于"文革"而中断其写作，80年代又复出的二三十年代出生的所谓"归来"作家，以王蒙、高晓声、张一弓等为代表；第三类是在80年代初开始进入文坛的50年代出生作家，以贾平凹、张炜、路遥[1]等为代表。

以蒋子龙、柯云路为代表的第一类作家是80年代"改革文学"的代表性作家，《乔厂长上任记》与《新星》以其及时反映与介入80年代的社会变革而成为"改革文学"的"经典"。《乔厂长上任记》的原型是蒋子龙写于"文革"期间的《机电局长的一天》[2]，这就在一定程度上解释

---

[1] 路遥出生于1949年，在个体经历与文化观念上比较接近于50年代出生的作家。

[2] 关于《机电局长的一天》及文革文学与新时期文学关系的相关研究可参见王尧《迟到的批判：当代作家与文革文学》（大象出版社2000年版）、《矛盾重重的"过渡状态"——关于新时期文学"源头"考察之一》（《当代作家评论》2000年第5期），吴俊《环绕文学的政治博弈——〈机电局长的一天〉风波始末》（《当代作家评论》2004年第6期）。

了其何以会表现出为后来研究者所诟病的与"文革"文学相一致的文学特征：如改革者与反改革者二元对立的人物设置、传奇化与戏剧化的改革与反改革斗争、英雄崇拜与清官意识等。其实，文学作品在艺术上延续"文革"模式还只是问题的表面，更值得进一步探究的深层问题是蒋子龙在思想意识与艺术观念层面对于"文革"思维的延续。《乔厂长上任记》未能摆脱为现实政治服务的图解政治的文学观念，"把乔光朴的'发言'与'两报一刊'社论相对照，与当时举国上下的焦灼情绪相对照，《乔》实际上是当年政治的图解，这也是引起那么大轰动的原因之所在"[①]。也就是说，蒋子龙在主人公乔光朴身上植入了主流意识形态所认同与肯定的政治理念，体现了意识形态对文学想象的询唤与规训功能。蒋子龙关注的表面上是工厂经济改革问题，实质却是政治问题[②]，因为经济建设、改革与现代化是80年代最大的政治。同样，被研究者誉为"提供了映现20世纪80年代中国社会生活的一组浮雕"[③]的柯云路的《新星》《夜与昼》等作品也在一定程度上表现出图解80年代国家改革的方针政策的倾向，主人公李向南的"改革规划""实际上是对现实政策的严格图解，也就是说，李向南是在'体制内'展开他的'改革想象'，他没有越出'雷池'一步，无非是通过他的这份'改革规划'把1980年至1984年的农村改革政策复述了一遍"[④]。可见，柯云路对80年代的叙述仍是一种体制内的叙事，它起到维护国家关于改革规划的作用。总体而言，以蒋子龙、柯云路为代表的"改革文学"对80年代的叙述，服务于80年代主流意识形态的需要，一方面为主流政治寻找合法性依据，另一方面起到政治动员的功能。

---

① 徐庆全：《〈乔厂长上任记〉风波——从两封未刊信说起》，《南方周末》2007年5月17日。

② 1978年"两报一刊"（《人民日报》、《解放军报》、《红旗》杂志）《光明的中国》元旦社论指出："建设的速度问题，不是一个单纯的经济问题，而是一个尖锐的政治问题。"参见徐庆全《〈乔厂长上任记〉风波——从两封未刊信说起》，《南方周末》2007年5月17日。

③ 何新：《〈新星〉及〈夜与昼〉的政治社会学》，《读书》1986年第7期。

④ 杨庆祥：《〈新星〉与"体制内"改革叙事——兼及对"改革文学"的反思》，《南方文坛》2008年第5期。

"归来"作家王蒙、高晓声、张一弓等，尽管同样未能超出80年代意识形态的框架，但由于他们曾经接受到19世纪俄罗斯批判现实主义文学以及五四文学传统的影响，他们相比蒋子龙等作家多了一层现实关怀色彩与启蒙意识。换而言之，他们一方面充当了80年代意识形态的阐释者与维护者的角色，另一方面又不愿放弃作为知识分子的角色，正是这种迎合与抗拒的张力导致了归来作家与80年代政治的关系的复杂性与暧昧性。具体到这些作家对80年代的叙述，如王蒙的《春之声》、高晓声的陈奂生系列、张一弓的《春妞儿和她的小嘎斯》《黑娃照相》等，这些作品涉及80年代知识分子地位提高、农村的包产到户、个体户的崛起、农民商业意识的觉醒等时代社会变革，它们既是时代的产物，又是时代的缩影。不过，这些作品也并未片面图解80年代政治意识形态，而是在创作中渗透了启蒙主义色彩。这两方面在作品中往往不能截然区分，而是呈现为胶着与纠缠的状态。《春之声》中闷罐子车崭新的车头以及刚从西方资本主义国家德国归国的岳之峰都具有强烈象征意味，他象征着以西方先进文明改造落后、愚昧的中国，从而让这个"闷罐子车"焕发出新的活力。陈奂生系列作品则接续了鲁迅关于国民性问题的思考与批判。一方面，启蒙为国家现代化建设提供"新人"支持；另一方面，对现代化的想象与追求又为启蒙提供了一定的土壤与环境，归来作家对80年代的叙述正是在上述二者的互动关系中呈现出复杂的面貌。不过，应当指出的是，这种渗透强烈启蒙心态的"80年代叙事"尽管较之于蒋子龙等的作品更为立体化，但另一方面却又在某种程度上构成对80年代的遮蔽。比如《春之声》遮蔽了80年代现代化的"殖民主义"色彩，而陈奂生系列作品在对农民国民性进行批判的同时，对于农民的现实贫困苦难以及被"现代化"排斥在外的悲剧命运却缺乏关注。正如有论者所追问的"高晓声却从来没有想过，中国农民到底是愚蠢得不愿接受'现代化'的野蛮之民，还是被'现代化'抛弃的等外之民"？[1]

50年代生作家如贾平凹、路遥、张炜等第三类作家更具敏锐的现实

---

[1] 刘旭：《底层叙述：现代性话语的裂隙》，上海古籍出版社2006年版，第171页。

感,他们较之于第一类和第二类作家与主流意识形态的距离相对拉大,他们不再一味地跟踪与图解80年代的意识形态,也没有以高高在上的启蒙姿态进行社会文化批判,而是潜入80年代的内部,开掘社会变迁所引起的社会问题、价值冲突、人生体味与心理激荡。贾平凹的"商州系列"《小月前本》《鸡窝洼人家》《浮躁》等,"欲以商州这块地方,来体验、研究、分析、解剖中国农村的历史发展、社会变革、生活变化"[1]。路遥是一位具有强烈时代意识与现实感的作家,他的《人生》与《平凡的世界》以城乡交叉地带作为透视"新时期"社会人生的窗口,进而审视社会变迁所引起的心理、道德、人性等层面的矛盾、困惑与焦虑。有研究者称"路遥本人和他笔下人物的精神世界,将是我们了解这个重要历史阶段的重要的心灵记录和重要的精神史页"[2]。张炜的"秋天三部曲"从道德层面入手审视农村经济改革中的人性恶以及权力的蜕变。应该说,50年代出生作家对于80年代的叙述更为立体化、多面化、深层化,他们不再停留于生活表面的浮光掠影,而在传统与现代、新与旧、进步与落后的矛盾与冲突中呈现80年代人们的心理机制与情感诉求。如果说,第一类和第二类作家侧重于80年代的政治、经济层面,那么第三类作家更重视80年代内在的文化层面与心理层面。不过,50年代生作家对80年代的叙述同样存在着诸多问题。其一,由于与书写对象缺乏一定的时空距离,他们在对时代的评判方面缺乏深刻的历史意识。其二,这些作家面对80年代的现代化进程普遍表现出道德焦虑与道德义愤,这种过度的道德化倾向遮蔽了对历史与现实的发现。有研究者认为路遥小说的道德叙事大于历史叙事是不无道理的。[3]

作为80年代叙述80年代的作家主体,上述三类作家从各自独特的人生观念、艺术理念与审美理想出发,紧扣80年代的时代脉搏,全方位地勾勒出80年代的历史风貌,为我们重新进入80年代的历史与文化语境留

---

[1] 贾平凹:《小月前本·在商州山地(代序)》,《小月前本》,花城出版社1984年版,第3页。
[2] 肖云儒:《路遥的意识世界》,《延安文学》1993年第1期。
[3] 李建军:《文学写作的诸问题——为纪念路遥逝世十周年而作》,《南方文坛》2002年第6期。

下一份文学的档案。这些作家在对80年代的叙述中存在的种种问题并不能成为我们否定他们的理由，而应该成为我们思考的起点，比如：80年代作家对80年代的叙述为什么会出现上述问题？这些思想与审美层面的问题与80年代存在怎样的复杂关系？一个时代的文化观念与审美风尚是如何决定作家对这个时代的表现的？等等。更为重要的是，80年代对80年代叙述的问题与局限为我们深入研究20世纪90年代以来小说对80年代的叙述提供了一个背景与参照。

二　新生代的崛起与20世纪90年代以来叙述80年代的作家的构成

20世纪90年代以来叙述80年代的作家从主体构成来看，相当复杂，代际的划分已经不足以描述作家之间的差异性，或者说，作家的个体独特性拒绝这种集体化、类型化的分析。因此，这里类型的划分只是一种大体上的概括。总体而言，20世纪90年代以来叙述80年代的作家可以分为三大类：第一类是在80年代已经开始写作，在20世纪90年代以来延续其"80年代叙事"的作家，这些作家在叙事立场和文化观念上的变化不大，只不过80年代其对80年代书写的是现实，而20世纪90年代以来对80年代书写的是刚刚走过的历史。第二类也是在80年代开始写作并成名，但20世纪90年代以来这些作家的思想观念与审美观念经历了一些转型，其笔下的80年代较之其80年代小说中的80年代发生了显著的变化。第三类是20世纪90年代以来开始崛起的60年代前后出生的新生代作家，相较于上述两类作家在80年代的成名，对新生代作家而言，80年代只是他们成长的环境与背景，他们对80年代的叙述更多的是一种关于成长记忆的书写。由于第一类作家相对于80年代叙述80年代的作家构成变化不大，这里侧重于分析第二类和第三类作家与80年代作家的差异。

第二类作家在80年代对80年代的叙述，受到80年代整体文化氛围与意识形态的引导与规训，其对80年代的思考未能超出80年代主流思想史的逻辑与范畴。然而，他们又是一批具有丰富阅历与思想气质的作家，因此，伴随着主流意识形态一元统治的崩溃与精英意识和民间意识的觉醒，他们开始逐渐突破以往的思想窠臼，对80年代做出重新判断与思考。

尽管这一突破还具有不完全性与不彻底性,同时也带来新的问题。王蒙、王安忆是第二类作家的重要代表,这里我们以他们的思想裂变为例分析第二类作家的创作转型。

20世纪90年代初的"人文精神讨论"将王蒙推向了时代的风尖浪口[①],王蒙在其间发表了《躲避崇高》《人文精神问题偶感》《沪上思絮录》等文章,集中展示了其对激进启蒙姿态的怀疑与对世俗文化的认同。这一思想其实早在王蒙80年代中后期发表的《活动变人形》与《坚硬的稀粥》中就有所表露,到了90年代季节系列小说更是将其对日常生活与世俗理想的认同推向极致。到了21世纪,《青狐》这部重写80年代知识界的长篇小说中,其所呈现的80年代"不再是一个发现和确认'大写的人'的时代,也不是一个人性复苏和美好流露的时代,相反,那些冠冕堂皇的启蒙精英们一个个摘下道貌岸然的面具,露出粗俗和委琐的真面目"[②]。与之相似,王安忆在沉默了将近一年之后,也于90年代初、中期发表了《叔叔的故事》《妙妙》《乌托邦诗篇》《长恨歌》等作品,发出了"告别80年代"的先声,解构与消解了80年代英雄主义与精英主义的诸多神话。其中《长恨歌》对于民间日常生活与市民话语的开掘使其构造出与80年代小说的"80年代叙事"所迥异的80年代图景。

相比第一类和第二类作家,第三类作家的阵容比较强大,有韩东、朱文、荆歌、东西、何顿、林白、丁天、艾伟、张梅、刘志钊、刘建东、刘庆、刘继明等所谓新生代作家,他们构成了20世纪90年代以来叙述80年代的作家主体。新生代作家无论是从思想资源、精神背景还是从文学观念、审美倾向上都与80年代叙述80年代的作家存在显著差异。

对出生于60、70年代的新生代作家来说,80年代是他们人生最为关键的一个时期:成长的渴望与焦虑、青春的激情与萌动、思想的觉醒与启蒙、人生的转折与变动都发生在这一阶段,因此,对于80年代他们有着

---

① 关于这一时期围绕"人文精神"讨论展开的思想争鸣可参见王晓明编《人文精神寻思录》(文汇出版社1996年版),丁东、孙珉编选《世纪之交的冲撞:王蒙现象争鸣录》(光明日报出版社1996年版)。

② 张宏:《"新启蒙"吊诡与现代性追问——读小说〈青狐〉》,《文学评论》2007年第1期。

复杂而特殊的记忆。新生代作家刘继明在一次访谈中提到:"我之所以这么迷恋80年代后期的文化,我觉得它跟我个人的体验是有关系的,我始终是在缅怀着那个时代的文化氛围。""我的价值观和我的文学理念的形成的时间,却是在80年代后期。我想我应该感谢那个时代,我一回想起那个年代就会激动,那真是一个启蒙的时代……"① 可以说,区别于80年代叙述80年代的作家的十七年资源与"文革"资源,80年代是新生代作家重要的思想资源与精神背景。

如果说,80年代叙述80年代的小说充斥着大量关于民族、国家的宏大话语,那么新生代作家似乎丧失了描摹这些宏大的历史场景与历史进程的兴趣,他们游离于宏大历史之外,叙述中充盈着大量个人化的生活经历、破碎零散的个人记忆以及细微、无序的私人情绪与经验。即使是对80年代重大历史事件的叙述,其切入点与关注焦点仍然是这一事件对个体生存境遇的影响以及个体的情感反应。这种对历史的个体化叙事在一定程度上与新生代作家所提倡的个人化写作相对应与契合:"对我来说,个人化写作建立在个人体验与个人记忆的基础上,通过个人化的写作,将包括被集体叙事视为禁忌的个人性经历从受到压抑的记忆中释放出来,我看到它们来回飞翔,它们的身影在民族、国家、政治的集体话语里显得边缘而陌生,正是这种陌生确立了它的独特性。"②

虽然新生代作家主观上并无叙述宏大历史的意图,但其对个体成长的追溯与记忆在一定程度上触及一个时代的历史。成长由于遭遇特定的时代环境、思想观念、文化时尚、时代精神而表现出迥异的轨迹和特征,特定的时代也在不同的成长故事中彰显其内在的自足的发展脉络与运行规律。个人在成长过程中的内心感受、情感经历、情绪波动、心理冲突、精神状态尽管有其个体特殊性的一面,但其社会性与时代性却也不容忽视。在某种程度上,个人的成长故事往往隐匿着关于时代与社会的寓言。"记忆代表过往社会生活和感情结构,遗留着富有魅力的形态。它是一种'情感和

---

① 张钧、刘继明:《寻梦歌手的批判与关怀——刘继明访谈录》,张钧:《小说的立场——新生代作家访谈录》,广西师范大学出版社2002年版,第486页。
② 林白:《置身于语言之中》,《像鬼一样迷人》,陕西师范大学出版社1998年版,第250页。

魔法'的现象,由'模糊的、超时空的选择性记忆所滋养'。"①个人独特记忆一方面是个人独特经历的释放,另一方面往往映现与承载着特定时代的社会生活与时代情绪。"历史的节奏曾经控制着我们关于成长的记忆和想象,我们的成长是历史化的成长,在经验最隐秘的深处,历史的印迹清晰可辨,历历在目。"②因此透过20世纪90年代以来叙述80年代的小说中的个体成长记忆,我们似乎可以管窥80年代特定的时代环境与文化风尚。

韩东《小城好汉之英特迈往》、林白《玻璃虫》、马笑泉《打铁打铁》、康桥《对陈莲和一个时代的回忆或忆江南》、畀愚《在1984年的午后行走》、高微《恰逢少年花开时》、魏微《拐弯的夏天》、白林《水银情感》、张学东《西北往事》、赵命可《我欲乘风归去》、姜广平《初恋》、海飞《少年行》、丁天《青春勿语》、东西《耳光响亮》、野夫《1980年代的爱情》等都是非常典型的回忆80年代的成长记忆小说。成长过程中的懵懂与骚动、无知与渴望、激情与梦想、迷茫与惶惑、纯真的友谊与纯情的爱恋,既具有成长的普遍性,也折射了特定时代的特殊性。成长的特定经历也在一定程度上对应了特定的时代特征、精神状况与社会心理。在叙事视角上,这类成长小说或者以第一人称自传体"回顾性"叙述,或者以第三人称内聚焦视角来展开故事。这种个体性的叙述视角打破了"上帝式"全知全能叙述视角的权威性与客观性,使小说更加真实可感地承载了个人独特的生命体验与历史记忆,呈现出鲜活生动而丰富细腻的特点。

这里,我们以韩东《小城好汉之英特迈往》、林白《玻璃虫》为例来阐释20世纪90年代以来叙述80年代的小说中这种个体成长记忆与80年代历史的关系以及新生代作家叙述80年代的独特性。《小城好汉之英特迈往》的故事自1975年也即"我"十四岁来到共水县起至2005年,主要叙述了"我"、朱红军、丁小海在共水的生活经历、见闻以及之间的深厚友谊。小说从1978年到1985年按年代顺序编排,可谓是一部个人化的80

---

① 王斑:《全球化阴影下的历史与记忆》,《导言:历史,记忆,现代性》,南京大学出版社2006年版,第3页。
② 李敬泽:《穿越沉默——关于"七十年代人"》,《当代作家评论》1998年第4期。

年代编年史。不过,韩东关于80年代历史的叙述与80年代正史呈现出显著的差异,个人记忆与官方叙述的悖反起到拆解宏大叙事的功能。按照其叙述年代与内容的差异,这一拆解叙事可以分为三个层面。其一,如果说,正史中的1978年是举国上下拨乱反正、解放思想的关键性一年,韩东笔下的1978年则充满荒诞与残忍。小说以黑色幽默的笔调写了上山下乡办公室拒绝出钱给停尸很久的丁小海的父亲安葬以及众同学在刚建成的落后火葬场用砖头敲砸没烧化骨头的恐怖场景。官方落实政策的抚慰叙事与个体的切身残酷经历呈现出巨大的反差。其二,1979年、1980年共水县城征兵场面显得热闹而不乏滑稽,而参军的朱红军在部队所过的完全是一种妄自尊大的打架生活。这就解构了神圣的征兵及部队生活。其三,1982年、1983年写复员后的朱红军四处打架斗殴终至在严打斗争中作为流氓团伙的首犯被捕直至枪毙。朱红军在狱中为了维护自家兄弟咬断舌头,"虽然在死法上和英烈们相去无几,本质上却是在表演做戏"。[①] 小说从个人角度对当时的严打斗争表达了不同于政治维度的阐释。小说写到严打期间各地下达抓人指标,甚至发生误抓事件,且善于活动即使罪名再大也能无罪释放,而不积极营救则即使无罪也不能幸免于难。这无疑揭示了一般政治所宣传的严打斗争是打击犯罪、巩固社会治安的背后的部分事实。小说对80年代的叙述完全从朋友之间的友谊着眼,通过不同个性朋友的不同遭际与命运,展现出80年代富有时代性的历史景观。在韩东的笔下,无论是对政治平反、参军事件还是严打斗争都表现出超越一般政治观点的个人化理解。

林白的《玻璃虫》也是以"我"的个人回忆来呈现80年代的时代风情与文化场景,以一个边缘人物的视角来管窥80年代的文艺狂热与激情。林白对80年代主流的重要人物与事件并无甚书写与讲述的兴趣,甚至对其不无揶揄与嘲讽色彩。她只是"力图在回忆中进入80年代那些文化现场的各个缝隙。在权威历史叙事中,这段80年代当然是由众多的文化名流和明星构成,但林白却力图用一个弱小的女性的视角,去

[①] 韩东:《小城好汉之英特迈往》,上海人民出版社2008年版,第290页。

呈现底层和边缘的文化活动,去找寻那段热烈的历史得以存在的社会基础和要素"①。那么,当剥离与解构了附着在80年代重大人事之上的诸多虚妄与浮夸因素之后,80年代留给林蛛蛛或者林白的到底是什么呢?应该说,它是一种自由自在的人性舒张,是一种肆意奔突的激情流淌,是一种昂扬勃发的生命律动。

20世纪90年代以来新生代作家笔下的80年代"不是一种应然陈述,而是回荡于成长记忆中的时而模糊细碎、时而嘈杂响亮的声音"②。也即是说,在这种个人化的历史叙述中,历史面貌的清晰与否、历史回声的响亮与否并非是作家的叙事重点,与其说他们是在叙述实在的历史,不如说是在抒写个人化与私人化的历史记忆。

然而,新生代作家对80年代的叙述也带来一定的问题:个人的经验与记忆是否能够或者能在多大程度上再现普遍的或公共的历史?单个作家或作品零碎的个人记忆为我们提供了一个进入80年代历史的独特的视野与向度,然而仅凭个人的经验或意识来为历史定性与定调,无疑又是不无危险的。因此,这就要求作家既要能从个人记忆出发,又要能够超越个人的视野,获得与公共历史的对接,并从公共历史维度反观个体经验,只有经过这样从个人历史到公共历史,从公共历史到个人历史的二度循环过程,个人经验的历史才更具可鉴性。

第二节 从同一到分裂:20世纪90年代以来叙述 80年代的作家立场的分化

20世纪90年代以来,"就中国的社会文化结构而言,它已经走出了农业文明的羁绊,在现代化的'补课'中,逐渐完成工业文明的全面覆盖,而且,随着后工业文明的提前进入,社会文化机构的某些部分在某种程度上已经提前与西方社会一同进入了人类新的文化困境命题的讨论之中"③。与

---

① 陈晓明:《暧昧的身份认同》,《大家》2000年第1期。
② 李敬泽:《穿越沉默——关于"七十年代人"》,《当代作家评论》1998年第4期。
③ 丁帆:《"现代性"与"后现代性"同步渗透中的文学》,《文学评论》2001年第3期。

这种社会文化结构的多元性相对应，20世纪90年代以来知识分子的同一性也逐渐瓦解，逐渐划分为不同的阵营：有坚守80年代新启蒙价值立场的启蒙者，也有热切鼓吹后现代思想的后现代主义者，亦有强烈反对现代化、鼓吹回归传统的文化保守主义者。

80年代作家在思想构成与文化观念上的相对同一性使得他们对于80年代形成了大体一致的看法，80年代叙述80年代的小说内部尽管有细微的矛盾，却不足以构成整体性的分裂。而20世纪90年代以来知识分子在思想观念、文化立场、历史态度等方面的分化导致他们对80年代的叙述与评判态度的分化。

20世纪90年代以来叙述80年代的小说，根据作家主体叙事立场与历史态度的差异，大体可以划分为以下三种叙事立场：一是坚守80年代启蒙与现代性的现代性立场；二是批判与反思80年代的同一性的后现代主义立场；三是反思80年代的激进主义的文化保守主义立场。叙事立场的差异影响着作家对于叙事话语的选择。而"不同的叙事话语可以呈现对同一事件及其结构的不同体验和思考，反映出话语具有施为性的特点。叙事话语的选择，修辞手段的运用是叙事者的自觉所为，其中所呈现的思考模式必然打上叙述者思想、情感和文化背景的印记。围绕着同一组已然事件可以由叙事话语建构多种'历史'，或者说相对于同一组已然事件可以形成多种历史话语。对于历史叙事来说，在其所建构的'历史'和负载这一'历史'的形式之间也并不存在天然的必然的结合关系，因此相对于同一事件的历史叙事的模式及其所建构的可然性世界也就势必具有多种样式"[1]。不难理解，正是这种叙事立场与叙事话语的分化与多元使得20世纪90年代以来叙述80年代的小说呈现出迥异、纷繁的风貌。

一　启蒙主义立场与20世纪90年代以来小说对80年代的叙述

康德在《答"何谓启蒙"之问题》一文开篇写道："启蒙是人之超脱于他自己招致的未成年状态。未成年状态是无他人底指导即无法使用自己

---

[1] 王晓娜：《历史叙事的虚构性问题》，《文艺研究》2005年第6期。

的知性（Verstand）的那种无能。如果未成年状态底原因不在于缺乏知性，而在于缺乏不靠他人底指导去使用知性的决心和勇气，这种未成年状态便是自己招致的。勇于求知吧（Sapere aude）！因此鼓起勇气去使用你自己的知性吧！这便是启蒙底格言。"① 在西方 15 世纪至 19 世纪末的"启蒙"概念演变中，逐渐形成了一系列启蒙的核心价值理念："其建构围绕机械论的隐喻、决定论逻辑、批判理性、个人主义与人道主义的理想、对普遍真理与价值的追求、建构统一的和综合性的知识模式之企图、还有对进步与指向一种人类解放状态的历史运动之乐观主义信念。"② 应当指出的是，尽管在核心价值上，中国 20 世纪 80 年代的启蒙与欧洲 18 世纪的启蒙是一致的，不过由于具体国情与历史背景的不同它们在启蒙的具体内涵上仍有一定差异："在康德那个时代，启蒙意味着一种觉醒，从自然王国中发现真理，用真理取代宗教迷信；在 20 世纪的中国，启蒙意味着一种背叛，要求砸碎几千年以来的'君为臣纲，父为子纲，夫为妻纲'的封建纲常礼教的枷锁。"③ 中国的"文革"尽管并非如某些论者所认为的完全是封建主义的全面复辟，但是却表现出种种封建意识的残留，这种封建意识与畸形政治力量的合谋与恶性循环压抑了五四以来的启蒙与现代性诉求。然而"文革"的非人运动在某种程度上却可以看作"是启蒙爆发的负面背景与逆向力量之所在，而这种否定性之超强力量又潜在地决定了其后启蒙反弹力之强大"④。

20 世纪 90 年代以来叙述 80 年代的作家的现代性立场主要体现在两个层面：一是从叙述内容上，形象演绎 80 年代思想解放运动与新启蒙运动的文化内涵与演变轨迹，并对 80 年代表现出强烈认同倾向的文学叙事；二是从叙事倾向性上，延续 80 年代的启蒙话语，批判专制与愚昧思想，

---

① ［德］康德：《答"何谓启蒙"之问题》，《康德历史哲学论文集》，李明辉译，台湾联经出版事业公司 2002 年版，第 27 页。
② ［美］斯蒂芬·贝斯特、道格拉斯·科尔纳：《后现代转向》，陈刚等译，南京大学出版社 2002 年版，第 20 页。
③ ［美］微拉·施瓦支：《中国的启蒙运动——知识分子与五四运动》，李国英等译，山西人民出版社 1989 年版，第 3—4 页。
④ 张光芒：《中国当代启蒙文学思潮论》，上海三联书店 2006 年版，第 76 页。

反思民族文化劣根性，主张科学与进步，倡导个人人格独立与意志自由的文学叙事。

80年代从思想解放运动到新启蒙运动的启蒙实践大体涵盖三个层面的启蒙诉求：一是政治启蒙；二是思想启蒙；三是人性启蒙。20世纪90年代以来小说对80年代的叙述正是围绕这三个向度重返80年代的启蒙进程。所谓政治启蒙，偏重于民主、平等、公正等社会政治层面，认为"将社会加以理性的重组，就可以消弭精神的、心智的迷误，摆脱偏见和虚妄的控制，不再盲从未加验证的教条，并将终结压迫人之体制的愚蠢、残酷，从而也就终结了这些心智阴影之所以孕育和滋生的温床"[①]。80年代政治启蒙潜在的对象是"文革"时期的专制愚民统治，其潜在目标则是西方启蒙运动以来对于社会政治的理性设计。胡发云小说《如焉》回顾80年代的部分写到以卫立文和达摩等为代表的知识分子，他们将批判封建主义与国家集权体制作为自身的使命，呼吁自由、平等、民主的启蒙价值，不但在清污、反自由化运动中再次成为体制的异端，而且可以说将我们重新带回到80年代的政治启蒙的文化氛围。思想启蒙侧重于理性与精神层面的解放，关注理性的公共使用的空间与能力。李轻松《风中的蝴蝶》以80年代的一次裸泳为叙事发端，表现出一代青年对于禁欲主义的反抗以及对于思想启蒙的追求。贝贝和梅兰对于自由和艺术的追求及其代价尽管不无莽撞的成分，却正如贝贝所反思的"我不知道到了90年代，新的一代人会怎么看待我们的反叛与艰辛，还有我们的不彻底和我们的犹疑。但是没有人配嘲笑我们的荒唐，因为我们消化掉了上一代人的痛苦，奠定了下一代人的自由"。小说表达了对80年代一代思想启蒙先驱的追怀与尊重。如果说思想启蒙是启蒙的理性主义层面，那么人性启蒙则是启蒙的浪漫主义层面。人性启蒙要求人摆脱封建集权统治对人身体与精神的压抑，成为一个具有自由意志的主体，主张个性自由与人性解放。20世纪90年代以来叙述80年代的小说关于80年代人性启蒙的叙述最为着力。戈铧《铺喜床的女人》中主人公小玉对封建

[①] ［英］以赛亚·伯林：《扭曲的人性之材》，岳秀坤译，译林出版社2009年版，第9页。

迷信的蔑视与当众表达自己的爱情追求体现了一个觉醒了的个体的自由意志。侯钰鑫《山鬼与花妖》中的女主人公朱石榴经由康小万"你得活得像人"的人性启蒙后以死抗争，死在了那片让她得到身体启蒙与思想启蒙的草地上。如果说一开始朱石榴与康小万的偷情还处在欲望、本能的层面，那么康小万的故事则让她逐渐从本能与欲望中激发出情感与理性，最终她的自杀标志着她作为一个启蒙个体的最终完成。可以说，侯钰鑫《山鬼与花妖》中朱石榴从"被拯救与自我拯救"到"被塑造与自我塑造"的过程正是"人性启蒙三部曲"[①]的完整演绎。

20世纪90年代以来叙述80年代的小说一方面通过对80年代政治启蒙、思想启蒙、人性启蒙的形象演绎来表达对80年代的认同；另一方面将作为启蒙时代的80年代与作为后启蒙时代的90年代作比较，从两个时代的强烈对照中凸显80年代的意义，这在那些叙事时间从80年代延伸到90年代的小说中表现得最为明显。格非小说《不过是垃圾》《蒙娜丽莎的微笑》正是从两个时代的对比中表现对80年代的怀旧与认同，以及对90年代的反思与批判。80年代在作家笔下充满着思想热情与人文氛围，鼓荡着浪漫主义与理想主义激情，与之相对的90年代则是一个经济至上、欲望膨胀、道德沦丧的时代。这里我们先不论作家的二元对立倾向是否将时代本质化、简单化与标签化，而侧重考察作家在这种刻意的对比中所表现的启蒙情结。《不过是垃圾》中80年代的苏眉优雅、纯洁、沉默少言，带着稍许的高傲与矜持，面对李家杰死缠烂打的追求，她无动于衷、表现冷漠。李家杰追求苏眉，可谓用心良苦，投其所好，越是求之不得，苏眉的形象越是神圣、凛然与不可侵犯。而90年代的苏眉却为300万元将自己出卖给成了富翁的李家杰，并在资金紧缺时主动向李家杰投怀送抱。如果说80年代的苏眉是一个坚强的具有独立人格的主体，那么90年代的苏眉则是屈服于金钱欲望的奴隶。如果说80年代苏眉是李家杰的情感对象，那么90年代的苏眉则心甘情愿地成为李家杰印证金钱分量的砝码。小说的悲剧性在于，患了绝症的李家杰本可通过怀念80年代的纯真、爱情与

[①] 张光芒：《中国当代启蒙文学思潮论》，上海三联书店2006年版，第13—16页。

理想来抵御价值的虚无和生命的无意义感,但他又亲手将这梦一样美好的漂亮积木推倒。李家杰以重金作诱饵考验苏眉,表面上他得到了80代梦寐以求的"爱情",实际上收获的却是更大的空虚与绝望。与《不过是垃圾》在情节设置上具有异曲同工之妙的还有余华《兄弟》中的林红与李光头。在一定程度上,小说借这种主客体位置的变化道出了两个时代的内在逻辑。李家杰之试验表面成功本质失败,其内在原因在于:在市场经济和消费文化的刺激下,"以普遍的个体的占有为形式的贪欲正在变成时代的秩序,统治的意识形态和主导的社会实践",欲望"成了一个晦暗不明、深不见底的物自体,开始恶魔般地横冲直撞,毫无目的和非理性地自我推进,像一个狰狞的神祇"①。因此,谁也无法逃脱这一欲望的陷阱。悖论的是,这种欲望对个体的规范与统治却是通过个体自由的面目出现的,苏眉与李家杰的你买我卖都心甘情愿。其实,本质上,这种自我选择只是个体自由的幻象,因为人在未做出选择之前就已经受到这种无限的无所不在的非理性欲望的控制。在80年代与90年代的对照中,作家的价值判断显而易见。

尽管20世纪90年代以来启蒙走向自我瓦解,但不少作家依然恪守与维护着80年代的启蒙叙事立场,同时在维护中植入反思的维度,即从80年代启蒙局限性入手思考启蒙内部瓦解的根源。鲁迅的《故乡》《祝福》《狂人日记》等小说设置了启蒙者与被启蒙者之间的对立,表现了被启蒙者的不觉醒与启蒙者的悲哀。蒋杏小说《二叔是个疯子》可谓是对鲁迅《狂人日记》的遥远回应,只不过《狂人日记》所采用的叙事视角是狂人的第一人称内聚焦视角,而《二叔是个疯子》则以乡下无知少年"我"的视角来写二叔高八斗的疯言疯行。叙事者"我"可以说类似福柯《疯癫与文明》中"天真的愚人",第一人称视角赋予了"我"以未经启蒙的愚人的智慧与权威。"这种愚人的智慧预示着什么呢?毫无疑问,因为它是被禁止的智慧,所以它既预示着撒旦的统治,又预示着世界的末日,既

---

① [英]特里·伊格尔顿:《欲望之死:阿图尔·叔本华》,《历史中的政治、哲学、爱欲》,马海良译,中国社会科学出版社1999年版,第273页。

预示着终极的狂喜,又预示着最高的惩罚;既预示着它在人世间的无限威力,又预示着万劫不复的堕落。"① 这种愚人智慧往往是统治者意志的体现,它以对统治者的顺应和服从获得了伪智慧的权威。福柯"统治"与"末日"、"狂喜"与"惩罚"、"权威"与"堕落"这种极端悖论性的三对词语正是对统治者和愚人那种尴尬地位的揭示。《二叔是个疯子》中的"我"同样身处这样的尴尬境地而不自觉,反露出一副扬扬得意的自矜。"我"对二叔的言行充满了不解与鄙弃,直接将之贬斥为疯言疯语。当二叔热情洋溢地向"我"介绍他的长诗时,我评价为"胡言乱语、乱七八糟",并因他的碎心而"心底忽然升起一种莫名的快慰"。"我"向二叔施行的是一种愚人的修辞暴力与心理暴力,这种暴力类似于苏珊·桑塔格所说的在政治修辞中对疾病意象的运用。② 实际上,小说中的二叔并非真的精神疯狂,他之所以被斥为疯癫,完全是因为其对未经启蒙的乡村文化的偏离与反叛。"疯癫与其说是指精神或肉体的某种特殊变化,毋宁说是指在肉体的变化下面、在古怪的言谈举止下面,有一种谵妄话语存在。"③ 小说一方面表现了 80 年代具有现实批判精神、独立人格、社会责任感的乡村知识分子与未经启蒙的农村文化的矛盾以及先知先觉者的孤独;另一方面小说还道出了 80 年代启蒙主义的尴尬困境以及它在 90 年代迅速转向、不堪一击的内在根源,即 80 年代的精英主义式的启蒙在深广度上还受到极大的限制,远远未渗透到广大的乡村,这又是对鲁迅反思启蒙的一重回应。

此外,毕飞宇《玉秧》批判了封建主义权威主义对人性的扭曲;李佩甫《豌豆偷树》写到贫穷的村人偷窃教室房梁钢筋导致房梁倒塌教师惨死的社会悲剧;孙建成《大哥》揭示了官僚体制与权威内化为主体需要的人性异化;王传宏《处女刘佳玉》呈现了本能的性冲动与外在的压抑所酿造

---

① [法]米歇尔·福柯:《疯癫与文明:理性时代的疯癫史》,刘北成、杨远婴译,生活·读书·新知三联书店 1999 年版,第 18 页。
② [美]苏珊·桑塔格:《疾病的隐喻》,程巍译,上海译文出版社 2003 年版,第 65 页。
③ [法]米歇尔·福柯:《疯癫与文明:理性时代的疯癫史》,刘北成、杨远婴译,生活·读书·新知三联书店 2003 年版,第 90—91 页。

的荒诞悲喜剧;阎连科《乡间故事》批判了基层权力组织中严密的裙带关系以及权力意识对人的全面控制,这些都可以看作批判性的启蒙话语在不同维度与层面的回响。

20世纪90年代以来坚守现代性立场的"80年代叙事"小说在接续与回应80年代启蒙话语的同时并未放弃对80年代启蒙本身内在缺陷的理性反思,而是在对各种形形色色的反启蒙思想意识做出深刻而有力的批判的基础上重新清理启蒙的内在局限性。

二 后现代主义立场与20世纪90年代以来小说对80年代的叙述

目前,关于后现代的理论话语众说纷纭,不同的理论家甚至同一理论家在不同历史阶段都有对后现代迥异的阐释,而且后现代、后现代性、后现代主义尽管在概念上有所联系,在具体内涵上却显示出较大差异。"后现代领域本身是一个有竞争性的领域,有许多不同的常常是相反的立场,它们的表现本身就构成了一种与现代理论的后现代分裂。"[1] 换言之,自相矛盾、歧义纷呈是后现代主义的应有之义。后现代理论代表人物利奥塔曾区分了后现代的三层含义,第一层是审美意义,第二层是思想意义,第三层是文化和政治批判意义。[2] 我们这里侧重于后现代的第二层意义,即利奥塔在《后现代状况:关于知识的报告》一书中充分阐释的那种对于现代性的启蒙、理性、科学进步、社会发展等现代性核心理念的怀疑以及对"人类自我解放的思维模式"与"对整个知识做纯思辨式的思考"[3] 两大合法化神话的批判。同样,伊格尔顿也倾向于将后现代性概括为一种思想风格:"它怀疑关于真理、理性、同一性和客观性的经典概念,怀疑关于普遍进步和解放的观念,怀疑单一体系、大叙事或者解释的最终根据。与这些启蒙主义规范相对立,它把世界看作偶然的、没有根据的、多样的、

---

[1] [美]斯蒂芬·贝斯特、道格拉斯·科尔纳:《后现代转向》,陈刚等译,南京大学出版社2002年版,第11页。
[2] 徐贲:《走向后现代与后殖民》,中国社会科学出版社1996年版,第166页。
[3] [美]弗雷德里克·詹姆逊:《序言》,[法]利奥塔:《后现代状况:关于知识的报告》,岛子译,湖南美术出版社1996年版,第5页。

易变的和不确定的,是一系列分离的文化或者释义,这些文化或者释义孕育了对于真理、历史和规范的客观性,天性的规定性和身份的一致性的一定程度的怀疑。"①

与利奥塔肯定后现代主义与极端现代主义的内在联系一样,我们这里所说的后现代是"把后现代仅仅解释为现代的一种变化,一种在现代性内部的改变"②。这种后现代主义并不否定与放弃现代理论的基本的核心特征,而是采取在现代性内部进行批判与反思的视角,是一种典型的批判性话语系统。"批判的话语文化的本质就在于坚持反思,它有责任检查那些一向被认为就该如此的东西,把'被给予的'变成'有疑问的',把策略变成主题。它有责任检查我们的生活,而不是享受它,承受它。所以,批判的话语文化不仅要挑战现在,还要挑战反现在,也就是对现在及其前提的批判。……批判的话语文化总会走向自我批判,以及对那个自我批判的批判。"③ 20世纪90年代以来一些作家从后现代主义立场的维度批判20世纪80年代的现代化实践,这与80年代末现代化改革实践遭遇挫折、90年代消费主义思潮的兴起有关,当然也与国外后现代理论的影响与渗透不无关联。

如果说,进步是现代性话语最为本质的特征与最为重要的尺度,那么在后现代主义立场影响下对80年代的叙述首先将其批判与质疑的目标指向了80年代所追求的现代性的进步观念。以科技进步为核心的现代性观念一方面带来了物质层面的极度丰裕,另一方面却也引发了一系列的观念与精神危机。20世纪90年代以来叙述80年代的小说对现代性的批判与反思最具典型性的是王安忆的《妙妙》。将此篇小说与80年代铁凝的《哦,香雪》作比较阅读,我们可以发现两位女作家在不同时代背景下对于"进步"与"现代化"的不同态度。香雪与妙妙同样生活在偏僻落后的地区,

---

① [英]特里·伊格尔顿:《后现代主义的幻象》,华明译,商务印书馆2000年版,第1页。
② [美]斯蒂芬·贝斯特、道格拉斯·科尔纳:《后现代转向》,陈刚等译,南京大学出版社2002年版,第30页。
③ [美]古德纳:《知识分子的未来和新阶级的兴起》,顾晓辉、蔡嵘译,江苏人民出版社2002年版,第74页。

对于现代化充满了憧憬和幻想。但是铁凝的叙述符合80年代改革开放时期追求现代化的主流意识形态，而王安忆写于90年代初的《妙妙》却通过妙妙的形象对于现代化、进步的内涵做出自己独特的思考。王安忆不再一味拥护现代化，而是对于现代化本身和人们对现代化认识中存在的问题进行了反思。正如火车给香雪带来了现代化的气息，妙妙对于现代的体认是通过电影、电视以及来头铺街拍电影的剧组等先进的物质文明来体认的。妙妙对于现代的认识集中体现在其对服饰和性的体验上。妙妙在服饰上紧跟大城市的最新潮流，然而在保守的头铺街却被视为异类，而如果她迎合头铺街人的品位，势必意味着在大城市退场，这给妙妙带来了苦恼。这种服饰上的具体问题体现了更广阔的社会内容，那就是现代与保守、现代与传统的关系，等等。摄制组的到来，给这个闭塞、保守、落后的地方带来了现代气息，"他们就像一座桥梁，将妙妙和现代的世界连接了起来"。具体言之：时髦的服装、标准的普通话、现代人交际的晚会。于是，妙妙模仿女演员的服装，但是"她只能在思想上抽象地行动，在思想上走到了人们的前列。而现实中，她的服装则因不甘随流却又技巧低劣而显出不伦不类，透露出一种绝望挣扎的表情"。这句话具有极强的反讽与暗示功能，昭示了妙妙的命运。可以说，此后妙妙被一个演员诱奸、与考上重点大学的孙团发生性关系到引诱有妇之夫何志华都存在着必然性。男演员标准的北京话，像外国电影上的男人一样的亲吻都使妙妙觉得自己与众不同，自己将过一种进步的生活。面对村人对她和孙团关系的议论，她嗤之以鼻，嘲笑他们保守、守旧，认为自己是有现代意识的青年，"爱就要大胆地去爱，不要考虑那些与爱无关的事情，这，就是她妙妙的思想"。她有一种落伍和被时代遗弃的恐惧，但是她对于真正的进步内涵缺乏理性的认识，这就导致她在爱情、性观念上价值的偏差与错位。

后现代主义立场下对80年代的叙述不但对80年代那种缺乏反思的进步观念进行批判，还深入现代性话语内部揭示其权力关系。现代性对经济、文化等的高速发展是以对弱势群体的排斥与专制为代价的。以反映80年代"新土改"（"分田到户"）的叙事题材为例，80年代关于"新土改"的叙述侧重的是新土改之于生产力解放的现代性意义，而90年代后现代主义渗透下的"新土改"叙事则倾向于发现这种普遍化的强制性政策在实施之初对弱势群体的损害及其中所蕴含的不平等关系。正是叙事立场与观察角度的差异使得同一叙事对象在不同时代作品中呈现出极大差异。

知识分子问题是现代性与后现代性问题的重要组成部分,鲍曼《立法者与阐释者:论现代性、后现代性与知识分子》研究现代性与后现代性语境下的知识分子问题,他指出现代性语境下的知识分子担当立法者的角色,后现代语境下知识分子丧失了立法的职能,沦为阐释者。① 如果说 80 年代小说中的 80 年代知识分子是立法者,是民众的启蒙者,那么 20 世纪 90 年代以来叙述 80 年代的小说中的知识分子则褪下启蒙者的神圣光环,其权威也遭到无情解构。王蒙小说《青狐》对 80 年代启蒙者的反思与后现代哲学家福柯关于"知识与权力"关系的论证具有一致性。王蒙以其尖锐老辣的叙述揭示出自我标榜为民主人道智慧文明的化身、愚蠢野蛮专制凶残的掘墓人的杨巨艇本质上的满嘴空话、大言欺世、凌空虚蹈、夸夸其谈。杨巨艇对青狐说:"要让那些愚蠢的、无知的、呆板的、白痴般的、占着茅坑不拉屎的人物走开,让文明的、智慧的、讲道德更讲现代意识现代方式的新人物……"青狐则一针见血地取笑"要让好人占住茅坑去拉屎,对不对?那就是你去拉屎啦!对不对?"这种玩世不恭的反讽与嘲弄尖锐地揭示出启蒙者启蒙话语背后的权力诉求,从而解构了知识分子的立法者身份。

身体、欲望在 80 年代的启蒙叙事中被赋予个性解放与人性启蒙内涵,具有崇高的意味,而后现代主义立场下对 80 年代的叙述则祛除身体、欲望的文化之魅,消解附着在身体、欲望之上的意识形态与深度模式,将之向人的本能层面还原。朱文《弟弟的演奏》一扫 80 年代文学叙述中大学生活的浪漫与崇高,也一改大学生单纯热情积极向上的天之骄子形象,而是突出一群大学生青春期性的骚动不安、情欲膨胀与本能释放。"我"所生活的年代"是一个勃起的年代,人人都开始正视自己的勃起,人人都学着不用头脑而用龟头来思考"。"我们"写诗与出诗集并非出于对文学理

---

① [英]齐格蒙·鲍曼:《立法者与阐释者:论现代性、后现代性与知识分子》,洪涛译,上海人民出版社 2000 年版,第 5—6 页。

想的追求,其直接目的仅仅是将其作为勾引女孩的媒介与手段;"我们"所谓捍卫民族尊严的游行示威行为本质上是力比多的宣泄与释放。"我们刚刚嗅到一点为所欲为的味,怎么肯就此罢休,大家手里挥舞着棍子,只觉得憋得慌,说实话主要的压力还是来自被扔在阶梯教室角落里的那个长期未受重视的性。""这几天我们居然谁也没有谈女人!一句也没谈!主要是因为我们像洒水车一样把折磨我们的那几毫升精液全都纷纷扬扬地洒在这个城市的大街上了。""这群大学生既没有刘索拉的'大学才子'们那浪漫骑士般的狂傲和反叛,更没有张承志的'研究生'那种英雄主义的理想和气概。"[①] "这些人显然没有任何高尚品德而言,没有理想、没有抱负、没有自尊,也不表现自我与个性。"[②] 朱文对80年代大学生生活的性压抑与本能追求的渲染与描写显得坦荡而自然,充盈着丰富而独特的个人色彩。这就从欲望角度为我们提供了一个既不同于主流意识形态又不同于知识分子精英观念的"80年代叙事"。

解构是后现代主义的核心气质,它意味着消解中心、抵抗同一性、解构"元话语"、提倡多元论、反叛权威和专制。后现代主义影响下对80年代的叙述正是从这些后现代的核心精神出发,从反思现代性、尊重边缘与差异、解构知识分子精英立场、对个性解放去魅等维度建构了区别于启蒙主义所构建的80年代。后现代立场影响下的"80年代叙事"对于80年代的理解与阐释尽管存在一定的偏颇与虚无倾向,却为反思与重释80年代提供了一个极富启发性的知识谱系与价值维度。

三 保守主义立场与20世纪90年代以来小说对80年代的叙述

20世纪90年代以来,伴随着80年代改革的受挫以及全球化进程的日益深入,中国出现了一股文化保守主义思潮。"这种文化思潮既包含着对80年代以来文化运作的反思,又包含着对'五四'以来激进话语的反思;而它的发展也与目前'冷战后'的新世界格局有密切的联系,可以说是这

---

① 杨胜刚:《没有旗帜的对抗——朱文的写作姿态》,《小说评论》2001年第4期。
② 陈晓明:《文学超越》,中国发展出版社1999年版,第204页。

一格局的一种文化反应。"① 在这里,我们不想纠缠于 90 年代出现的保守主义思潮的具体流派、成因、文化内涵、影响,也不试图对这一思潮本身做出具体的价值评判,而主要侧重于研究 20 世纪 90 年代以来叙述 80 年代的小说的保守主义立场倾向及其对 80 年代的重新理解与阐释。

保守主义是现代性的产物,它伴随着现代性的扩散而出现,并试图对启蒙理性全面弥散所引发的现代性危机起到矫正与纠偏作用。所以与其说它是现代性的反动,不如说它是现代性的另一张力性维度。塞西尔在《保守主义》一书中说道:"虽然乍看起来守旧思想似乎是同进步直接对立的,但它却是使进步变得稳妥而有效的一个必然因素。守旧思想的审慎态度必须控制追求进步的热情,否则就会招致祸害。"② 20 世纪 90 年代以来保守主义立场渗透下叙述 80 年代的小说同样并非是片面的偏执的反现代性,而是对现代性及其后果提出警醒。这一保守主义立场大体可以从以下几个维度来加以概括:一是将 80 年代的社会文化实践归结为激进主义的现代化运动,以一种相对冷静与审慎的姿态对 80 年代的"改革""进步"等观念做出重新审视。二是针对 80 年代现代化过程中的理性化倾向以及商品经济发展所导致的一系列精神异化、道德沦丧以及人际关系撕裂等现象,表现出浓烈的道德批判色彩。三是对 80 年代激进的现代化运动所引发的传统文化的崩溃与失落表达了叹惋与批判态度。

改革是 80 年代的中心命题,80 年代小说曾经以极大的热情呼唤改革,"改革小说"可以看作这一现代性叙述的代表。20 世纪 90 年代以来一些叙述 80 年代的小说一改对改革的单一化歌颂态度,其对改革和现代化的思考开始走向复杂与深入。徐名涛《学校》以学校改革为着墨点,以小见大,从一个特定的侧面反思 80 年代改革中的一系列问题。《学校》里的孟校长将改革学校作为证明自己"与时俱进"的方式,结果这种为改革而改革的改革方式打乱了学校的正常秩序:食堂改革使教师只能每天以萝卜青菜度日,引发了教师们的极大不满;解雇富有教学经验并与学生有深厚感

---

① 张颐武:《新保守精神:价值转型的表征》,《中国文化研究》1994 年夏之卷(总第 4 期)。
② [英]塞西尔:《保守主义》,杜汝楫译,商务印书馆 1986 年版,第 8—9 页。

情的代课教师更是引发了学生的退学潮流与教师的罢教。《学校》并非是反对80年代的改革与进步,而是站在保守的立场上表达对激进改革所造成的社会与文化震荡的批判与警惕。塞西尔在解读柏克的《法国革命感想录》一书时特别强调与肯定了柏克竭力主张必须同过去保持连续性,尽可能使变革逐步进行和尽可能不去打乱原来的正常秩序的论题。20世纪90年代以来叙述80年代的小说之所以对80年代的改革颇有微词,其中最为重要的一点即是因为激进的改革打破了历史的连续性和生活的正常秩序。"保守主义所担心的,正是这样的一种'进步心态',它为进步而进步,为变革而变革。其背后是对进步和变革的毫无根据的盲目崇拜,对无止境的新奇所带来的消遣和娱乐的变态追求。一旦这种追求'进步'的精神变成政治行动,其所带来的不是向往中的进步,而是无穷的灾难。"[①] 传统道德体系的崩溃与陷落是这种"无穷的灾难"中最具创伤性的灾难。

　　80年代中国经济现代化的践行及其成果在微观层面可以以农村的分田到户与城市个体户的崛起为代表。如果说,80年代文学对于分田到户与个体户大体持一边倒的肯定与认同态度,那么20世纪90年代叙述80年代的小说则从道德批判的维度对现代化所带来的"价值的颠覆"提出警醒。这里"价值的颠覆"语出舍勒,他认为"现代现象是一场'总体转变'(Gesamtwandel),它包括社会制度层面(国家组织、法律制度、经济制度)的结构转变和精神气质(体验结构)的结构转变。在这一视角下,现代现象应理解为一种深层的'价值秩序'(Wertangeordung)的位移和重构"[②]。这种"价值秩序"的转移和重构或价值的颠覆主要是指"生命价值隶属于有用价值""工业精神和商业精神战胜军事和神学形而上学精神"。[③] 20世纪90年代以来叙述80年代的小说也对80年代经济现代化所导致的传统道德的危机、人与人关系日益理性化、功利化等表现出应有的

---

　　① 刘军宁:《保守主义》,天津人民出版社2007年版,第143页。
　　② [德]马克斯·舍勒:《资本主义的未来》,刘小枫编,罗悌伦等译,生活·读书·新知三联书店1997年版,第6页。
　　③ [德]马克斯·舍勒:《价值的颠覆》,刘小枫编,罗悌伦等译,生活·读书·新知三联书店1997年版,第141—142页。

批判姿态。刘玉堂《最后一个生产队》唱起了对生产队特别是对生产队所代表的民间生活方式与价值观念的挽歌。李玉芹与织布匠刘来顺从恋人到分道扬镳正是分田到户后损人利己发家致富与带领他人共同富裕两种生活理想与价值观念的冲突与疏离。何顿《无所谓》中李建国人生转变的悲剧表现了功利化的经济追求对人性价值与生命价值的戕害。80年代改革文学中那些呵护传统价值体系的人物如《鲁班的子孙》中的老木匠黄老亮等往往被塑造为落伍、守旧的反面人物，而20世纪90年代以来叙述80年代的小说对于这类人物身上所保留的传统道德及其对现代理性化的抗拒表现出充分肯定的态度，从中可以透视两个时代作家的不同价值立场与伦理姿态。

　　80年代秉承着五四激进主义余脉，在文化上表现出激烈的反传统倾向。"这一方面反映了当时知识界的价值判断，因为我们在那些妨碍进步的现实中确实发现许多传统文化孑遗；另一方面也是一种公开的演说策略，因为'与传统彻底决裂'一直被认为是正统马克思主义的态度，'五四'启蒙主义还主宰着20世纪80年代的主流话语。对'封建主义残余势力'的批评一向是主流意识形态的理论原则和论述策略。"[①] 80年代的反传统倾向除了与知识分子的启蒙理性以及主流意识形态倡导有关外，还与80年代现代化过程中日益膨胀的工具理性不无关联，工具理性的要求加剧了与传统的断裂。20世纪90年代以来，伴随着保守主义思潮的崛起，人们开始以更为理性的姿态重新认识传统，并进一步反思80年代激进的反传统倾向。20世纪90年代以来叙述80年代的小说也一改80年代叙述80年代的小说的反传统姿态，而对传统的失落表现出叹惋与哀悼之情。

　　阿来《轻雷》以"轻雷"为题，蕴蓄着浓厚的象征意义：机村河口被地名办公室约定俗成地起了一个四处可见的名字"双河口"，因为"这个时代连停下来想一想，给地方取个好名字的心思都没有了"！其实，这个地方本来有一个祖祖辈辈进出这个河口的机村人起的名字"轻雷"，用来形容人们在几里之外就能听见的"河水交汇时隐隐的轰响"。"轻雷"

[①] 高瑞泉、杨扬等：《转型时期的精神转折——"新时期"以来中国社会思潮及其走向》，上海古籍出版社2008年版，第43页。

这一地名的失落一方面是因为"这个世界早已没有那么安静,人的耳朵听了太多声音,再也不能远远地听见涛声激荡了";另一方面则是因为在镇上人们不用藏语交流了,藏语名字"轻雷"自然也被历史所遗忘。阿来借"轻雷"这一诗意的地名被"双河口"这一庸俗的地名所取代,表明80年代传统的稳定性与延续性逐渐被人们遗忘与打破、功利化的世俗生存方式代替了在自然中诗意地栖居的生活方式。

如果说地名的失落还不足以表明传统在80年代现代化进程中的失落的话,那么小说主人公拉加泽里为了迅速致富,竟然砍掉了藏人死后赖以寄托灵魂的落叶松这一行为,则表明了"现代人"对传统的公然践踏。传统通过一系列代代承袭的稳固的仪式、象征、符号等给人们提供一整套的价值观念与生活方式,给人们提供安身立命的灵魂归宿。小说中的落叶松正是传统的一个部分,藏族历代人死后都将灵幡悬挂在高大的落叶松上,落叶松是人死后灵魂的去处。这一意识表明传统文化对于灵魂的尊重与死亡的敬畏。然而这一传统却在金钱与利益面前没落殆尽。"这种现代性的剧变把传统的结构和生活方式打成了碎片,扫除了神圣,破坏了古老的习惯和继承下来的语言,使世界变成了一系列原始的物质材料,必须理性地对它加以重构并使之服务于商业利益,以工业资本主义的形式对它们加以控制和利用。"[①]此外,机村人疯狂地砍树卖钱还导致自然资源的恶化与生态危机。传统文化讲求"天人合一"的自然观与价值追求,然而伴随着现代化的渗透,"天人合一"的传统文化观遭到前所未有的背叛与挑战。《轻雷》借藏族老人崔巴葛瓦之口表达了对80年代现代化所带来的一系列负面现象的批判,表达了一个保守主义者"在腐蚀性的启蒙理性主义的猛烈进攻之下,针对历史衍生的诸般文化与道德价值所做的意识性防卫"[②]。

美国保守主义者希尔斯针对人们对于传统的贬低与攻击,指出"在现代,人们提出了一种把传统当作社会进步发展之累赘的学说,这是一种具

---

① [美]弗雷德里克·詹姆逊:《时间的种子》,王逢振译,江苏教育出版社2006年版,第53页。
② [美]艾恺:《世界范围内的反现代化思潮:论文化守成主义》,贵州人民出版社1991年版,第16页。

有重大历史意义的错误。如此断言是对真理的一种歪曲,认为人类可以没有传统而生存,或只消仅仅按照眼前利益、一时冲动、即兴理智和最新的科学知识而生存,同样是对真理的歪曲"①。20 世纪 90 年代以来叙述 80 年代的小说以 80 年代传统失落后的社会危机与人性危机来回应 80 年代功利和效益原则对于传统的攻击,并对 80 年代现代化进程中与传统断然决裂的激进主义倾向表现了显在的批判态度。

"80 年代叙事"的保守主义立场之于 80 年代的意义表现为去蔽与反思两个层面。去蔽是指打捞那些为现代性的宏大叙事所排斥与边缘化的历史文化碎片,最大限度地还原 80 年代历史的本来面貌;反思是指对 80 年代的经济社会发展、文化运作及其呈现的问题进行再批判与矫正,并试图建立一整套关于时代与社会发展的策略。如果说,西方保守主义的出现是对西方启蒙运动之主流的"辩证的反动"(史华慈语),那么 20 世纪 90 年代以来叙述 80 年代的小说所体现的保守主义倾向也是对 80 年代的反动。

20 世纪 90 年代以来叙述 80 年代的小说的保守主义倾向在一定程度上可以看作知识分子重新确认与标识自我文化身份的努力。"如何与在 90 年代已成国家主导话语体系的 80 年代启蒙表述策略相区别,往往成为知识分子标识自己批判性良知身份与重寻文化英雄之梦的重要动力。而通过对传统文化价值的重估这条途径以区别于 80 年代的全盘清算,恰恰可以在反向上树立自己的舆论先知形象。"② 也即是说,批判 80 年代的激进主义、全盘西化其目的不仅在于对 80 年代做出清理与反思,更是知识分子重新确立自己话语方式的策略性行为。这就不难解释保守主义渗透下的"80 年代叙事"在价值立场上所呈现出的问题:尽管"80 年代叙事"的保守主义立场对于 80 年代现代化的批判在某些方面可谓是切中肯綮,然而与此同时,由于保守主义对中国的社会文化语境缺乏应有的认识,对于历史的复杂性、偶然性与多元性缺乏同情性的理解,导致其以清算激进主义为开端,逐渐走

---

① [美] E. 希尔斯:《论传统》,傅铿、吕乐译,上海人民出版社 1991 年版,第 446 页。
② 杨念群:《昨日之我与今日之我:当代史学的反思与阐释》,北京师范大学出版社 2005 年版,第 70 页。

向了启蒙主义价值立场的反面,表现出一定的反现代倾向。

由于价值立场与观看角度的差异,80年代呈现出多样复杂的历史面孔,站在启蒙主义立场上,80年代是知识分子、批判立场、启蒙意识、人文精神等的代名词;在后现代主义立场看来,80年代则意味着主体膨胀、宏大叙事、文化霸权;而站在保守主义立场上,80年代则呈现出现代化神话下的道德危机与传统文化危机。可见"80年代叙事"所呈现的80年代既是"历史",也是根据现实不同需要所进行的文化想象与符号生产。应当指出的是,这里关于启蒙主义、后现代主义与保守主义对80年代的叙述,是一种大致上的划分,实质上,这三者之间也并非截然对立,而是存在着相互交叉的维度关系。

第三节 作家主体的裂变与"80年代知识分子"形象的瓦解

正如本书第一章所指出的,知识分子是80年代的时代主体,目前研究界对于80年代小说中的"20世纪80年代知识分子"[①]形象也已经形成了较为广泛的共识,对其形象的内涵特征有了较为稳定、清晰的指认。然而笔者阅读20世纪90年代以来叙述80年代的小说的一个突出的印象是:20世纪90年代以来小说中的"20世纪80年代知识分子"形象与80年代小说中的"20世纪80年代知识分子"形象存在较为显著的差异。这一差异具体表现在哪些层面?为什么会出现这种差异?这一差异反映出20世纪90年代以来作家在对自我角色的认知中发生了怎样的变化?如何评判这一变异?解决这一系列问题,对于我们理解80年代知识分子在90年代的全面转型具有重要的意义。

概括而言,20世纪90年代以来小说中的"20世纪80年代知识分子"形象与80年代小说中的"20世纪80年代知识分子"形象差异的成因可

---

① 本节中的"20世纪80年代知识分子"指主要活动于20世纪80年代,认同知识分子角色,发挥知识分子职能的一群人。

归结为以下两点：一是80年代和20世纪90年代以来迥异的时代背景与历史文化语境影响着各个时代的文本建构；二是由叙事者的叙事观念与叙事意图的时代与个体差异所决定的。总体来说，80年代小说中的"20世纪80年代知识分子"具有当下性，这一当下性决定了作家的形象塑造既要体现出其对时代精神与时代意识的敏感度，又要最大限度地迎合其时的意识形态诉求。而20世纪90年代以来小说中的"20世纪80年代知识分子"则更具反思性，它是作家主体摆脱特定时代限制，在新的历史语境刺激下对历史做出的重新打量与观照。这一反思性视角赋予了20世纪90年代以来小说中的"20世纪80年代知识分子"形象更大限度的历史真实性，当然这一历史真实性也只是相对而言的。其原因在于20世纪90年代以来叙述80年代的小说作为历史叙述，难免不受"讲述话语的时代"的影响，特定的叙事意图决定了其在反思的同时也难免造成一定的遮蔽与误读。

本节试图梳理20世纪90年代以来小说中的"20世纪80年代知识分子"的形象特征，比较其与80年代小说中的"20世纪80年代知识分子"形象的异同，并在此基础上开掘这一叙事差异形成的作家主体层面的内在根源。

一　重述现代性："80年代知识分子"的重塑及其局限

80年代小说中的"20世纪80年代知识分子"形象多具英雄色彩，他们是批判"文革"极左路线的急先锋，是现代化建设的拥护者与主力军，是80年代文化启蒙的导师与代言人。在他们身上寄托了作家及民众对一代知识分子的道德与情感的认同。他们或是如蒋子龙笔下的"开拓者家族"，崇尚科学、大刀阔斧推进经济改革；或是如"归来者"作家群笔下自觉反思极左路线、呼吁人性启蒙的知识分子角色。一言以蔽之，我们可以将80年代小说中的"20世纪80年代知识分子"归结为现代性的追求者与担当者，这种形象无疑迎合了80年代意识形态诉求。就80年代作家的叙事态度与叙事立场而言，他们对作为"追求现代性"领军角色的"20世纪80年代知识分子"无疑是持赞赏态度的。

20世纪90年代以来小说中的"20世纪80年代知识分子"形象则是对80年代小说中的"20世纪80年代知识分子"形象的颠覆与重塑。这一颠覆与重塑具体表现在三个层面：一是重述"20世纪80年代知识分子"的现代性追求，或者说进一步挖掘"20世纪80年代知识分子"现代性的另一副面孔；二是对"20世纪80年代知识分子"的理想与激情做出反省；三是指认"20世纪80年代知识分子"的世俗性特征，但又将之区别于"20世纪90年代以来的知识分子"形象的世俗化。

80年代小说中的"20世纪80年代知识分子"是一群被民族国家的意识形态高度整合的知识分子，他们的现代性追求主要落实到现代性的民族国家层面。现代性所内蕴的个性解放、个人自由等层面受到民族国家诉求的压抑，这就导致80年代小说中的"20世纪80年代知识分子"作为政治启蒙家而非人性启蒙家的角色加以呈现。就作家的叙事态度而言，80年代作家对这类政治启蒙家的角色表现出肯定性的认同。与之相对，20世纪90年代以来小说对这类政治启蒙家则表现出否定性的反思与嘲讽。王蒙《青狐》中的杨巨艇就是20世纪80年代政治启蒙家的典型代表。王蒙以其尖锐老辣的叙述揭示出自我标榜为民主人道智慧文明的化身、愚蠢野蛮专制凶残的掘墓人的杨巨艇本质上的满嘴空话、大言欺世、凌空虚蹈、夸夸其谈，从而解构了"20世纪80年代知识分子"的神圣性特征。在解构的基础之上，王蒙还塑造了"青狐"这一精灵，让其承担自己对"20世纪80年代知识分子"面孔的重新认定。青狐因为长相妖冶另类、充溢着旺盛的生命本能与欲望冲动在反右与"文革"中受到压抑与打击，而80年代的思想解放则为她的生存提供了一定的土壤，她凭借几篇小说横空出世，一夜成名。独特的女性经验与敏锐的思想触角使她对其时占据思想文化主流的政治启蒙家的空谈充满警惕；相反，无论是其小说创作还是其个人生活，她都更为关心作为个体的人的情感、欲望、生命本能等层面。可以说，青狐以其独特的生活经历与生命体验书写了一部"20世纪80年代知识分子"的野史，这一野史在相当程度上偏离了80年代小说对"20世纪80年代知识分子"形象的建构。

正是对个体欲望、本能的关注使20世纪90年代以来小说中的"20世纪80年代知识分子"获得了区别于80年代小说中"20世纪80年代知识分子"的现代性的另一重特征,然而,20世纪90年代以来作家的探寻并未止步于此。欲望、本能在"20世纪80年代知识分子"作为反抗权力压迫、追求个性解放与人性觉醒的工具时,其力量是积极与肯定的,但随着20世纪80年代中期消费主义与享乐主义文化的渐渐兴起,这一力量的否定性特征在"20世纪80年代知识分子"身上则表现得更为突出。商河小说《家庭生活》的叙事时间是1986年,其主人公德生本是一个潜心研究佛学,执着于信仰的年轻学者,然而屋内的宁静安详怎么也抵挡不了窗外的欲望刺激:时髦性感的女孩屁股上怒放的玫瑰正被作为自由的象征而为年轻人所崇尚。德生的内心再也无法宁静,他的佛典里老是不断涌现着与海潮、玫瑰、绿短裤诸形相似及相应的各种喧嚣,"戴安芬"牌高级真丝女士内裤一直在空中悬浮与飘扬。因此,很快他也走出佛典,汇入追逐欲望的时代洪流。他的欲望追逐恰恰是以追求自由与解放的名义而实施的,欲望的旗帜在自由之杆的支撑下迎风招展。更具讽刺性的是,这些形形色色的欲望往往打着新启蒙的旗号肆意狂欢,人性深处的种种污秽往往借助新启蒙的宏大话语尽情释放。80年代部分作品以欲望、本能的释放作为人性解放与人性启蒙的表征,借以完成对80年代观念的建构,但由于历史的局限性,其对有些知识分子打着启蒙旗号行欲望之实的行为却缺乏批判的力度。可以说,正是对这一现象的萌芽的忽视与批判的乏力导致80年代后期启蒙知识分子的内部崩溃。从这个层面来看,20世纪90年代以来小说对"20世纪80年代知识分子"这种打着自由名义寻求欲望之实的揭示无疑具有警示与启发意义。

一方面,开掘为80年代作家所忽视的"20世纪80年代知识分子"的另一重现代性内涵;另一方面,对这一内涵也并非一味肯定,而是充分批判这一现代性维度下隐藏的局限与危机,这种重述现代性的意义是显而易见的。不过,应当指出的是,有些作家为了表达自己的历史观念,刻意将历史的另一面无限放大,从而陷入新一轮的遮蔽与扭曲,在对历史纠偏的同时又不自觉地陷入历史的另一个陷阱。换而言之,有些作家并非立足启蒙和现代性立场对"20世纪80年代知识分子"形象的缺憾进行反省，而是借此肆意嘲弄与解构20世纪80年代的启蒙与现代性话语，这一历史态度与价值立场同样是值得警惕的。

二 反省与追问："80年代知识分子"的理想主义及其危机

与80年代小说中的"20世纪80年代知识分子"相似，20世纪90年代以来小说中的"20世纪80年代知识分子"也普遍表现出浓厚的理想主义情怀。这种理想主义情怀首先表现在知识分子对国家民族的关怀与对民众的启蒙热情层面。胡发云《如焉》中达摩、毛子等一群"青马"成员，聚集在思想家、理论家卫老师的周围，他们没有盲目加入主流意识形态的大合唱中，而是依旧保持在体制外独立思想的能力。卫老师平反后说："我还要看十年。"这是一个饱经磨难的知识分子对历史的清醒认识。他们聚会讨论，著书立说，深入探索反右、"文革"这些政治运动的社会、历史根源，并将这种反思深入整个民族性格的根部以及知识分子自身，在启蒙民众的同时不停地进行自我反省与自我启蒙，发挥着公共知识分子的社会角色。这种启蒙激情和理想主义情怀在张梅《破碎的激情》第一部《殊途同归》中也得到了较好的呈现。《殊途同归》叙述了在80年代"思想解放"和"新启蒙"运动的文化背景下，作为时代弄潮儿的一群知识分子的理想主义激情。圣德是这群人的思想核心与文化教父，他借《爱斯基摩人》将这些"不屑于陈腐而追求真理的人"聚集在一起，立志把杂志办成像《新青年》一样具有启蒙意义的思想刊物，使全体撰稿人都成为社会的前驱。他们"痛恨市民的庸俗和无理想"，想通过杂志"把理想和文化灌输给市民"。他们在一起聚会、念诗、唱歌、尽情地争论发表新观点，执着地探索精神世界。

这种理想主义激情除了表现在知识分子的公共关怀维度以外，还体现在知识分子对自身道德、精神的关注层面。诗歌和爱情是这一理想主义追求的外在呈现。刘志钊的《物质生活》的第一部以近乎诗意的笔法塑造了作为80年代理想主义的象征和符号人物的韩若东。他是80年代的校园诗人，将诗歌和爱情作为自己的宗教和信仰，在他看来，如果没有诗歌，就没有思想，就是放弃思考，而放弃思考的民族是没有前途的民族。于是他疯狂地写诗，执着地追求爱情，急躁而真诚。因为有诗歌、有热情、有信仰，尽管他在物质上贫困，在精神上却是丰裕与自治的。他与乔其在学生时代和流浪生涯中的爱情可谓是擦出了80年代理想主义最为耀眼的火花。与《物质生活》具有相似性的还有荒水的《伤逝》、格非的《蒙娜丽莎的微笑》等。《伤逝》中孤傲的诗人诗泯是一个唯美的理想主义者，对爱情怀着近乎宗教般的虔诚和苛求。他与稚荷的恋情具有一种超凡脱俗的浪漫、诗意与澄明的气质，令人动容。对日益世俗化庸俗化的现实社会，他像一个负隅顽抗的士兵，抵抗着现实的功利与冷漠，维护自我的精神尊严与人格独立。《蒙娜丽莎的微笑》中的胡惟丐也是卓尔不群、超凡脱俗的时代精英人物，他与女售货员叶晓梅的恋爱超脱了现实功利与欲望，完全是专注于情感与精神的柏拉图式的恋爱。好友发表了媚上的研究论文，他断然与之绝交。这种与世俗的、现实的生活毅然决裂的理想主义生活态度标志了一个时代的精神标高。

上述作品有一个共同的叙事特征，即小说的时间跨度并不仅仅局限于80年代，而是进一步延伸至90年代。20世纪90年代以来几乎没有单纯以怀旧的笔调叙写"20世纪80年代知识分子"理想激情的作品，而是以或哀婉或讽刺的笔调叙述这种理想主义激情在90年代的破灭与消解。这一方面与理想主义在20世纪90年代以来的边缘化不无关联，另一方面也表现出作家反思80年代理想主义的自觉意识，即在两个时代的勾连与对比中反映知识分子的命运变迁与精神历程，从而更好地揭示出时代特质及变迁依据。

上述作品中的主人公进入20世纪90年代以来表现出两种命运：一是抛弃理想，与世俗同流合污，成为所谓的成功人士，如毛子、圣德、韩若东；二是坚守理想，与时代格格不入，成为时代的弃儿，郁郁而终或者干脆自杀，如诗泯、胡惟丐等。这两种命运都昭示了"20世纪80年代知识分子"理想主义的失败。"为什么在80年代'思想解放'和'新启蒙'运动中非常活跃的'弄潮儿'们，面对90年代的巨大社会变迁却不仅丧失了思考和批判的锋芒，而且其中很多人那么容易地认同物质主义和享乐主义，这究竟是怎么回事？"① 这同样也是作家在叙述80年代和20世纪90年代以来这两个时代时难以回避的一个问题，落实到具体层面这一问题也就是80年代的理想主义本身是否就蕴蓄了20世纪90年代以来的物质主义的危机？郭平《谎言》中，叙事者"我"指着那些诗人或失恋者对主人公周一凡说，别看他们如今为形而上痛苦，早晚有一天他们会比所有的人都形而下的，他们对物质的攫取会比任何人都贪婪，他们对精神的抛弃会比所有的人都干净彻底。《如焉》中的卫老师早就对"20世纪80年代知识分子"的理想主义激情充满警惕："年轻人，特别是年轻的知识分子，理想主义热情烧完了，紧接着而来的，就是市侩主义犬儒主义。"也即是说，"20世纪80年代知识分子"的理想主义如一场精神的发烧，尽管表现得热情高涨，但这种热情并非完全源于知识分子内在理性的诉求，而更多的是由于外力的催化。所以现实外在环境一旦发生转变，知识分子则很可能会放弃理想与激情，迅速步入"理性"与"清醒"的物质主义与实用主义。这些观察与反思可谓具有深远的历史预见性与深邃的洞察力。果不其然，《如焉》中毛子在80年代末的政治运动中，终于承受不了社会的恐惧与内在精神恐惧，精神出现异常。逃过这一劫后，他迅速抛弃理想，走向物质主义和犬儒主义，甚至通过帮领导写论文以讨好领导。毛子式人物的蜕变除了政治原因和20世纪90年代以来商品经济文化的影响外，80年代的理想主义自身的问题也难辞历史之咎。同时，小说还触及疯狂及其痊愈的问题。如果说，毛子的疯狂一方面是出于对政治压力的恐惧，另一方面可以看作其对理想的坚守的话，那他的痊愈则表现出这种理想主义的破产和现实生存原则占据了上风。

从80年代理想主义自身的问题入手，可以进一步透视80年代的理想主义蕴蓄着20世纪90年代以来物质主义危机的原因。其一，20世纪80年代的理想主义的浪漫激情本身就蕴含着欲望的觉醒与扩展。也即是说，理想主义的浪漫和激情除了带来创造和改造的冲动以外，同时也激发了人的生命原始欲望，有时候这两者是相伴相生的。张梅《破碎的激情》中的

---

① 李陀：《破碎的激情与启蒙者的命运》，《读书》1999年第11期。

《爱斯基摩人》的撰稿人都疯狂地追逐女人，莫名三个月就使两位具有娇骄二气的女撰稿人失去了贞操，其教父圣德也不例外。女主人公之一的黛玲额头上的紫色唇印因激情而出现，一旦激情消逝，紫色唇印也随之消失。紫色代表神秘和轻佻，而那个张开的嘴唇则是性的暗示，"诡秘和邪恶"。正如有研究者所注意到的，"追究90年代物质主义的盛行，不但要分析它和商品经济的复杂关联（可以大胆提出这样的问题，商品经济是否必然要导致物质主义对全社会的支配？），还要研究它和80年代知识建设和话语建构之间的内在关系，也就是说，追究那个时期的哪些'新观念'为今天的物质主义盛行提供了框架和资源？这些'新观念'又是从哪里来的，等等，如此提出和讨论问题，势必引出对80年代'新启蒙'运动的种种质疑，事实上，当前思想界种种争论也都和这些质疑密切相关"。[①] 可见，20世纪90年代以来的享乐主义与欲望狂欢除了导因于消费文化语境的激发以外，20世纪80年代知识分子的思想观念与文化观念也起到一定的催生与引发作用。换而言之，种种本能欲望往往借助一定的合理性观念将自身合法化，打着激情、理想、启蒙的旗号习焉不察地明修栈道，暗度陈仓。

其二，理想主义与现实批判是一对孪生姐妹，但如果这种理想主义和现实批判不是建立在社会公共性的层面，而是建立在以自我为中心的基础之上，那么这种偏激与极端的理想主义极易使人走向偏执与专制。这种偏执型人格所引发的性格悲剧在某种程度上可谓是理想主义之果。《伤逝》中的主人公诗泯，固执地生活在爱情和诗歌所营造的理想主义幻梦中，与现实格格不入。在他看来"每张脸的笑容下都隐伏着盘算和觊觎，轻松的寒暄闲扯有一种暗中试探和较劲儿的紧张感，每一寸空气都充满了可疑的秘不示人的味道"。他固执地以自我为中心，容不得别人拂逆自己的意志，进而与整个世界为敌。这种偏执的理想主义除了伤害自己以外，同时也伤害自己最亲近的人。王彪《死是容易的》中，美貌的女友宋丽娜是诗人司马梦舟确认自我存在和价值的工具，是自我理想主义的外化与投射。一次

---

① 李陀：《破碎的激情与启蒙者的命运》，《读书》1999年第11期。

郊外游泳他们遇到一个无赖拿走他和宋丽娜的衣服，面对无赖他表现得软弱无能，但当宋丽娜拿回衣服，他又对宋的贞操产生怀疑，以致后来由于心理障碍导致生理问题。这一情节极富象征意味，表明知识分子对理想主义坚守无力，却又肆意勒索。"20世纪80年代知识分子"的自卑与自负、虚荣与褊狭的性格可以看作理想主义危机的人格表现。

其三，作为从"文革"中走过来的一代知识分子，其理想主义热情尽管在内容上与"文革"的理想主义乌托邦相迥异，在形式上却延续了"文革"的某些特征，可以说是"反乌托邦时代的乌托邦"。这种理想主义缺乏理性的自觉，浪漫、激情、天真有余而深度不足，更多是一种任性与盲动。《破碎的激情》中的《爱斯基摩人》杂志经常紧跟社会潮流，流行一些瘟病，如爱说话、寻找痛苦等。生活优越的子辛甚至为了紧跟这种寻找痛苦的潮流，违心与丑陋的女诗人恋爱以体验痛苦，这种不负责任的爱情导致的结果是女诗人患上了精神忧郁症。理想主义的缺憾还表现在由于知识分子尚未形成独立的批判性的价值立场与价值体系，这种理想主义极易为主流的宏大叙事所收编，为政治和意识形态所利用。

20世纪90年代以来叙述20世纪80年代知识分子理想主义的作品其叙事态度是复杂而游移的。一方面，在20世纪90年代以来的消费文化语境下，作家对80年代知识分子的理想主义充满怀旧情绪，但与此同时，现实的历史境遇又迫使作家不得不以清醒的历史意识与批判性的眼光对"20世纪80年代知识分子"的理想主义进行反思和追问甚至反讽与嘲弄。叙事态度的复杂性也造就了20世纪90年代以来小说内涵的丰富性与多义性，从而有别于80年代小说对"20世纪80年代知识分子"理想主义的一元化概括与本质化认定。

三 反观与投射："80年代知识分子"的世俗品性及"象征资本"的原始积累

如果说，叙述"20世纪80年代知识分子"的理想主义及其危机侧重的是精神维度的话，那么揭示"20世纪80年代知识分子"的世俗品性则更为侧重隐性的感官层面。与80年代小说相比，20世纪90年代以来叙述

"20世纪80年代知识分子"的小说，普遍表现出"解圣化"的倾向，即解构"20世纪80年代知识分子"崇高、伟大、神圣、纯洁的人格品性，最大限度地开掘其卑下、低贱、猥琐、平庸的世俗品性。这一叙事倾向与20世纪90年代以来文学"告别神圣""躲避崇高"有着内在的一致性，可以说是顺应了20世纪90年代以来的文学潮流。如此说来，20世纪90年代以来叙述"20世纪80年代知识分子"世俗品性的作品除了呈现出解构历史的野心与开掘出知识分子内在灵魂的丰富性多样性以外，似乎无更大价值。然而，细读作品可以发现，尽管同样隶属叙述知识分子世俗化的范畴，"20世纪80年代知识分子"形象的世俗品性与消费文化语境下20世纪90年代以来知识分子形象的世俗品性及其表面上的某种相似性却无法弥合背后的巨大裂缝。可以说，对这一裂缝的关注与开掘赋予了20世纪90年代以来小说中的"20世纪80年代知识分子"区别于20世纪90年代以来的知识分子的历史价值与审美价值。

　　20世纪90年代以来小说中"20世纪80年代知识分子"的世俗化特征可概括为三个方面：一是追求物质利益；二是放纵性欲望；三是臣服与攫取权力。这三个方面在20世纪90年代以来的知识分子形象中也不例外。但由于历史文化语境的差异，知识分子在走向世俗的成因、世俗的表现方式及内在精神方面表现出显著的差异。按照现代知识分子与后现代知识分子的区分，如果说"20世纪80年代知识分子"形象的世俗品性尚隶属于现代性范畴，那么20世纪90年代以来的知识分子形象的世俗品性则更多表现出后现代症状。

　　首先，20世纪90年代以来，当物质主义已经成为支配普通人包括知识分子的黄金法则时，20世纪90年代以来的知识分子对这一法则表现出积极顺应的姿态，对物质的攫取较少心理障碍与精神游移。《废都》《桃李》中的知识分子较轻易地将自己打造为快乐的消费者，直接将知识、能力转化为金钱。"20世纪80年代知识分子"对物质的攫取则表现出相对复杂的姿态。戴文杰《穷诗人》中的王贵生曾经对诗歌有着疯狂的热情，但他却没有钱买一条作为诗人标志的牛仔裤，他们想办诗歌刊物却苦于没有经费，一场大火更是让他无家可归。于是他不得不投奔钱国栋的剪裁预制厂，为他宣传，成为一个自己曾经鄙弃的宣传"四化"的吹鼓手并得到厂长女儿的垂青。在工人讨好的微笑中他发现了自己以前作为一个诗人从未体验过的尊严、价值与人格。80年代知识分子王贵生并非是自己积极主动地走向世俗，而是在现实诸多无奈因素的刺激下的被迫选择，因此在走向世俗的过程中，他的世俗化快乐只是短暂的，分裂、挣扎的痛苦不断地咬啮着他脆弱的心灵。小说中的疯女意象可谓是王贵生内心挣扎的外化。疯女投井后，王贵生看到死后的疯女，"突然发现那细眯的眼缝里竟射出一束亮光，他浑身颤抖了一下，像被子弹击中了似的瘫软下去"。疯女投井是对日趋世俗化社会的抗争，王贵生的幻觉正反映了"20世纪80年代知识分子"在世俗化中的游移与对放弃精神追求的恐惧。

其次，20世纪90年代以来小说中的"20世纪90年代以来的知识分子"形象在个人欲望追求方面往往表现出"为欲望而欲望"的特质，也即是说，他们往往抽去欲望的历史、文化、道德功能，将之完全生理化与符号化。80年代小说对欲望的叙述更侧重其人性解放功能，欲望的觉醒是进行启蒙的重要一环。20世纪90年代以来小说叙述中"20世纪80年代知识分子"的欲望，则既非单纯的崇高，也非纯粹的本能，而是掺杂着更多的历史文化印记，难以简单划分与归类。王安忆《叔叔的故事》中的叔叔与王蒙《青狐》中的米其南可以做对位式阅读："文革"后他们的纵欲与狂欢是出于对"文革"禁欲主义的报复式反抗并进而寻求补偿的心理在作祟。米其南被打为右派后极度性压抑，甚至用钝剪刀铰自己的生殖器。一旦平反，他就疯狂地征服一个又一个女人，博得她们的眼泪，更博得她们的身体。他觉得自己二十多年当"右派"太亏了，他现在要的是数量，他的目标是一百零八个。他将一个又一个新的性爱记录作为80年代新形势的些微补偿包括心理的社会的更是物质的与生理的补偿。叔叔与米其南无论是在个人经历上还是行为上都存在某种相似性。由此可见，"20世纪80年代知识分子"的纵欲有其深厚的历史文化原因。但作家并未因此放弃自身的道德批判立场，也即是说，知识分子并不能将苦难作为放纵欲望的借口，这种无休止地勒索苦难的行为本身暴露了知识分子内在理性的匮乏与信仰的缺失。这一后果无疑是可怕的，90年代的纵欲主义也可以从这一群知识分子的思想观念中寻找到一部分根源。

最后,"20世纪90年代以来的知识分子"逐渐丧失其在20世纪80年代所占据的中心与主流地位,在商业和物质文化巨流席卷下被抛向社会的边缘。他们逐渐认同于自己的边缘地位,对自身的社会地位与在社会权力资源中的角色分配表现出相对淡然的态度。而"20世纪80年代知识分子","文革"中被打压与改造的屈辱地位使得他们平反后对权力与自身的社会地位表现出逆反式的渴望。《叔叔的故事》中的叔叔,"文革"后将自己打扮成一个现代的普罗米修斯,崇高的苦难是他的宝贵的财富,供他做出不同凡响的小说,还供他俘虏女孩。叔叔一方面不断渲染自己的苦难历史与痛苦经验,借以博取人们的同情;另一方面,他还通过自我叙述将历史中的自我美化。在叔叔的自我描述中,其可谓在苦难中依然坚贞不屈,"叔叔的形象和声音有一种受难的表情",可实际上,"在叔叔的档案袋里,装满痛哭流涕卑躬屈膝追悔莫及的检查"。这一美化策略不但表现在对自身历史的扭曲,还表现在对屈辱历史的抹杀,叔叔坚决与妻子离婚就是这种将有损自我形象的历史一笔勾销的表现。叔叔与妻子度过的小镇生活亵渎了他的尊严,在小镇中他迅速放弃自己的个人主义与浪漫理想,变得粗俗和狡诈、猥琐,这与叔叔"重写他的历史"中的崇高受难形象无疑是相背离的,于是,"他要把往事全部埋葬,妻子便做了陪葬品"。一方面,对待历史,"20世纪80年代知识分子"缺乏应有的自我批判与自我反思精神,反而不断进行自我美化以获取社会地位与社会资源,成为所谓的社会名流与成功人士;另一方面,对待现实,"20世纪80年代知识分子"借助文化启蒙等策略积累符号资本,并进而获得经济资本与权力资本。正如有论者研究20世纪80年代历史时所指出的:"从符号生产和符号消费的经济学角度看,'文化热'揭开了当代中国符号资本'原始积累'的帷幕,其规模之浩大,足以作为近代史上继洋务和五四之后的又一高峰。"[1] 借助布迪厄的"象征资本"理论,研究者在一定程度上说明了"20世纪80年代知识分子"借积累符号资本并进而获取经济资本与权力

---

[1] 张旭东:《重访八十年代》,《读书》1998年第2期。

资本的部分事实。"象征资本开始不被承认,继而得到承认、并且合法化,最后变成了真正的'经济'资本,从长远来看,它能够在某些条件下提供'经济'利益。"① 20世纪90年代以来的小说对"20世纪80年代知识分子"以启蒙作为他们获取象征资本的符号也有一定的反映。比如《青狐》中的杨巨艇对青狐说"要让那些愚蠢的、无知的、呆板的、白痴般的、占着茅坑不拉屎的人物走开,让文明的、智慧的、讲道德更讲现代意识现代方式的新人物……"青狐则一针见血地取笑"要让好人占住茅坑去拉屎,对不对?那就是你去拉屎啦!对不对?"这种玩世不恭的反讽与嘲弄尖锐地揭示出启蒙者启蒙话语背后的权力诉求。《青狐》还叙述了在各种官方组织的文化活动中知识分子享受优裕的待遇:华丽的饭店,优雅的服务员,温馨的软卧、北戴河疗养。这在一定程度上说明了"20世纪80年代知识分子"在现实体制中所占据的社会身份和地位,而这一身份的获得表明"20世纪80年代知识分子"与主流意识形态的合作关系,揭示了文化资本与权力资本的合谋与转化。有研究者认为,"80年代文化资本与文化权力的重新分配带有从上到下的特点,而且思想观念的斗争与变革是其主要的促动力量;更重要的是,它是在原体制内的资本再分配"②。也即是说,20世纪80年代知识分子的文化资本积累必然受到各种体制的支配,它并未获得自身独立的力量。

有学者认为"80年代文化热或西学热所带有的强烈的审美冲动和哲学色彩无法掩盖这样一个事实:'文革'后中国思想生活追求的是一种世俗化、非政治化、反理想主义、反英雄主义的现代性文化"③。尽管这一反思不无武断和以偏概全之处,却也在一定程度上触及了长期被遮蔽的时代特征,具有片面的深刻性。20世纪90年代以来小说对"20世纪80年代知识分子"世俗品性的叙述似乎也印证了上述结论。进而言之,这种对于"20世纪80年代知识分子"世俗品性的指认在某种程度上为20世纪

---

① [法]皮埃尔·布迪厄:《艺术的法则:文学场的生成和结构》,刘晖译,中央编译出版社2001年版,第175页。
② 陶东风:《社会转型与当代知识分子》,上海三联书店1999年版,第161页。
③ 张旭东:《重访八十年代》,《读书》1998年第2期。

90年代以来中国的社会转型寻找到了历史根源与文化依据。也即是说，20世纪90年代以来物质主义与享乐主义的泛滥并非空穴来风，它早就根植于80年代的启蒙文化之中，在某种程度上是新启蒙运动之果，只是在20世纪80年代的新启蒙运动中，这一层面被许多作家有意无意地忽略了。

20世纪90年代以来，经受过80年代末政治动乱和市场经济大潮冲击的作家对自身角色定位及身份意识产生了犹疑、困惑，进一步引发了身份认同危机。理想破灭、激情消逝后，他们以清醒的自嘲与反讽重新反思20世纪80年代知识分子的话语系统与社会角色，进而深入知识分子的精神内部去探寻与反省80年代现代性追求的局限性、激情背后的专制与虚妄、崇高背后的世俗与功利。作为从80年代走过来的作家，他们对"20世纪80年代知识分子"形象的整体解构无疑是一种自掘其心的生命与精神自戕行为。"知识分子与俗人的惟一不同之处，就在于他们的理性批判精神，它们不仅仅要批判现实的罪恶和不义，也要批判自己的历史局限和错误判断，惟有通过这一理性批判，知识分子才能不断地超越历史空间的局限，趋向永恒和普遍。"[①] 然而知识分子同样面临着梦醒之后无路可走的悲剧命运。这种否定性的解构知识分子正面意义和崇高特征的叙述背后流露出的无奈、感伤、惶惑、迷惘、寂寥，也暴露出作家对自身责任的逃避与放弃。因此，这一具有自我怀疑与自我批判精神的知识分子叙述与其说表现了作家的自我启蒙，不如说揭示了20世纪90年代以来作家内在的无力与懦弱。

[①] 佘碧平：《译者的话》，[法] 朱利安·班达：《知识分子的背叛》，上海世纪出版集团2005年版，第4页。

第三章 20世纪90年代以来叙述80年代的小说的叙事意图及其文本显影

艾略特在《批评的功能》一文中指出："我相信,任何时代的真正艺术家之间有一种不自觉的共同性。由于我们喜爱整洁的本能迫切要求我们不要把我们能够自觉地努力去做的事留给不自觉的偶然性,我们不得不得出这一结论,即只要我们做出自觉的努力,我们就能够使不自觉地发生的事件自觉地发生,而且使它变成一种意图。"[1] 因此,20世纪90年代以来小说对80年代的叙述之所以成为一个潮流,应该说不完全是单个作家非自觉性的产物的综合,而是经历了一个从不自觉到自觉进而变成意图的过程。那么这种从不自觉到自觉进而变成意图是如何生成的,其内在的转换逻辑又是怎样的呢？因此,我们有必要对80年代叙述80年代的小说的叙事意图以及20世纪90年代以来的思想文化语境有一个大致的了解。

80年代小说对80年代的叙述是关于"现实"与"现时"的书写,其叙事意图大体可以概括为向上与向下两个维度。一方面是出于一种向上迎合主流意识形态的诉求,为现实政治建立合法性,这在蒋子龙、柯云路等的改革小说中表现得最为显著；另一方面是出于知识分子向下的启蒙诉求,这在高晓声的陈奂生系列小说以及何士光的《乡场上》等小说中皆有呈现。当然,这两个方面并非截然对立,而是相互交叉与相互纠缠。

---

[1] ［英］托斯·艾略特:《批评的功能》,《艾略特文学论文集》,李赋宁译,百花洲文艺出版社1994年版,第65页。

随着二十世纪八九十年代之交社会经济、文化的急剧转型，人们的思想情感也发生了一系列前所未有的大变动。新写实小说的出现、贾平凹《废都》所引发的文坛动荡与争议、"人文精神"讨论的兴起、后现代思潮的全面登陆等一系列文化现象都可以看作这一转型时期社会情绪与文化情绪的集中体现。与此同时，重新认识、评判与反思80年代亦成为这一时期的理论焦点与审美焦点。如果说新左派、后现代主义等对80年代的反思侧重于理论层面的话，那么20世纪90年代以来叙述80年代的小说则从形象、感性与审美维度参与到这一反思热潮中。不过，转型期的社会文化背景只是叙述80年代的小说出现的外部条件，它还不足以解释20世纪90年代以来叙述80年代的小说兴起的深层动因。要寻绎与追究这一叙事兴起的动因及其与80年代叙述80年代的小说的差异的内部成因，还应跳脱与超越那种反映论与决定论的思维模式，深入特定时期历史观念、审美观念的嬗变，作家思想情绪的时代变迁等主体内部层面加以考察。

第一节 后现代历史哲学渗透下历史意识的嬗变

一 从自上而下的历史叙事到自下而上的历史叙事

重写历史似乎是每个时代的必然。"每个时代都必须重新书写历史。每个人都会把自己的思想带入到历史研究之中，并从标志着他自身和他那一代人的特点的观点出发去接近它；因此，很自然，一个时代，一个人，在某一特殊的历史事件中会看到其他人看不到的东西，反之亦然。"[1] 20世纪90年代以来叙述80年代的小说对80年代的重述在某种程度上正是起因于在特定的文化背景中个体对历史的重新认识，同时也根源于对80年代小说的"80年代叙事"的潜在不满。

80年代小说对80年代的叙述，由于"身在此山中"，其对80年代的

---

[1] [加拿大] William Sweet 编：《历史哲学：一种再审视》，魏小巍、朱舫译，北京师范大学出版社2008年版，第52页。

理解和认识不可避免地表现出一些历史局限性。第一，身处80年代的作家对80年代的叙述都或多或少地受到其时意识形态的影响和权力关系的制约。总体而言，80年代小说对80年代的叙述都不同程度上迎合与附和着80年代主流意识形态对80年代的定位与阐释。意识形态的坚冰阻碍了作家对时代的独立理性思考。第二，80年代叙述80年代的作家多隶属于饱受反右和"文革"的政治苦难与精神苦难的归来作家群和知青作家群，他们对意味着"拨乱反正"和象征着五四精神回归的80年代葆有一份特殊的情感。这一深厚情感固然使其对80年代的叙述蕴蓄着理想主义与浪漫主义激情，但与此同时，这一感情的肆意喷薄也在一定程度上阻碍了他们对80年代的客观呈现，80年代在80年代作家笔下被抹上了一层凝重的油彩。第三，从作家的社会身份和文化地位来看，80年代小说作家作为文化精英，占据着时代的主流，享受着时代所赋予的尊崇与荣光，这也同样制约着他们对80年代的理解与评判。

20世纪90年代以来小说对80年代的叙述相对于80年代小说对80年代的叙述，获得了前所未有的叙事机遇。首先，当与80年代历史拉开一定距离，其时的意识形态束缚相对减弱，再重新审视与打量80年代时，相对真实的历史情境从意识形态的坚冰中逐渐凸显，掩藏在历史帷幕背后的认识与评价开始浮出水面。其次，正如前一章所论及的，20世纪90年代以来叙述80年代的作家群多为新生代作家，这批作家主要成长于80年代，尽管80年代也曾给予他们思想与精神的滋养，但他们又或多或少地受到80年代的限制与束缚，对80年代他们可谓是爱恨交加、五味杂陈。这一情感态度渗透到叙述80年代的作品中，使得他们对80年代的认知和评判呈现出与80年代作家群迥异的面貌。最后，也是最为关键的一点，80年代在80年代作家那里是"现实"，而在90年代以后作家笔下已俨然成为"历史"。历史叙述不同于现实叙述，即使同是历史叙述，历史观念的差异也可能使同一历史对象变得风貌迥异。

90年代前后新历史主义历史观的登陆为作家重新思考与评判80年代历史提供了理论武器，尽管我们不能认定作家完全遵循新历史主义观念进行文学创作。新历史主义强调"回避总体性，目的论，以及宏大叙事，而转向细节，当地知识（local knowledge），和弗兰克·伦特里齐亚（Frank Lentricchia）所称的生活'砂质的地底组织'"①。反对宏大叙事，关注细部和微观是新历史主义区别于旧历史主义的最为基本与本质的特征，也是20世纪90年代以来作家重述80年代的理论与逻辑基点。"任何一个事件的历史，对两个不同的人来说绝不会是完全一样的；而且人所共知，每一代人都用一种新的方法来写同一个历史事件，并给它一种新的解释。"②历史观念和历史书写方式的差异决定了80年代和20世纪90年代以来的小说对80年代的叙述，尽管书写对象都是80年代，但对历史的阐释却表现出显著差异。因为"不可能有一部'真正如实表现过去'的历史，只能有对历史的解释，而且没有一种解释是最后的解释，因此，每一代都有权来做出自己的解释"③。

如果说80年代小说对80年代的叙述呈现出一种"自上而下"的历史叙述特征，那么20世纪90年代以来小说对80年代的叙述则可以看作一种"自下而上"的历史书写。自上而下的历史叙述表现出两大基本特征：一是"对一般例外情况不敏感"④，它关注的是历史发展中最为本质（如果有所谓历史本质的话）与最为规律的东西，那些非本质的、偶然的例外则往往被排除在历史之外；二是强烈的历史理性色彩，它的叙事目的在于揭示与证明现存历史的合法性与必然性，从而起到维护国家意识形态的功能。

与之相对，自下而上的历史叙述采用类似于福柯所说的谱系学的方法。谱系学"所真正做的是接受那种对局部的、非连续的被认为不合格、不合法的知识加以注意的要求，反对理论整体的要求：理论整体的要求会

---

① H. Aram Veeser. *The New Historicism. The New historicism Reader*, ed. H. Aram Veeser. New York: Routledge, 1994, pp. 1 – 32. 转引自路文彬《历史想象的现实诉求》，百花洲文艺出版社2003年版，第224页。

② [美] 卡尔·贝克尔：《什么是历史事实》，张文杰等译编：《现代西方历史哲学译文集》，上海译文出版社1984年版，第237页。

③ [美] 卡尔·波普：《历史有意义吗?》，张文杰等译编：《现代西方历史哲学译文集》，上海译文出版社1984年版，第185页。

④ [澳大利亚] C. 贝汉·麦卡拉：《历史的逻辑：把后现代主义引入视阈》，张秀琴译，北京师范大学出版社2008年版，第178页。

以某种真正知识和某种什么构成了科学及其对象的随意观念的名义对它们进行筛选并加以等级化和秩序化"。"谱系学应该被视为一种试图把历史知识从隶属地位中解放出来,使他们能够对抗理论化、统一化、形式化的科学话语的压迫。其基础是重新激活局部性知识即小知识,正如德勒兹可能称呼它们的那样,以对抗知识的科学层次化及其内在于它们权力的效应:这就是零散的谱系学的规划。"① 自下而上的历史叙述小心翼翼地避开对所谓的历史理性和规律的探索,甚至推翻既定的历史规律与历史阐释,在搜集掌握尽量多的历史信息的基础上,拆穿历史叙述中的权力话语,尽量恢复历史的复杂性、模糊性、多义性、偶然性与不确定性。80年代叙述80年代的小说对80年代所施行的分田到户、计划生育、经济改革等表现出无条件认同的态度,他们所呈现的80年代图景完全符合国家对这一历史阶段的设计与想象,他们也不自觉地成为80年代历史的合谋者,是主流意识形态的图解者。而20世纪90年代以来小说对80年代的叙述则反思80年代现代化神话的弊端,清除80年代的意识形态迷雾,解构80年代主流价值观与话语霸权,从而达到恢复为历史权力话语所遮蔽的边缘话语的目的。在反映80年代分田到户题材的文本中,80年代小说如陈奂生系列小说和何士光《乡场上》等倾向于以认同的姿态歌颂分田到户政策所带给人们的物质生活的福利和引发人们思想观念的革新。20世纪90年代以来的小说如赵德发《缱绻与决绝》、刘玉堂《最后一个生产队》等则充分反映了分田到户对生产力的暂时破坏,公平表象下的乡村权力运作及对弱势群体的忽视,传统道德文化力量日渐衰弱与社会与人的日渐理性化等。80年代小说对计划生育政策持理性的认同态度,而20世纪90年代以来如杨争光《从两个蛋开始》、莫言《蛙》等则从民间角度对这一强行性政策持讽刺态度。《从两个蛋开始》中计划生育政策的展开分阶段有步骤地层层深入:首先是上面派下工作队进行宣讲,并免费发套儿;其次是宣传教育和行政手段双拳出击,即

---

① [法]米歇尔·福柯:《谱系学和社会评论》,[美]史蒂文·塞德曼编:《后现代转向:社会理论的新视角》,吴世雄等译,辽宁教育出版社2001年版,第55—57页。

逼迫村民上节育环；最后是强制性实行结扎术，罚人罚款。国家对于人们身体的控制可谓是层层逼进，愈演愈烈，对人性的压迫呈逐渐加深之势。80年代叙述80年代的小说中的改革者往往类似于大刀阔斧的英雄乔光朴，而20世纪90年代以来叙述80年代的小说中的改革者的形象谱系中则加入了如余华《兄弟》中的李光头等无赖顽劣的角色。正是在这种反权威化的后现代历史叙述中，80年代历史开始突破被控制、被改写的命运，呈现出自身特有的运行规律；被主流意识形态所压抑的民间历史记忆开始浮出历史地表。

"自下而上"的历史叙事特征还表现在竭力摆脱国家意识形态的影响与制约，反而对国家权力和意识形态暴力采取反思与批判态度。福柯等新历史主义者认为，一切历史都是权力的历史，其间渗透着各种权力及意识形态的运作。20世纪90年代以来叙述80年代的小说所要做的正是发掘与拆解80年代历史进程中的一系列权力运作与意识形态的霸权。阎连科的《受活》可谓是最为典型地体现了这一批判意识。《受活》中的柳鹰雀是国家意志的代言人，其对受活庄残疾人的控制采用的是一种类似文化霸权的手段。"霸权最好立即为组织赞同（the organization of consent）——从属意识的形式不求助于暴力或强制便得到构造的过程。按照葛兰西的观点，统治集团不仅在政治领域，而且在整个社会中起作用。"[①] 首先，柳鹰雀给受活庄人以天堂般的美好富裕生活前景的许诺。"我告诉你们吧，熬过去今年的苦日子，明年那天堂的日子差不多就落到你们头上了。"其次，柳鹰雀还以"退社"为诱饵，骗取茅枝婆的同意与支持。最终他还借助国家机器利用暴力手段对人们的反抗与不满进行镇压。柳鹰雀筹集巨款购置列宁遗体从而带来巨大经济效益的荒诞设想与行为本身在某种程度上可以看作80年代以来中国追求现代化意识形态神话的巨大寓言。阎连科通过受活庄人被侮辱与被损害的历史完成了对这一神话及其背后的权力机制的质疑、批判与颠覆。

---

① ［英］米开尔·白瑞特：《意识形态、政治、霸权：从葛兰西到拉克罗和穆夫》，［斯洛文尼亚］斯拉沃热·齐泽克等：《图绘意识形态》，方杰译，南京大学出版社2002年版，第313页。

"后现代主义的一种倾向是把历史视为一件具有持续变动性、极为多样和开放的事物，一系列事态或者不连续体，只有使用某种理论暴力才能将其锤打成为一个单一叙事的整体。"[1] 20 世纪 90 年代以来的小说对 80 年代的叙述在本质上是一种后现代主义的历史叙事，其对历史复杂性、偶然性、不连续性、边缘性、多元性的开掘昭示着一种不同于 80 年代小说的叙事精神的崛起。

二 从断裂到连续的历史意识及其文本显现

历史意识，是指人们对历史的看法、态度等所构成的观念集合体，历史连续性是历史意识的一个重要组成部分，也是衡量一部叙事作品是否具有历史意识的重要标志。80 年代叙述 80 年代的小说倾向于从断裂的维度理解 80 年代与"文革"的关系，20 世纪 90 年代以来叙述 80 年代的小说在关于 80 年代与"文革"的关系上表现出对历史连续性的尊重。80 年代与"文革"的连续性表现为：一方面 80 年代的许多思想资源都可追溯与归因到"文革"时代；另一方面由于思想意识的滞后性，"文革"期间所形成一系列思想意识与文化观念继续残留到 80 年代，影响与制约着 80 年代的社会生活。作家关于"文革"与 80 年代历史连续性的历史意识使其在叙述过程中将历史充分复杂化，在看到历史阶段主导性特征的同时，获得对历史更为全面多元的理解。

（一）"文革"的"遗产"与"遗毒"

80 年代作家在文学叙事中往往特别强调"文革"与 80 年代的时代断裂，粉碎四人帮与思想解放运动在作品中通常被设置为人物命运与情节演变的转折点，从而给人一种"文革"前后"新旧两重天"的感觉。早在 90 年代初期就有研究者批评了这种断裂的写作模式，研究者以北岛的特立独行来反衬 80 年代初期文学的弊端：北岛的诗有一种"核心质的东西"，"这种核心质的东西即是关于时代连续一体的思想，它否认历史与现实是分裂的，所谓的分裂不过是意识形态的假相，而一般向后看的文学就

---

[1] [英] 特里·伊格尔顿：《后现代主义的幻象》，华明译，商务印书馆 2000 年版，第 56 页。

接受了这种假相作为自己意识的基础,向后看成为一种现实所需要的姿态,历史成为新生现实的反衬,文学成为幸存者的文学——一句话,幸存者存活于新生的现实里,展示苦难,鞭挞历史"[1]。历史断裂论的思维模式存在明显的局限性:首先,断裂论的思维模式掩盖了历史发展的连续性,从而将80年代启蒙思想观念的孕育生成以及80年代的思想解放潮流看作是无源之水、无本之木,遮蔽了"文革"历史内在的复杂性与多元性。其次,断裂论思维模式的另一个严重问题在于忽视了"文革"遗毒在人们思想深层的延续。也即是说,"文革"思想毒素已经逐渐深入人们的大脑与骨髓,思想解放运动、新启蒙尽管对人们有振聋发聩的作用,却也并不能一蹴而就地根除人们沿袭日久的"文革"思维模式与处世方式。总之,这种叙述上的历史断裂论阻碍与遮蔽了作家对历史与现实二者关系的深刻挖掘。导致历史断裂论思维方式的原因可简单归结为三点:一是因为80年代的叙事者往往作为历史亲历者来叙述"文革"与80年代,置身于历史其间的身份使作家对历史与时代的叙述缺乏一定的审美距离从而难以获得超脱性的审视视角。二是由于受到1949年后文化氛围与教育体制的影响,80年代的作家不具备五四一代作家所秉有的思想者的气质,主体意识相对匮乏,这就使得他们往往轻易认同主流意识形态对于时代的阐释。"新时期"这一概念的提出正是主流政权试图修复与安抚人们的"文革"创伤,"团结一致向前看"的意识形态表露。文学叙事中的断裂论正是对主流政治阐释的迎合与呼应。三是受到80年代主导的现代性思维模式的影响。告别过去,摆脱历史重负,追逐新颖与进步是现代性的最为本质的诉求,而80年代文学作为现代性的吹鼓手,也迫切地与历史断裂,为现代性摇旗呐喊。

正是基于对这种历史断裂论思维的强烈不满,20世纪90年代以来作家开始努力开掘80年代与前后历史时段的关联,从而使20世纪90年代以来叙述80年代的小说在"文革"之于80年代和80年代与20世纪90年代以来的关系理解上表现出一种连续性的思维向度。当然,这种对"文

---

[1] 张新颖:《栖居与游牧之地》,学林出版社1994年版,第7页。

革"、80年代以及20世纪90年代以来三者连续性的思考也不是突如其来的，而是有着思想史、文化史与学术史的深层积累。

首先，较之于80年代叙事者的身临其境，20世纪90年代以来小说的叙述者与叙述对象拉开了一定的历史距离与审美距离，从而能够跳出特定的意识形态框架对时代与历史进行相对独立与理性的思考。关于此点前文多有论述，在此不赘。

其次，大量"文革"史料的开掘、"文革"回忆录的出版以及新左派的理论观点为人们反观"文革"及其与80年代的关系提供了材料支撑与理性支撑。无论是自由主义还是新左派无不强调"文革"与80年代的连续性，这些观点启发了作家重新审视"文革"与80年代的复杂关系。自由主义者倾向于从"文革"的异端思潮以及地下启蒙的维度阐释"文革"与80年代的民主运动的联系。"吊诡的是，正是文化大革命——中国共产制度极权冲动的高峰期，起了决定性的作用。'文革'是毛泽东为了独揽一切权力、维持其绝对的权威和个人独断而发起的一场声势浩大的群众运动。这场运动引发集体性癫狂，终于使整个社会陷入深重的精神创伤之中。文化大革命引起的失序使官僚政治和党内机构遭到了破坏。这种政治混乱使当时既有的官僚政治瘫痪，并导致其社会控制力减弱。一些图书馆向红卫兵敞开了大门，原有的监督管理出现松懈，造成短暂的、局部的思想混乱，等等。这一混乱的局面使一部分思想活跃的年轻人获得接触被禁的书籍和一些官方教育制度以外的读物。"[①] 韩少功在《漫长的假期》一文中曾用"偷书""抢书""换书""说书""护书""教书""抄书""骗书""醉书"等生动的故事来概括与演绎"文革"中知识青年的知识启蒙与思想启蒙。[②] 正如"文革"和80年代的亲历者李零所形象阐释的"沙龙都是地下的。我们的幻想，就像石板下的草籽，是从石板的缝隙往外长，只等春天的来到。80年代，很多东西，从地下变地上，全是从这种

---

① 陈彦：《中国之觉醒：文革后中国思想演变历程1976—2002》，香港：田园书屋2006年版，第57—58页。

② 韩少功：《漫长的假期》，北岛、李陀主编：《七十年代》，生活·读书·新知三联书店2009年版，第563—585页。

石头缝里长出来的。我说，革命的种子早晚要发芽"①。也就是说，自由主义知识分子倾向于从 80 年代的许多想法与观念都根源于 70 年代的地下启蒙、"文革"为 80 年代的思想解放运动准备了知识资源与思想资源等维度理解"文革"与 80 年代的勾连。

最后，20 世纪 90 年代以来全球化蔓延、大众文化勃兴、贫富分化、贪污腐败、道德堕落等一系列社会问题促使人们对"文革"经验和 80 年代经验进行进一步思考。

20 世纪 90 年代以来叙述 80 年代的小说从两个相反相承的维度对 80 年代与"文革"的关系进行了审视与反思：一是重新认识与理解"文革"，从而将 80 年代的许多思想资源归因于"文革"时代。作为"文革"的过来人，80 年代朦胧诗派的代表诗人北岛在访谈录中声称"80 年代的高潮始于'文化革命'。'地震开辟了新的源泉'，没有'文化革命'，就不可能有 80 年代"②。二是反思"文革"遗毒在 80 年代的残留。人的思想意识以及精神观念具有稳定性与延续性的特点，并不伴随着政治事件必然发生转变，而是具有滞后性与惰性，需要一个缓慢的适应与调整过程，因而"文革"期间所形成一系列思想意识与文化观念继续残留到 80 年代，影响与制约着 80 年代的社会生活。此点早在 80 年代末林斤澜的小说集《十年十癔》中就有所反映，只是当时具备这一意识的可谓是凤毛麟角，并未引起足够的重视。

20 世纪 90 年代以来，伴随着思想史界、文化界、文学界对"文革"研究的进一步深入③，人们关于"文革"的认识与看法也发生了一些变化。如果说以往"文革叙述"中的"文革"可以用"冷酷似铁、黑暗如

---

① 李零：《七十年代：我心中的碎片》，北岛、李陀主编：《七十年代》，生活·读书·新知三联书店 2009 年版，第 248 页。
② 查建英：《八十年代访谈录》，生活·读书·新知三联书店 2006 年版，第 81 页。
③ 相关资料与研究可参见顾准《顾准日记》（经济日报出版社 1997 年版）、陈思和主编"潜在写作文丛"（武汉出版社 2006 年版）、徐晓主编《民间书信：1966—1976》（安徽文艺出版社 2000 年版）、宋永毅、孙大进《文化大革命和它的异端思潮》（香港：田园书屋 1997 年版）、杨健《文化大革命中的地下文学》（朝华出版社 1993 年版）、朱学勤《思想史上的失踪者》（花城出版社 1999 年版）、刘志荣《潜在写作》（复旦大学出版社 2007 年版）等。

漆"来表示,那么近年来关于"文革"期间个人的沉思默吟、地下思想群落、文化沙龙、手抄本小说传播等的钩沉与发掘可谓是发现了黑暗中的地火。这些地下思想者正如汉娜·阿伦特所说的"黑暗时代的人们",在黑暗的时代发出"不确定的、闪烁而又经常很微弱的光亮……它们在几乎所有情况下都点燃着,并把光散射到他们在尘世所拥有的生命所及的全部范围"[1]。20世纪90年代以来一些小说以文学性的笔法塑造了一些"文革"期间坚持思想探索与批判精神并最终开启了80年代的思想启蒙之途的启蒙先锋形象。这些叙述可以看作对80年代思想资源的开掘。《如焉》中的卫老师及以其为中心形成的"青马"成员在"文革"期间的思想辩论与社会活动为他们成为80年代的启蒙中坚奠定了坚实的思想基础。小说的主人公达摩就是在"文革"期间成长与成熟起来的民间思想启蒙家。宁肯《沉默之门》中的李慢在"文革"期间结识了被打成右派的前图书馆馆长倪维明,在老人的指导下,李慢开始大量阅读书籍,接受西方文化思想的启蒙。这些小说的意义不仅在于寻觅了"文革"与80年代的内在精神联系,还在于进一步帮助人们打破关于"文革"的刻板与僵硬认识,揭示出历史的多面复杂性。

不过,总体而言,对"文革"地下启蒙价值的发现及对其在80年代的承传的表述在20世纪90年代以来的小说中还显得较为微薄与粗陋。再加上由于"文革"叙述禁区的存在,真正具有思想性与探索性的"文革"叙述并不多见。大多数作品对"文革"的叙述不是控诉"文革"以确证80年代的合法性,从而迎合主流意识形态诉求就是妖魔化"文革"以满足大众的猎奇心理进而迎合大众意识形态的审美诉求。

相比言之,倒是反省"文革"遗毒在80年代的延续与散布的作品反而更具反思力度。这一方面与当代作家批判"文革"的轻车熟路不无关联,另一方面也反映了作家对"文革"反思力度的加强。总体而言,"文革"遗毒在80年代的残留与延续可以从以下角度来进行把握:

---

[1] [美]汉娜·阿伦特:《黑暗时代的人们·作者序》,王凌云译,江苏教育出版社2006年版,第3页。

1. "文革"二元对立、非此即彼思维方式的残留

"文革"期间以阶级成分和政治正确性作为区分人物先进/落后、好/坏的评判标准的思维模式依然延续到80年代。赵德发《缱绻与决绝》写80年代初主流意识形态宣传新兴的万元户时，宣传车上说"若否定他们，就是否定四化；若打击他们，就是打击四化……"腻味老汉觉得这话很熟，那年上边这样讲：否定贫农，就是否定革命；打击贫农，就是打击革命。——啊呀，怪不得咱没人疼了呢，是上级又有了新的阶级路线啦！因此，腻味老汉开始梦想当上万元户。小说对政治宣传的二元对立思维的揭示以及对老腻味这种习惯于按照政治宣传行事进而邀上取宠的揭示可谓是入木三分。同样，莫言在《蛙》中写道："大喇叭里，传出慷慨激昂的声音：计划生育是头等大事，事关国家前途、民族未来……建设四个现代化的强国，必须千方百计控制人口，提高人口质量……那些非法怀孕的人，不要心存侥幸，妄图蒙混过关……人民群众的眼睛是雪亮的，哪怕你藏在地洞里，藏在密林中，也休想逃脱……那些围攻、殴打计划生育工作人员者，将以现行反革命罪论处……那些以种种手段破坏计划生育者，必将受到党纪国法的严厉惩处……"由此可见，尽管在具体宣传内容上发生了变化，80年代和"文革"这种二元对立的政治思维和阶级斗争意识在内在形式上是一致的。正如自由主义历史学家朱学勤在回顾改革开放30年历史时指出："文革是以文革方式结束，给此后的改革留下巨大隐患，历史必将在断裂中相连。改革是在那两年当中孕育起来的，从某种意义来说，文革和改革一字之隔，既是对文革的否定，也是对文革的延续，历史拖着一个长长的文革阴影进入新时期。"[①]

2. 怕或恐惧心理的延续

80年代不仅在处理人与人的关系上，而且在处理具体问题与事件时依旧沿袭"文革"的思维方式与心理状态，其中以怕和恐惧心理最为典型与突出。汉娜·阿伦特在《极权主义的起源》最后一章"意识形态与

---

① 朱学勤：《30年来中国——两场改革》，陈婉莹、钱钢主编：《中国传媒风云录·序二》，香港天地图书出版公司2008年版。

恐怖：一种新的政府形式"中论证了极权主义与恐怖的关系："极权主义是一种现代形式的暴政，是一种毫无法纪的管理形式，权力只归属于一人。一方面是滥用权力，不受法律节制，屈从于统治者的利益，敌视被统治者的利益；另一方面，恐惧作为行动原则，统治者害怕人民，人民害怕统治者——这些在我们全部的传统中都是暴政的标志。""当极权独立于一切反对派之外时，恐怖变成了全面；当谁也不阻挡它的道路时，它就是最高统治。如果守法是非暴政体制的本质，而不守法是暴政的本质，那么恐怖就是极权主义统治的本质。"① 极权统治的恐惧除了通过秘密警察、死亡集中营、高压统治手段和意识形态来实现以外，还通过"迫使人们互相反对的方法来摧毁他们之间的空间"②，进而使人们丧失自由。"文革"在一定程度上正是通过制造恐怖与对立的氛围来实行其极权的统治，这种恐惧心理与政治化思维即使到了80年代也没有丝毫减弱与松懈。宁岱《事件》中的所谓"事件"如果放在当下，根本不能称其为"事件"。但80年代初特定的时代背景就决定了深受"文革"思维模式影响的80年代人因为人人自危与恐惧将小事逐步升级和扩大化，最终导致了几个孩子的悲剧命运。事件的起因是北京艺术大学附中小提琴专业的云南女孩被介绍去酒吧和个体户李魁见面，并与朋友董畅、东北女孩去李魁家唱歌跳舞一夜未归。这一行为被李魁父亲斥为乱搞男女关系，这话恰好被董畅听见，适逢严打，几个孩子不得不在风声鹤唳中胆战心惊。董畅的母亲因为尝到"文革"期间不懂暂避风头而饱受批斗的痛苦，支持他们踏上了南下避风的火车。学校因为他们的失踪事件成立了秘密调查组。李魁父亲因为"文革"祸从口出的"心底的疤痕"而拒绝向警察道出实情。云南女孩后来对保卫科长说出实情，保卫科长却感到被欺骗的愚弄感，于是更要严肃处理。因"文革"变故一直独身的女副校长更是怀疑云南女孩的贞操问题，云南女孩最终被迫退学。普通的孩子交友事件在一个个被"文革"扭曲和异化的大人的"合力"作用下最终落入不可收拾的地

---

① ［美］汉娜·阿伦特：《极权主义的起源》，林骧华译，生活·读书·新知三联书店2008年版，第575、579页。

② 同上书，第581页。

步。小说对"文革"没有血泪的控诉,但也少了对"文革"结束后欢欣鼓舞的简单称颂,而是从小事入手,将反思的笔触深入"平反"后人物的精神状态与思维方式中,为我们重新理解"文革"和80年代的心理勾连提供了很好的视角。

3. 蒙昧与奴性的时代显影

毕飞宇在"玉米"系列三部曲之一的《玉秧》中,通过一系列的人事传达出80年代初依旧令人窒息的社会文化氛围,塑造了或蒙昧奴性或专制虚伪的人格典型,勾勒了80年代初特定的"时代"图景。毕飞宇在《玉米》再版后记中说《玉秧》"描绘了一群特殊的人,一些精英,这些人从'文革'的残酷迫害中学会了'文革'。这些人的方法论是寻找敌人。不可兼容的人际,依然是我们一九八二年的基本生存。所以我要说,灾难的长度比它实际的长度长得多。这不是什么了不起的发现,这仅是一个被忽略的话题"。[1] 有论者认为《玉秧》是"文革的1982年版"[2],可谓在某种程度上抓住了这篇小说的内核。主人公玉秧看到初恋对象楚天对天小便的"流氓"行为后,诗人完美形象就此坍塌,爱情破灭之余,玉秧向学校告密致使楚天被逼疯。可见,玉秧的爱情选择缺乏内心情感的自主性,完全受流行政治标准的摆布。玉秧的这种非自主性与奴性意识还表现在其对"文革"期间的权威魏老师的崇拜与依赖之上。在玉秧的梦中,玉秧没有穿衣服跑步,然而魏老师拿着大广播讲话,"玉秧是穿衣服的"。这种皇帝的新装式的寓言故事正表现当时权力的影响力以及玉秧对魏老师权力的依赖。因此,后来玉秧相信魏老师说有人检举自己"怀孕"的谎言,让魏老师搜查自己的身体;对魏老师对自己下跪所体验的满足感以及借助魏老师的权力对庞凤华和班主任的打击报复;诸如此类的事件表现出其自身的蒙昧意识、奴性意识与权力崇拜。"作者并不孤立地刻画人物,而是让人物完全融入那种时代的情境中去,使人物的一言一行、一颦一笑都成了时代的注脚。小说表面上并没有去描绘时代,但是通过人物的语言、心

---

[1] 毕飞宇:《玉米》再版后记,作家出版社2005年版,第284页。
[2] 汪政:《〈玉秧〉印象点击》,《当代作家评论》2002年第5期。

理和行为，通过生活的细节的捕捉，'时代'这个形象却非常醒目地矗立在小说中。"① 可以说，玉秧的思想行为是整个时代情境与特征的折射，这个时代与"文革"时代表现出剪不断理还乱的深厚渊源。"他们的外紧内松、引蛇出洞、软硬兼施等方法和'文革'相比并无二致，人们从语言到思维方式都有着内在的相似性。"②

4. 非理性与群众狂热的80年代演出

在《理性与疯狂：文化大革命中的群众》③一书中，王绍光提出了"两个'文革'"说，一是上层领导的争权夺势，二是基层的群众运动，从而将历来为人们所忽视的革命群众纳入"文革"研究视野。进而，他根据考察角度的差异，采用截然对立的"理性"与"疯狂"来概括"文革"时期的革命群众。他所说的"理性"并非康德意义上的启蒙主义理性，而是为个人利益算计的实用理性；他所说的"疯狂"主要是指"文革"期间革命群众疯狂的革命热情与个人崇拜、从众心理等。勒庞《乌合之众——大众心理研究》一书对于群体的这种缺乏个性、易受传染与暗示等特征也有较好的揭示。"有意识人格的消失，无意识人格的得势，思想和感情因暗示和相互传染作用而转向一个共同的方向，以及立刻把暗示的观念转化为行动的倾向，是组成群体的个人所表现出来的主要特点。他不再是他自己，他变成了一个不再受自己意志支配的玩偶。"④

这种群众的自私和无意识所产生的狂热并未伴随着"文革"的结束与80年代思想解放运动的开展而遁为历史的尘埃，反而在新的历史语境下改头换面并愈演愈烈。刘庆的《长势喜人》在时间跨度上经历了60年代到90年代，人物的非理性的病态狂热是勾连整个历史的链条与线索。从"文革"期间的政治狂热到波及全国的类似喝红茶菌和甩手腕、打鸡血这样的"全民健身和体育运动"，到以改革开放为时代特征

---

① 吴义勤：《〈玉秧〉印象点击》，《当代作家评论》2002年第5期。
② 张登林：《触摸日常生活的粗糙与疼痛》，《山花》2007年第4期。
③ 《理性与疯狂：文化大革命中的群众》，牛津大学出版社1993年版。
④ [法]古斯塔夫·勒庞：《乌合之众——大众心理研究》，冯克利译，广西师范大学出版社2007年版，第51页。

的君子兰热、股疯、传销热、气功热等尽管形式各异，但都可看到"文革"期间所培植与发动的无个性的群体在"疯狂"与"理性"之间角逐的痕迹。这就提醒我们将历史的反思与人性的反思从"文革"十年中延伸与拓展出来，在绵延不绝的欲望、疯狂、非理性和无知史上反思"文革"的根源及其影响。"这部小说的现实意义和价值，更在于，它不动声色地提醒我们：无聊还在继续。我们还没有真正走出'历史'，非理性的、疯狂的逻辑仍然在当代上演，我们所谓的'中国特色现代化'进程，从某种角度讲，同样是激进主义的一个余绪。"① 正是这种非理性的内在逻辑勾连使得小说"没有强调'转折'，没有制造'断裂'，而是超越这些历史成见（现成或成熟的洞见），重新组合了被世人习已为常的两段分裂的历史阶段，再造了新颖的历史连续性，使一种深具现实性基础和真实感的历史进程再总体化，鸿沟被生长叙事一步跨越，自始至终普遍的生长反抗了'断裂'，遮蔽了'断裂'"②。

5. "文革"创伤记忆的返归

"文革"的暴乱给人们造成的肉体与精神创伤并没有随着80年代的到来简单地修复与愈合，而是"不断跨越历史事件，超越时空缠绕受难者的心理，给现实生活笼罩上巨大的阴影"③。这种阴影持续作用于个体的内在心理，并直接影响着人们在灾难事件发生后的思想与行为。"创伤可以被视为一种幽灵。……某些发生过的事件已留下了标记，在主体的无意识中留下了某种刻印，而且能够也的确做到了反复回归。"④

一般来说，根据个体的差异，"文革"的创伤记忆在80年代主要表现为两个向度：一是反思与剥离；二是继续为历史梦魇所笼罩与纠缠。前者以在"文革"中饱受摧残的启蒙知识分子为代表，后者以"文革"中的造反派为代表。《如焉》中的卫立文正是以批判与反思"文革"创伤确立

---

① 吴义勤、房伟：《广场上的风景——评刘庆的长篇小说〈长势喜人〉》，《作家》2005年第8期。
② 张未民：《是什么"长势喜人"》，《当代作家评论》2005年第6期。
③ 王斑：《全球化阴影下的历史与记忆》，南京大学出版社2006年版，第81页。
④ [英]朱利安·沃尔弗雷斯编著：《21世纪批评述介》，张琼、张冲译，南京大学出版社2009年版，第178页。

了自己作为80年代启蒙者的形象。"启蒙者在于揭示创伤之源的过去时态而敞开其现代性，其中当然包括解蔽创伤之源的各种虚假与伪善，人为的任何暴力没有不在欺骗的自欺结构中的。揭穿它，暴力就不成其为暴力，充其量是直接攫取私利的物质手段。"① 卫立文反省"'文革'意识形态"、反对领袖与个人崇拜、反思自己作为历史同谋者的批判与怀疑精神表现了一代知识分子对历史与社会的承担。而对那些造反派或者平庸的群众而言，"文革"创伤非但没有引起主体的反思，反而不断缠绕与侵害受创者，导致其人性在新的历史语境下日趋变态、扭曲与残忍。《耳光响亮》的叙事时间定位为70年代末到90年代，在这一时期，牛青松、牛红梅、牛翠柏三兄妹思想灵魂经历了一系列的成长与裂变。但是"文革"记忆却成为他们无法告别的心理创伤，不断纠结缠绕从而导致人物现实生存的扭曲与错位。"文革"期间残缺的教育与扭曲的人性成为他们不断制造罪恶与伤害的"动力"根源。"无论是他们攻击、凌辱金大印，还是引诱宁门牙强暴牛红梅，都显示了特殊时代的意识形态所培植的青春在畸变过程中的癫狂性。"② 也即是说，"文革"时期特定的历史规约与形塑造就了扭曲残缺的人性，这种扭曲与残缺并未因为"文革"历史的结束而得到矫正与弥补，反而在新的历史背景下越发凸显其畸形。小说中金大印的英雄情结以及牛青松以剃阴阳头的方式进行复仇都可以看作"文革"时代的历史惯性与文化残留对人们行动的规约。

查建英在一次访谈中曾说："'文革'是造成中国人知识和文化贫乏的重大历史事件。'文革'式的革命激情与80年代的反叛激情看上去一正一反，其实是有关联有延续的，因为80年代反叛的主力军实际上正是'文革'一代人。"③ 尽管她主要是说激情在"文革"和80年代的延续性，但她同样提醒我们注意80年代人源于"文革"，他们无法摆脱"文革"的历史重负。而20世纪90年代以来叙述80年代的小说选择了不断回望，它不断地潜入人的精神和意识深层，去表现与开掘被断裂所遮

---

① 张志扬：《创伤记忆——中国现代哲学的门槛》，上海三联书店1999年版，第166页。
② 洪治纲：《苦难记忆的现时回访》，《当代作家评论》1998年第3期。
③ 查建英：《八十年代访谈录》，生活·读书·新知三联书店2006年版，第277页。

蔽的历史伤痛与人性弱点。

（二）80年代作为90年代"缺席的在场者"①

一般认为，八九十年代之交的政治、文化事件将80年代与90年代分割为截然不同的两个历史时期，它标志着80年代与90年代的历史断裂，标志着中国由启蒙主义、理想主义和浪漫主义盛行的80年代向消费主义、拜金主义与犬儒主义弥漫的90年代过渡。然而这种概括性论断在揭示历史断裂性的同时却忽视了历史的连续性。它一方面简化了80年代与90年代各自的时代复杂性，另一方面又割裂了两个时代的内在关联，忽略了历史发展的整体性与顺延性。"20世纪90年代以来的中国社会变化诚然是大，是剧烈，但这样大而剧烈的变化是怎么来的，过于着重和关注那个'不同'，过于强调今天中国社会变革的特殊性，必然会割裂两个十年之间的关系，割断社会主义时期的中国与今天社会变化之间的深刻联系，这同样是建构而不是批判了今天的中国社会主流意识形态。"②

80年代与90年代的历史关联可以从两个维度加以确认与阐释：一是90年代的文化转向与精神危机并非是突如其来的，它早在80年代就开始结胎孕育，遇到适宜的土壤就开始全面爆发。二是80年代精神在90年代并不是完全死亡与终结，而是得到不同程度的延续。

作为80年代启蒙文学的中坚人物，北岛在访谈中说道："八十年代有八十年代的问题，90年代的危机应该追溯到八十年代。""其实八十年代的理想主义没有把根扎得很深。那时生长于'文化革命'中的知识分子刚刚立住脚，并没有真正形成自己的传统，自'五四'以来这一传统一再被中断。"③ 这一反思无疑类似于自掘其心的精神自戕，其对80年代的清算无疑是深刻的，对90年代和80年代关联的思考无疑是到位的。不过，在这里他只说出了历史的一面，即90年代社会发展过程中的一系列问题应该追溯到80年代；他对历史的另一面即80年代的遗产并未

---

① 戴锦华：《隐形书写》，江苏人民出版社1999年版，第50页。
② 许纪霖、罗岗等：《启蒙的自我瓦解：20世纪90年代以来中国思想文化界重大论争研究》，吉林出版集团有限责任公司2007年版，第105页。
③ 查建英：《八十年代访谈录》，生活·读书·新知三联书店2006年版，第80页。

在90年代商品狂潮的冲击下消失殆尽,仍然以不同方式得以保留和存活却估计不足。这与他长期生活在国外,对90年代社会文化环境隔膜不无关系。

李陀在为张梅长篇小说《破碎的激情》作序曾提出这样的问题:"追究九十年代物质主义的盛行,不但要分析它和商品经济的复杂关联(可以大胆提出这样的问题,商品经济是否必然要导致物质主义对全社会的支配?),还要研究它和八十年代知识建设和话语建构之间的内在关系,也就是说,追究那个时期的哪些'新观念'为今天的物质主义盛行提供了框架和资源?这些'新观念'又是从哪里来的,等等。如此提出和讨论问题,势必引出对八十年代'新启蒙'运动的种种质疑,事实上,当前思想界种种争论也都和这些质疑密切相关。"① 这为我们理解80年代与90年代的相互关联提供了有效的路径。换而言之,一定程度上我们可以从80年代找到90年代一系列问题的根源。

1. 物质的象征与符号功能

一般认为,相对于90年代以后的商品泛滥与物欲膨胀,80年代物质还相对匮乏,人们对精神生活的重视远远大于对物质享受的追求。这一论断尽管大体符合80年代的时代状况,却也在一定程度上遮蔽了80年代的复杂性,也不利于理解由80年代的精神至上向90年代物质至上的转变路径与内在逻辑。其实,80年代物质已经开始发挥其功能和影响力,只是人们更为关注物质的象征与符号功能,物质自身的使用价值则被大大忽视。80年代物质的象征和符号功能可以从以下三个维度加以理解:首先,特定的物质消费与享受代表了消费主体的特定身份,因为"物品是用来划清群体界限,在各类人当中创造并界定其差异或者共性的"②。《破碎的激情》中有个女人向圣德建议他穿黑白格子的硬领衬衫更有教父风范,于是每当有人敲响铁皮屋的门,他就马上换上那件黑白格子的硬领衬衫。这里的衬衫正是圣德确证与表明自己作为启蒙领导者身份的护身符。也

---

① 李陀:《破碎的激情与启蒙者的命运》,《读书》1999年第11期。
② [英]迈克·费瑟斯通:《消解文化——全球化、后现代主义与认同》,杨渝东译,北京大学出版社2009年版,第29页。

就是说，80年代那些重视精神价值的启蒙者基于物质的特定功能，并未放弃对物质的关注。其次，物质追求是80年代启蒙话语的重要组成部分，这与波德里亚在《消费社会》一书中对消费话语的描述是一致的："所有关于消费的话语都把消费者塑造成普遍的人，塑造成人类物种全面、理想而确定的化身，把消费描绘成一场'人文解放运动'的前奏：尽管社会政治解放遭到了失败，而它却必将完成。"① 因此，蛤蟆镜、喇叭裤等物质追求在80年代成为个性解放与思想自由的标志。最后，新启蒙的知识精英在物质享受方面的优越性暗示着其在文化资本与社会资本方面的优势，这也符合布迪厄关于文化资本与经济资本、社会资本之间交往与转换的描述。② 王蒙小说《青狐》中，80年代的知识精英开始出入厕所也散发着香气的涉外宾馆，坐着软席车厢前往海滨疗养地北戴河，过上喝咖啡、弹钢琴、铺地毯的浪漫生活。对物质生活的享受，他们没有表现出拒绝与反抗，反而因为其符合自身的文化地位而处之泰然。正是物质所带来的身体愉悦与精神优越感使得知识分子对消费的意识形态性缺乏足够的警惕与批判。物质主义从80年代的锦衣夜行到90年代的大行其道，应该说80年代新启蒙意识形态关于物质的伦理化表述难辞其咎。

2. 启蒙的时尚化与功利化及其危机

在诸多论者的描述中，80年代是一个伟大的启蒙时代，而伴随着80年代末的政治运动与90年代消费主义文化思潮的兴起，启蒙日渐衰退与消解，这大体符合启蒙在中国当代文化语境的嬗变与现实状况。问题在于，政治运动与消费主义是如何作用与影响启蒙进而导致启蒙的退场与瓦解的？80年代的启蒙自身是否就存在一系列问题并为其衰落埋下了隐患？张梅《破碎的激情》的主人公圣德在80年代是思想启蒙的领导人物，他们以杂志《爱斯基摩人》为核心，向广大民众辐射其启蒙思想。然而，他们在90年代却发生惊人的集体转向，这种转向一方面受到90年代物质主

---

① [法]波德里亚：《消费社会》，刘成富、全志钢译，南京大学出版社2000年版，第78页。
② [法]布尔迪厄：《文化资本与社会炼金术》，包亚明译，上海人民出版社1997年版。

义思潮的影响,另一方面与他们80年代启蒙实践的内在问题不无关联。小说中圣德所代表的启蒙实践并非出于主体的内在要求,而是充满了盲动、非自觉与功利成分。与其说他们的启蒙实践是出于启蒙本身的内在要求,不如说是出于追逐思想时尚与话语时尚的目的。作为领导者的圣德在理论立场上并未形成自己独立的稳固的立场与思想体系,总是趋附于新的流行的时尚,以致他的崇拜者们都说:"他的理论太复杂、太高深,且变化万千。"这种善于追随鼓吹时髦理论与生活方式而缺乏稳固理论坚守的倾向导致时代流行之风发生变化以后,他们也随之倒戈,轻易放弃启蒙而认同于新的时代的消费主义主题。福柯关于知识与权力关系的相关论述为我们深入理解80年代启蒙与权力的复杂关系提供了具体路径。福柯指出:"权力制造知识……权力和知识是直接相互连带的;不相应地建构一种知识领域就不可能有权力关系,不同时预设和建构权力关系就不会有任何知识。"[①] 80年代圣德等的启蒙同样具有现实的政治权力诉求,他们希望自己的启蒙诉求能够最终引起掌握权力的人的关注并进而抵达权力的中心,启蒙知识与政治权力在他们看来是一体的。因此,一旦启蒙遭受政治的打压,启蒙知识与权力的扭结与生产关系被瓦解之后,启蒙自身也就遭到被弃置的命运。

3. 对启蒙的误读及其后果

霍克海默与阿多诺的《启蒙辩证法》一书针对第二次世界大战后的社会状况,认为启蒙理性及其发展为20世纪的神话与蒙昧野蛮提供了基础,启蒙从消解神话转变为新的神话,从对人的解放走向对人的新的奴役。[②] 中国80年代的启蒙及其走向尽管与"启蒙辩证法"在内涵上相迥异,在深层逻辑上却是一致的。20世纪80年代,从"文革"禁欲主义禁锢下的人们以欲望的弘扬与感情的释放发出了启蒙的呐喊,然而由于中国启蒙理性精神严重匮乏,欲望和感情并未得到理性的提升与净化。"欲望解放本

---

① [法]米歇尔·福柯:《规训与惩罚:监狱的诞生》,刘北成、杨远婴译,生活·读书·新知三联书店1999年版,第29页。

② [联邦德国]马克思·霍克海默、特奥多·阿多尔诺:《启蒙辩证法》,洪佩郁、蔺月峰译,重庆出版社1990年版。

身是启蒙运动内在的目标，但同时它也有另外的目标，即人的精神解放。"[1] 然而，80年代不但精神解放层面存在着一定的缺失，更为严重的是，启蒙所强调的个性解放被一些论者以性解放置换。王蒙《青狐》"从八十年代复出的文学精英们身上的确也发现了人的苏醒，但在发现善的苏醒的同时，又更多地发现了恶的苏醒和恶的流行，更多地发现了所谓苏醒了的人的可悲、可鄙和可怕"[2]。《青狐》中的米其南和王安忆《叔叔的故事》中叔叔的纵欲除了对"文革"禁欲主义的动物性补偿以外，80年代以"性解放"为核心的启蒙理论也为其提供了合法性依据。在某种程度上可以说，正是这种对启蒙的扭曲与置换在某种程度上为90年代的欲望泛滥提供了理论准备，从而使得80年代性解放理论与90年代消费社会的欲望逻辑一拍即合。如果说，"启蒙辩证法"的后果与启蒙理性的膨胀有关的话，那么中国90年代的"欲望辩证法"[3]的魔影也可以追溯到80年代对启蒙的误读。

20世纪90年代以来叙述80年代的小说关于80年代与90年代历史关联的批判思考与一些学者对于历史社会问题的反思具有内在的一致性。如有研究者特别指出在回顾80年代时必须强调"改革不但改变了人们的经济水平，而且深刻地触及了人们的观念和意识形态，重新塑造了社会各阶级的政治地位。因此，当我们今天感慨社会伦理的过度私人化的时候，应该想到潘晓的'主观为自己'曾经在80年代何等鼓舞人心。同样，当我们今天思考社会差距拉大的问题的时候，也应该想到，恰恰是在80年代，几乎全社会一致认为效率和竞争远比'公平'更为重要。而这些都是当时思想解放运动的最强音"[4]。

当然，我们在这里强调80年代启蒙的危机并非是要全盘否定80年

---

[1] 许纪霖、罗岗等：《启蒙的自我瓦解：20世纪90年代以来中国思想文化界重大论争研究》，吉林出版集团有限责任公司2007年版，第34页。
[2] 郜元宝：《"于一切眼中看见无所有"——读王蒙长篇新作〈青狐〉》，《小说界》2004年第2期。
[3] 张光芒：《中国当代启蒙文学思潮论》，上海三联书店2006年版，第346页。
[4] 黄平、姚洋、韩毓海：《我们的时代——现实中国从哪里来，往哪里去？》，中央编译出版社2006年版，第143页。

代，实际上，80年代精神也或多或少地存活于90年代。经历过启蒙思想孕育和熏陶的一代人，尽管在消费主义的狂潮冲击下可能迷失，但还是在一定程度上保留了其基本底线。尽管圣德已经由80年代的启蒙导师变为蓝箭公关协会的会长，但作为从理想主义时代成长起来的一员，他仍然对物质社会充满了不满和鄙夷。他"要在这个享乐主义弥漫的城市里坚守思想者的大本营，所以他坚持不搬出铁皮屋"。此外，圣德想建立一所铸造完整人格的贵族学校，这学校的学生"第一本要读的书就是《格瓦拉传》"。他还想在关于企业文化的演讲中，"为那些填满了金钱的脑袋输进新鲜的氧气"，从而延续80年代的精神的火焰。胡发云《如焉》中的卫老师和达摩，他们的启蒙精神就一如既往延续到90年代，处处表现出在边缘处发声的批判立场与启蒙激情。格非《蒙娜丽莎的微笑》中的主人公以自杀的形式表现了对当下的失望和对理想主义的坚守。80年代启蒙思想之火炬尽管在90年代遭受一系列风吹雨打却终究不曾熄灭。

应当指出的是，20世纪90年代以来作家强调"文革"、80年代和90年代之间的勾连并非是要模糊各个历史阶段的分野，否定各个时间段的本质差别。其强调各个历史阶段的连续性的目的在于避免简单化、抽象化理解历史，而是将历史充分复杂化，在看到历史阶段主导性特征的同时，获得对历史更为全面多元的理解。

第二节 消费文化语境下的认同焦虑与怀旧诉求

一 消费文化语境下的认同焦虑

20世纪90年代以来，无论是新历史主义视野下的"80年代叙事"，抑或是个体成长记忆下的"80年代叙事"，其对于80年代大体持审视与解构的态度，与之相对的另一种"80年代叙事"则表现出对80年代的追仰与怀慕之情。这种怀旧叙事与查建英的《八十年代访谈录》等共同掀起了怀旧80年代的热潮。从心理根源来说，这一怀旧叙事热潮的兴起在某种程度上与90年代以来作家普遍遭遇的一系列认同危机密切相关。

从"文革"期间的政治认同与革命认同中解放出来的人们，刚刚以现代化和现代性为认同核心确立了自身的价值标准与存在意义,岂料这一认同尚未站稳脚跟,90年代初后现代物质文化和消费文化就以迅雷不及掩耳的速度在中国弥散与蔓延,这种经济与文化的结构转型导致人们的价值观念、理想信念的动摇与失范,现有认同模式的断裂与认同格局的破坏,于是人们"感到无所依附,漂浮在空虚之中,成为不真实的和无形态的半肉体"[①],进而陷入普遍的认同焦虑与危机之中。

就知识分子群体自身来看,80年代知识分子在重返五四的启蒙热潮中确立了其主体精神的合法性,自由、平等、民主、博爱等启蒙价值观成为知识分子确立主体自我与社会自我的重要价值依据。然而,随着90年代启蒙话语的断裂和市场化的兴起,知识分子开始边缘化,其所秉持的价值观念与道德理想都遭致不同程度的解构与诋毁,于是一种无以名状的失重与匮乏感开始占据知识分子的全部心理位置。"商品化社会由于瓦解了传统社会而必然造成'神圣感的消失',从而几乎必然导致人(尤其是敏感的知识分子)的无根感,无意义感,尤其商品化社会几乎无可避免的'商品拜物教'和'物化'现象及其意识以及'大众文化'的泛滥,更使知识分子强烈地感到在现代社会中精神生活的沉沦,价值基础的崩溃。"[②] 这种价值标准的崩溃和心理的失重与匮乏正是自我认同危机的典型表现。

面对这一转型期的历史境遇,深陷认同危机中的知识分子应该如何重新确认自我的角色认同与价值定位呢?1993年前后的"人文精神"讨论在某种程度上可以看作处于失落、迷惘与焦虑中的知识分子重新寻求精神乌托邦与身份认同的表现。因为按照吉登斯的理解,"自我认同并不是自我所拥有的特质,或一种特质的组合。它是个人依据其个人经历所形成的,作为反思性理解的自我。认同在这里仍设定了超越时空的连续性:自我认同就是这种作为行动者的反思解释的连续性"[③]。而"'理想自我'是

---

① [法]达尼洛·马尔图切利:《现代性社会学:二十世纪的历程》,姜志辉译,译林出版社2007年版,第29页。
② 甘阳主编:《80年代文化意识·初版前言》,上海人民出版社2006年版,第8—9页。
③ [英]吉登斯:《现代性与自我认同:现代晚期的自我与社会》,赵旭东、方文译,生活·读书·新知三联书店1998年版,第59页。

自我认同的核心部分，因为它塑造了使自我认同的叙事得以展开的理想抱负的表达渠道"①。"人文精神"讨论反映了知识分子的自我反思以及对理想自我的确证与追寻。同样，80年代不约而同进入20世纪90年代以来的作家的创作视域，一方面是知识分子自我反思的需要，另一方面是其自我确证的需要——80年代是知识分子的黄金时代。"对自己的过去和对自己所属的大我群体（die Wir-Gruppe）的过去的感知和诠释，乃是个人和集体赖以设计自我认同的出发点，而且也是人们当前——着眼于未来——决定采取何种行动的出发点。"②所以说，20世纪90年代以来叙述80年代的小说对80年代的追记与诠释是处于匮乏感与焦虑感中的知识分子确证自我、缓解自我认同的危机的策略性叙事。进而言之，所谓对80年代的重述，"其实质不过是对于记忆符码的重新编程，即由现实需求动因触发而设置的关于往事的回忆。但它不是为了回到过去，而是力求把住现在"③，是为了解决现实中的问题。

这种认同焦虑在跨越80年代和90年代两个不同时代的文本中表现尤为明显。格非《不过是垃圾》《蒙娜丽莎的微笑》、王坤红《悲情鸟——为艺术为爱情》、于晓丹《一九八〇的情人》、刘志钊《物质生活》等文本分别从对90年代的批判和对80年代精神的缅怀层面表达对当下时代的反省与对80年代知识分子的角色认同。《蒙娜丽莎的微笑》中的胡惟丐，用李家杰遗嘱中的评价来说："我在欲望的泥沼中陷得越深，惟丐那超凡脱俗卓尔不群的形象就会愈加清晰。他这类人的存在，证明了我们这个世界还有希望。"胡惟丐的意义正表现在他对80年代精神的顽固坚守，对超凡脱俗的强烈渴望以及对拜金与欲望时代的抵抗与控诉。《悲情鸟——为艺术为爱情》的作者王坤红试图在平庸的当下追忆80年代那些"疯狂渴

---

① ［英］吉登斯：《现代性与自我认同：现代晚期的自我与社会》，赵旭东、方文译，生活·读书·新知三联书店1998年版，第75页。
② ［德］哈拉尔德·韦尔策编：《社会记忆：历史、回忆、传承》，李斌、王立君、白锡堃译，北京大学出版社2007年版，"代序"第3页。
③ 路文彬：《历史想像的现实诉求——中国当代小说历史的承传与变革》，百花洲文艺出版社2003年版，第94页。

望爱、疯狂地拥有过自己精神自由,并像流星那样在燃烧中耗尽生命的人"①。尽管冷一枫、耿爷、大伟等在政治的威压和物质的挤兑面前终于放弃了梦想与追求、向现实妥协,但乔乔虽已伤痕累累却仍在不屈不挠地追求着纯粹的艺术与精神。在胡惟丏与乔乔身上,寄托着作家对于90年代的批判与对80年代知识分子人格的守望。

二 后现代怀旧叙事及其游戏化

20世纪90年代以来,伴随着现代化进程的突飞猛进,"一切坚固的东西都烟消云散了"②,人们的日常生活、情感结构、人伦关系、价值观念等无不受到现代性的冲击。怀旧的心态与情绪在这种现代性普遍的价值失落与道德危机中应运而生。而消费社会与大众文化的畸形膨胀也为这一怀旧时尚鸣锣开道。20世纪90年代以来叙述80年代的小说也顺应时事地加入这一怀旧时尚的表演与合奏。

在论述消费社会中后现代主义文化与"过去"的关系时,詹明信指出,"在'奇观壮景的社会'里,'过去'变为一大堆形象的无端拼合,一个多式多样、无机无系,以(摄影)映像为基础的大模拟体"。③这段话深刻揭示了消费社会背景下消费历史的文化现象。他以"怀旧电影"为分析对象指出,"这些所谓的'怀旧电影'从来不曾提倡过什么古老的反映传统、重现历史内涵的论调。相反,它在捕捉历史'过去'时乃是透过重整风格所蕴涵的种种文化意义;它在传达一种'过去的特性'时,把焦点放在重整出一堆色泽鲜明的、具昔日时尚之风的形象,希望透过掌握30年代、50年代的衣饰潮流、'时代风格'来捕捉30、50年代的'时代精神'"④。20世纪90年代以来不少叙述80年代的小说也表现出类似于"怀旧电影"的文化特征与消费主义的逻辑向度。也就是说,对于80年代历

---

① 王坤红:《悲情鸟——为艺术为爱情》,题记,花山文艺出版社2003年版。
② 马歇尔·伯曼曾引用马克思的这句话作为书的标题描述现代性体验。参见[美]马歇尔·伯曼《一切坚固的东西都烟消云散了:现代性体验》,徐大建、张辑译,商务印书馆2003年版。
③ [美]詹明信:《晚期资本主义的文化逻辑》,张旭东编,陈清侨等译,生活·读书·新知三联书店1997年版,第456页。
④ 同上书,第458—459页。

史的呈现，20世纪90年代以来一些叙述80年代的小说往往撇开80年代的政治结构、经济运作等宏大历史层面，而专注于琐碎的历史细节与当下的历史时尚。

这种将80年代历史时尚化与怀旧化的叙事倾向有着复杂的历史与现实原因。其一，正如上文所提到的，关于特定时代的怀旧叙事凝聚着一段作家个人化的历史记忆。从精神分析学的角度来看，80年代历史恰好是某些作家个体成长与精神转向的至关重要的历史阶段，是对作家的人格生成产生巨大影响的关键性的历史时期。因此，这段历史一旦进入作家的写作视野就不免染上怀旧的情调。对80年代历史的怀旧也就是对自己成长记忆的追寻。白林的《水银情感》对少年时期的情感追忆与对80年代特定的时代氛围、精神征候的怀旧叙事相纠缠，或者说两者本来就是一体的。热衷于装半导体、装黑白电视的主人公毛弟，被称为"淮海路上四条大围巾"的四个女孩以及提着四喇叭收音机在大街上炫耀的男孩们既是作家少年时代的情感记忆的投射，又充当着作家怀旧80年代的文化符号。其二，怀旧叙事通过对过去与历史的想象性重建，表达着对现实的怀疑、不满与失望情绪。在一定程度上可以说，正是基于对物欲泛滥、金钱崇拜与精神溃败的90年代的潜在不满，经过不断涂抹与美化，80年代作为怀旧对象开始从历史地表浮现出来，为现实的缺憾与失落提供一种精神抚慰与心灵寄托。在某种程度上，怀旧类似于海登·怀特所说的"好古的"心境。海登·怀特在谈到历史学家撰著的差异时曾举例指出："一些史学家首先将其作品设想成对当代社会问题和冲突具有启发性的作品；而其他人则倾向于压制这种现实主义的关注，而是努力确定过去已知的某个时期与他们自身所处的时代在多大程度上有所不同，这看起来像是一种常见的'好古的'心境。"[①] 也即是说，怀旧叙事对历史与过去的缅怀与追记，其叙事意图在于重新建构逝去的历史诗意，从而借以反抗与超越现实的平庸与无聊。《风中的蝴蝶》《一

[①] [美]海登·怀特：《元史学：十九世纪欧洲的历史想象》，陈新译，彭刚校，译林出版社2004年版，第5页。

九八〇的情人》《像天一样高》《玻璃虫》《悲情鸟——为艺术为爱情》等小说皆通过对 80 年代特定人物、时代场景、文化氛围的追怀表达对 80 年代的怀旧之情。"商品消费文化使得日常生活发生'去魅'现象，与此相对的文化生产和表达则致力于发掘另一种'崇高'的历史，寻觅过往的社群生活，重新恢复记忆魅力，寻找记忆氛围。这种记忆工作既是消费社会的一种症候，也对其进行批评。它本身并没有摆脱景观社会的展览逻辑，也许是一种缺乏真正历史记忆的怀旧。但反过来，它又表达了要克服和超越日益平面呆板的生活形态的强烈欲望。"[①] 不过，20 世纪 90 年代以来叙述 80 年代的小说对 80 年代的怀旧叙述能够在多大程度上构成对消费主义文化的反动，想象性的历史记忆能够在多大程度上抵御现实的残酷撞击同样是值得进一步追问的。

  对时代与历史作怀旧式的表述作为一种叙事方式本来无可厚非，但若从对 80 年代的怀旧叙事与 80 年代的历史真实的关系维度来看，这种怀旧叙事非但无助于发现 80 年代历史的真实，反而造成对历史本来面貌的遮蔽与扭曲。首先，一些作品刻意强化 80 年代的时尚符号与文化符号，以表面化、普遍化的符号代替对它的具体性、个体性的洞察。换而言之，尽管一些作品飘荡着关涉 80 年代的能指符号，但其所指却是空洞与游移的。通过"拼凑法"重现一些昔日时光"这种崭新美感模式的产生，却正是历史特性在我们这个时代逐渐消褪的最大症状，我们仿佛不能再正面地体察到现在与过去之间的历史关系，不能再具体地经验历史（特性）了"[②]。白林的《水银情感》中怀旧符号的拼贴应该说并不具备再现一个时代的内在质地的功能。其次，表现为有的作品一味沉湎于琐碎的时代细节的描述，一味满足于平面化的庸常生活的剪影，缺乏对特定时代事件与人物的独特发现与深入反思，作品缺乏应有的精神高度与灵魂深度。王安忆小说《长恨歌》中对 80 年代的叙述就或多或少存在这样的问题。再次，这种怀

---

  ① 王斑：《全球化阴影下的历史与记忆》，《导言：历史，记忆，现代性》，南京大学出版社 2006 年版，第 10 页。
  ② [美] 詹明信：《晚期资本主义的文化逻辑》，张旭东编，陈清侨等译，生活·读书·新知三联书店 1997 年版，第 462 页。

旧叙事使得作家表现出将逝去时代浪漫化、感伤化、理想化与唯美化的叙事倾向，特定时代的历史被粉饰上一层厚厚的亮丽的油彩，呈现出美与善的单一品格，历史的丑陋、平庸、消极等负面性却被有意无意地隐匿、剔除与抹杀。它是"一种幻想的、情绪化的、浪漫化为比现在更加英雄主义的、更具魅力的、并且比当下更值得记忆的过去"①。因此，这种怀旧叙事所呈现的历史并非是本真的历史，而是经由怀旧主体选择、加工、建构与改造的历史。"我们与其说它是一种对历史的记忆，还不如说它是对历史的再创造；与其说它试图真实地再现过去，还不如说它实际上造成了一个重新构建过去的效果。"②康桥《对陈莲和一个时代的回忆或忆江南》就表现出对80年代一厢情愿的单向度的怀旧式认同，而丧失了反思与批判的维度。那种纯情式的小儿女式的爱情，那种一厢情愿的美丽结局遮蔽了80年代历史与现实残酷的一面。最后，从作品自身的审美品格与叙事效果来看，这种缺乏历史批判与文化批判的无距离性的怀旧式历史叙述使历史成为作者与读者现实欲望的投射。"一如任何一种怀旧式的书写，都并非'原画复现'，作为中国当下之时尚的怀旧，与其说是在书写记忆，追溯昨日，不如说是再度以记忆的构造与填充来抚慰今天。"③

应该说，文学叙事的暴力化、欲望化，历史意识的匮乏以及浓烈的怀旧色彩与时尚气息不仅仅是20世纪90年代以来叙述80年代的小说的问题，也是当下文学的普遍通病。只不过由于叙述80年代的小说特定的叙事对象以及特殊的叙事要求使得这些弊端更为突出。因此，提升文学对历史反思能力以及对人性的勘查能力不仅仅是叙述80年代的小说面临的问题，同样也是当下文学亟待解决的问题。

这种怀旧与追慕注定是一场虚妄的旅行。80年代以及"80年代精神"已经渐行渐远，淡出历史的帷幕；现实是如此地残忍无奈却又不可抗拒。

---

① ［美］张英进：《影像中国：当代中国电影的批评重构及跨国想象》，胡静译，上海三联书店2008年版，第321页。
② 赵静蓉：《抵达生命的底色》，广西师范大学出版社2005年版，第81页。
③ 戴锦华：《隐形书写》，江苏人民出版社1999年版，第108页。

因此，对80年代的怀旧叙事就如同翻看一张张发黄的老照片，过去的尊崇与荣光虽能暂时缓解现实的失落，却终究已是无可奈何花落去。怀旧叙事与其说是逃避现实，不如说是更加重了现实的悲苦。因此20世纪90年代以来叙述80年代的小说对于处于认同焦虑中的知识分子能起多大的抚慰与缓解作用却又令人怀疑。《蒙娜丽莎的微笑》结尾写到胡惟丏最终跳楼自杀以及乔乔的几度疯狂，在某种程度上也可以看作者对自己怀旧80年代行为的解构。

此外，对80年代的一味怀旧与认同可能导致作家将80年代过分地浪漫化与诗意化，而丧失了基本的理性批判能力、放弃了对80年代的反思与清理的责任。为了抵抗90年代的消费主义、物质主义、欲望喧嚣与人性晦暗，蒋韵的《隐秘盛开》以80年代为背景，精心营构了两个身份迥异的女子执着而坚韧的爱情神话：潘红霞不可救药地爱上了才子刘思扬，却从未让其知晓，而是让这份感情化为爱的信仰隐秘盛开，终其一生加以呵护守卫；被知青启蒙懂得爱情的乡下姑娘拓女子三次不惜生命悲惨而壮烈地反抗无爱的婚姻。小说借这一宗教式的神圣爱情传奇，沟通了通往80年代的隐秘河流，进而表达了对80年代浪漫诗意的无限追忆与缅怀。不过，这种一味怀旧式的叙事却使小说不可避免地堕入通俗言情剧的边缘，小说中关于80年代启蒙的反思命题反而令人惋惜地成为这一通俗剧的点缀与陪衬。小说中拓女子的命运本可以作为审视80年代启蒙话语与启蒙方式的问题并反思启蒙在90年代挫败原因的一个极佳的角度，却被作家一味地抒情与缅怀所遮蔽与消解。正如有批评者所指出的"她不惜让原本有可能提供出批判立场的米小米接续上浪漫主义的命题，从而放过了通过米小米这个人物来展开更为丰富的知识批评与历史反思的可能"[1]。

20世纪90年代以来叙述80年代的小说，无论是基于反思历史的理性自觉，还是认同焦虑影响下的怀旧，其所叙述的80年代在本质上都是虚构的产物。因此，追问这几种类型的叙事何者最真实地反映了80年代注

---

[1] 郑国庆：《浪漫爱在人间世》，《读书》2006年第3期。

定没有答案，或许它们都反映了历史，又或许它们都涂改了历史。但这并不重要，因为我们最关心的问题在于"80年代叙事"是如何反映90年代乃至21世纪文学的审美意识形态的；换言之，20世纪90年代以来文学对80年代的历史重述恰恰是20世纪90年代以来的"当代史"的审美体现。

第四章 20世纪90年代以来叙述80年代的小说的题材范畴及其审美聚焦

正如前文分析所指出的,80年代一个至关重要的命题是"现代化",它是80年代各大社会阶层的核心诉求,是"态度同一性"的缘由与标志。而经济现代化则是80年代"现代化"追求的策略与重心。80年代经济现代化的实施在不同的历史阶段、不同的地理文化区域呈现出不同的面貌与特点。在农村主要以家庭联产承包责任制的实施作为发展农村经济的主要策略,在特定的历史背景与时间段内,这一措施的确卓有成效。在城市及城乡接合部,个体户的崛起以及商品经济大潮的风起云涌成为城市经济现代化的重要表现。80年代经济的发展以及启蒙运动的开展引发了80年代政治的变动,形成了特定的80年代政治格局。由于城乡之间由来已久的二元结构,加上80年代城乡在经济现代化的策略与水平方面的差异,城乡之间的不平等在80年代日渐加剧并由此引发人们心理上的危机与畸变。

20世纪90年代以来叙述80年代的小说对于80年代的叙述与表现也主要围绕80年代经济现代化这一焦点展开,换而言之,80年代城乡的政治经济现代化以及所引发的城乡关系问题是20世纪90年代以来叙述80年代的小说的主导的主题指向、重要的题材范畴与核心的审美焦点。尽管这些题材或内容在80年代叙述本时代的作品中已经得到部分呈现,但是由于社会与时代背景的变迁以及作家在思想意识层面的变化,20世纪90年代以来叙述80年代的小说在对同类问题的关注点、审美态度以及价值评判等方面表现出迥异于80年代叙述80年代的小说的审美特征。

基于行文的方便以及加深对历史与时代关联性认识的需要，本书以"新土改"这一概念取代"农村家庭联产承包责任制"或通俗意义上的"分田到户运动"。"新土改"的重新叙述，显示出不同于80年代的理性批判精神与反思意识，充分揭示了历史的具体性和复杂性以及人性的丰富性与立体性，使作品表现出深刻的历史穿透力与洞察力，呈现出独特的审美风貌。

作为80年代改革开放的先锋，"个体户"在思想情感、生活道路、人生命运等层面的变化是透视80年代经济状况、社会发展水平以及时代心理的一个极佳的视点与窗口。80年代小说与20世纪90年代以来小说在个体户这一叙述对象上，无论在思想还是审美方面都表现出了一系列明显的改变。因此，比较不同时期"80年代个体户"叙事的异同有助于了解人们在伦理观念方面的嬗变，也有助于透视作家在思想意识方面的嬗变。

20世纪90年代以来小说对80年代政治的考察也可以分别从城市和乡村两个层面来进行分析与把握。由于城市和乡村的诸多差异，80年代城乡的政治面貌呈现出不同的特点。城市形成知识分子、市民与主流政治相结合的政治格局，而农村仍然处于宗法制的权力统治之下。这种复杂的政治格局决定了20世纪90年代以来小说对80年代政治书写的深度、广度及其限度。

80年代小说对80年代城乡不平等关系基本是采取漠视与回避的态度，而20世纪90年代以来叙述80年代的小说则深入揭示了80年代现代化进程中的城乡物质、精神等层面的不平等关系。正是由于城乡之间的不平等，20世纪90年代以来叙述80年代的小说中的主人公面对城市少了行动上的犹疑、彷徨与情感上的挣扎、徘徊，其对乡村的厌恶、鄙弃和对城市的向往、迷恋显得更为理性与坚定。

20世纪90年代以来叙述80年代的小说与80年代叙述80年代的小说在题材范畴、审美焦点方面存在一些交叉的视域，然而针对同一描写对象，作家关注的侧重点、叙事态度、价值评判方面却表现出一些显著的差异。因此，发现这一差异并透视差异背后所体现的意识形态是本章的重要任务。

第一节 "新土改"叙述的伦理反思及其理性精神

自五四新文化运动以来，对农民与土地关系的思考，成为乡土小说永恒的主题。而中国近百年的农村从封建地主制到毛泽东时期土改运动的发生，从农村的合作化运动到邓小平时期的"新土改"，再从"新土改"到20世纪90年代以来的所谓"圈地运动"，可以说，百年中国史在农村就典型地表现为土地政策的变迁史及不同阶段农民的命运史、心态史。

80年代的"新土改"就历史意义而言，是在农村经济全面凋敝、改革已迫在眉睫的严峻局面下对农村所实施的经济改革。80年代涌现出一批反映农村土地改革的作品，如高晓声的"陈奂生系列"、张炜的"秋天系列"等。这些作品侧重于表现80年代的"新土改"对于农民生活状况、命运精神的影响，尤其是农民从经济上摆脱了贫困状况，进而因经济的独立带来精神自由与人格独立，表现了80年代知识分子普遍的启蒙意识。不过，这种借政治、经济伤痕的弥合来论证"新土改"的历史必然性与政治经济合法性的叙事意图使得许多作品表现出图解与宣扬政策的痕迹。

与80年代的普遍简化与虚化相对，20世纪90年代以来，随着时间的推移，"新土改"已经在农村全面完成，而且随着国家政策的调整和社会的巨变，作家逐渐摆脱80年代主流意识形态的控制，拉开一定的历史距离来回望与追寻历史，从而得以对被历史所遮蔽的文化意识与心态进行重新开掘。由此，20世纪90年代以来对80年代"新土改"的重新叙述，显示出不同于80年代的理性批判精神与反思意识，充分揭示了历史的具体性和复杂性，赋予作品深刻的历史穿透力与洞察力。这种非模式化的叙述不但丰富了我们的历史认知，同时也丰富了我们对于盘根错节的现实的理解与观照。这里试图从历史意识、创作视角与审美风貌三个层面，探讨20世纪90年代以来的"新土改"叙述与80年代的叙述差异及其所反映出的作家的历史观念与思想观念的差异。

一 历史意识：对"新土改"局限的理性反思

80年代小说对"新土改"的叙述是一种典型的现代性叙述，其中生产力的进步、人民生活的改善以及由此带来的社会意识与人性的进步是文学作品的叙事着重点。这种现代性叙述既反映出主流意识形态的政治要求，也表达了知识分子精英的理想与诉求。而20世纪90年代以来叙述"新土改"的小说，尽管不能称其为反现代性的叙述，却对80年代所认定的现代性内涵做出一定程度的反思。这种反思性与自省性正是现代性的应有之义。

80年代小说的"新土改叙事"中，对"新土改"调动农民的积极性进而解放农村生产力的叙述，有其客观真实的一面。然而，过于急切地宣扬与图解政策的叙事意图，使得"新土改"对于生产力的破坏面被有意无意地忽略或遮蔽了，其所能烛照出的农民的狭隘意识与人性的幽暗面也被轻易回避了。20世纪90年代以来叙述"新土改"的小说在回溯历史的过程中，以严峻的现实主义精神挖掘出"真实性"的另一副面孔，即"新土改"对于生产力的严重破坏。马金刚《有福之人》写到有的地方因分地有欠公平，甚至发生了械斗。在对水利森林、农耕资料等公共设施的分配上，有人竟然提议将拖拉机拆散分零件。这种情节绝不可能出现在80年代叙述"新土改"的作品中，然而正是这些表面荒诞不经的情节蕴含着无法回避的历史真实。集体所有的果园、森林以及水利、农具等生产设施是农业合作化的"成果"，如果不能对其进行合理妥善地保护与分配，势必会导致对现存资源的严重破坏。这样非但不能解放生产力，反而连合作化时代积蓄的一点优势也丧失殆尽。80年代，出于对合作化惨痛历史的深恶痛绝，作家还不能对合作化的优势做出理性反思，上述问题被作家轻易遗忘与漠视了。而20世纪80年代到90年代农村的客观现状迫使作家对合作化与"新土改"的辩证关系做出符合历史的客观思考，使得20世纪90年代以来作品具有了超越特定时代的深邃的历史意识。

赵德发《缱绻与决绝》也写到"新土改"对于公共设施的破坏，不过作家对这种破坏行为背后的国民性与人性问题的揭示，使得探索的步伐又向前迈进了一步。原生产队办公的房子在"新土改"中被拆下分了石头和木棒，剩下了唯一实在无法分配的公共财产马灯索性被摔碎。马灯的摔碎细节具有浓厚的象征意义，一方面，"啪"的破碎声是合作化结束的宣告，另一方面国民性问题和人性问题也从这毁灭性的公平背后凸显出来。这种毁灭性在刨果园实践中充分发展并在牛愤而顶死人的悲剧中达到高潮。表面看来，作者是要表达搞大包干不能放弃领导等具体政策层面的问题，表现对"新土改"运动的政治反思；在深层上，小说还表达了作家对国民的狭隘、自私与保守的文化批判与对人性幽暗的控诉。可以说，"新土改"非但没能如某些80年代作品所表现的因为经济发展带来人性提升，反而使得狭隘、自私、保守的国民性愈加彰显，其原因正在于"新土改"政策的实施与幽暗人性互为因果、互相催生与促进的恶性循环关系。

　　较之于对执行政策过程中存在的社会问题与人性问题的反思，对"新土改"政策本身的反思可谓抓住了问题最根本的内核。这些作品着重追问的问题在于包产到户是否必然体现了比合作化更为先进的生产力？刘玉堂《最后一个生产队》以微涩的乡村寓言的形式，打破了80年代以来形成的现代性思维定式，以更为深邃的历史眼光，充分展现出问题的复杂性。遭遇大旱时个体家庭显然势单力薄，而生产队则显示出明显的优势。同样，王洪昌《九连环》为我们上演的是一幕沉重的乡村悲剧。两篇小说不约而同地叙述天灾人祸使得"新土改"后农民非但没有富裕反而愈加贫困的生存状况，其叙事意图是明显的。尽管天灾之于"新土改"并非是一个必然的因素，但这种偶然孕育着某种必然。可以说，当作家抛开那种简单肯定宣扬政策的政治思维，设身处地、体贴入微地体察农民的处境时，获得了对"新土改"更为复杂与多维的阐释。

　　80年代的"新土改"表面看来按照人口分地，体现了社会主义的公平原则，其实由于劳动能力、知识与技能等方面的差异，这种一开始的表面平等已经孕育了不平等，农村的迅速贫富分化在某种程度上正是起因于"新土改"政策的实施。正如海平《树神》中老队长旺山在土地承包后所考虑的"队里全空了，所有的一切都分光了。像三爷这样的五保户，以后怎么办？还有大拴那样没有劳力的人家又该怎么办"？安琪《乡村物语》

写到责任制后，因为"我"家没有分到牛，妈妈不得不三更半夜去偷牛犁地，被发现后饱受屈辱并遭受报复。"新土改"作为80年代农村迈向现代化的重要步骤，是以漠视弱势群体的利益为代价的，其结果是导致社会的急剧贫富分化，有劳动能力和知识技能的家庭可以迅速脱贫致富，而那些没有生产能力和老实本分的家庭则可能更加贫困。由此，小说触及了80年代貌似公平的"新土改"喜剧叙述背后所隐藏的悲剧因子。另外，即使劳动能力和知识水平相对平等，由于基层权力的渗透与控制，权力迅速转化为资本，贫富分化依然不可避免。80年代何士光的小说《乡场上》，得到土地的农民"挺直腰杆"，能够傲视强权，然而现实中的乡村权力对于生活与精神的影响与渗透远远比作家一厢情愿的乐观想象更为尖锐与复杂。《最后一个生产队》中的李玉芹利用其公家人遗孀的特殊身份，迅速发家致富。权力与资本的互动牺牲了公平性竞争原则，土地承包表面上的相对公平背后仍然是乡村权力逻辑的有力支配。而由此带来的仇富行为非但没能引起重视，相反却被国家暴力机构以"破坏改革"的名义加以镇压。小说的批判矛头是双重的，一头指向乡土中国的政治权力文化，另一头指向了80年代的"新土改"政策。对权力与政策的双重批判，使小说尽可能避免情感化的道德义愤，保持了理性的批判精神。

　　杨争光《从两个蛋开始》呈现出符驮村村民在"新土改"以后贫困依旧的生存状态。亮子的漂亮媳妇亚梅冬天烧炕时烤着了压在炕席底下的二块八毛钱，就挨了亮子一顿打，而亚梅也自觉理亏，觉得打得理所当然。"贫困使人堕落"的老话题在"新土改"后显得日益突出。符驮村人后来走上了以前所不齿的行乞、盗窃、卖肉的致富之路。当作家摆脱先验的政策与理念，将目光真正聚焦于80年代农村的社会现实时，80年代农村的生存本相得以凸显。而摆脱现代化工具理性，以悲悯的情怀，去关注那些被"改革"和现代化名义所损害的弱势群体的利益，赋予了作品浓郁的道德关怀与人性关怀气息。

　　80年代的"新土改"使农村经济迅速增长，促进了农业最初几年的发展。但小农经济作为落后的生产形态并不能适应农业现代化的发展，有研究表明最初几年经济的增长事实上"到了1984年就达到了高峰，到

1985年就出现了产量下降,之后就进入长期徘徊状态"①。"新土改"的弊端日益显示出来。特别是20世纪90年代以来全球化的发展,分散的个体农民无法应对国际市场上大规模、专业化的现代经营、管理与营销。而且,随着城市化的进程,大批民工进城,形成了所谓的"空心村",大批土地撂荒。20世纪90年代以来农民与土地新型的复杂关系是作家观察与思考的大背景,当作家拉开一定历史距离,在新的历史语境下思考80年代的"新土改"运动时,势必能摆脱图解政策的政治意图,更深地触及"新土改"的内在隐患。

"新土改"在80年代作品中呈现为一种进步的、现代性的形态,而到了20世纪90年代以来作品中则更多表现出对于生产力束缚的一面:这种"变形"的小农经济无法适应现代农业的发展,因此,更多呈现出保守、落后的反现代性特征。两种叙述都有其真实性的一面,相比而言,20世纪90年代以来小说将"新土改"实施后农村纵横交错、盘根错节的复杂现实更为充分地展示出来。《最后一个生产队》中人们在最后一个生产队中出出进进,"单干时想集体,集体时想单干,这么出来进去进去出来地循环着"正是这种复杂现象的最为真实的写照。

二 创作视角:"新土改"之于生活习俗与价值伦理的变迁

有研究表明,"从解放战争以来逐渐磅礴于全中国的土地改革运动,彻底地将中国农村社会翻了过来,不仅颠覆了传统的农村权力结构,而且颠覆了农村的传统,古老的乡土文化从形式到内容都发生了根本的变化,不仅意识形态观念被颠覆,乡村礼仪被唾弃,连处世规则也发生了空前性的更替"。② 也即是说,作为政治经济事件的"土改运动"不但影响了社会的政治格局、国民的生存状况,而且影响了人们的行为方式、道德观念与心灵世界。

与之相似,80年代的"新土改"在改变农村的经济关系、政治结构

---

① 燕凌斯:《公正地对待历史》,群众论坛出版社2006年版,第63页。
② 张鸣:《乡村社会权力和文化结构的变迁(1903—1953)》,广西人民出版社2001年版,第254页。

的同时，也影响了乡村的生活习俗与价值伦理，不过，80年代的启蒙知识分子倾向于将"新土改"事件对人的命运遭际和心灵世界的影响纳入启蒙意识轨道，典型作品如何士光《乡场上》。小说写因农村实行责任制，冯幺爸在获得经济上的初步翻身后，腰杆也"挺直起来"了。小说意在表明经济翻身所带来的人的觉醒。然而，如今看来，这只是知识分子一厢情愿的理想。"将一种本能的自我保护抗拒侵犯的行为罩上一层精神觉醒的光环，赋予小说重大意义和思想内涵，但这一意义和思想却无法经受住稍加认真的审美批判和追问质疑。"① 且不说经济翻身和人性的觉醒、人格的独立、尊严的获取是否存在必然的联系，仅就乡村权力不绝如缕的历史影响而言，权力阶级是否就此容许冯幺爸们"挺直腰杆"？进而言之，尚未内化的自主与尊严意识，是否可能因天灾人祸再度陷入贫困以后再次轻易丧失？冯幺爸的尊严只是基于社会层面，由为人做证得到乡人的认同所取得的尊严并未植根于人的精神深层，极有可能再次失落。

与80年代这种带有明显倾向性的叙述相比，20世纪90年代以来小说写出了"新土改"的实施所引起的传统道德与现代意识的碰撞、个人观念与集体观念的交错、民族心态与时代情绪的变迁等方方面面，显示出丰厚的思想文化底蕴，从而能够最大限度贴近农民的生活情状与思想状况。这成为20世纪90年代以来"新土改"小说创作的一个主流视角。其实这些问题80年代一些较为优秀的作品如王润滋《鲁班的子孙》和张炜《古船》等已经有所涉及，只是它们并未成为80年代的叙事主流，反而受到了批判。

80年代"新土改"的施行，使得合作化时期的生产队被个体的家庭所取代，与此同时，集体观念也被个人发家致富所代替。人们专注于个人生活水平的改善，投机倒把，无视公共道德与责任，因此损人利己的事情时有发生。

正是对上述状况的不满，刘玉堂《最后一个生产队》唱起了对生产队特别是对生产队所代表的民间生活方式与价值观念的挽歌。李玉芹与织布

---

① 孟繁华：《觉醒与承诺——重读〈乡场上〉》，《小说评论》1995年第3期。

匠刘来顺从恋人到分道扬镳正是损人利己发家致富与带领他人共同富裕两种生活理想与价值观念的冲突与疏离。与《最后一个生产队》具有相似人物设置的还有周渺的《起步》与海平的《树神》。如果只是从题材上我们可以把《起步》理解为《创业史》在"新土改"时期的翻版。《起步》中两种价值观念的冲突体现在领导大家干集体副业达到共同富裕的生产队长林春生与投机倒把、处心积虑发家致富的二哥林秋生身上。父亲林洛宽是80年代的梁三老汉，他艰难而痛苦的选择结果表现了集体意识对小农经济意识的战胜。《海神》中带领全村致富的贵泉与追求权力的队长二元对立的人物设置和他们的矛盾冲突同样也是这两种价值观念冲突的体现。不过，区别于合作化时期高大全式的梁生宝，刘来顺、林春生和贵泉形象更为复杂、多元。小说具体而细微地展现了他们在个人利益与乡村情感间所经历的痛苦的挣扎。《海神》中写贵泉从一开始《红旗谱》式的对村人的复仇到《创业史》式的领导合作化，充分展现了人物心灵嬗变轨迹。上述小说尽管在情节设置和人物设置上有类似十七年小说的痕迹，但是在思想内涵与价值诉求上是存在差异的。小说的叙事目的并非一味反对"新土改"，提倡回到"大锅饭"时期或者再次合作化，而是要表达一种超越具体政治观念与政治策略的民间生活方式与价值诉求。与其说他们是合作化式的政治英雄，不如说他们体现了作家的民间审美理想。也即是说，在对现代性和历史进步的追求中，如何防止道德水准的下降，在对新的生活方式的追求中警惕道德危机，这些问题不仅是"新土改叙事"中所遭遇的问题，同时也是现代性自身存在的问题。

与传统道德文化力量日渐衰弱相伴随的是社会与人的日渐理性化，人们逐渐从过去那种对公认的历史传统和普遍的文化习俗的信仰中解脱出来，在获得独立性的同时，也丧失了人与人相互依赖的传统温情。"新土改"政策的实施使得家庭能够自给自足，使得集体化时代的村落日益丧失凝聚力，人与人的关系日益理性化，日益隔膜。刘玉堂《最后一个生产队》中的原队长刘玉华就认为"搞单干人心散了"。留恋集体生活的韩富裕对集体化时期的宣传队充满感情。宣传队尽管充满了政治色彩，但在民间，却演化为一种群体性的狂欢，起到了凝聚社会人心的功能。但在"新土改"后，韩富裕想排演节目，重温宣传队的热闹气氛，却遭到大家拒绝，人们宁愿花钱买票去个体户家看电视也不愿意排节目。如果这还只是人们对民间仪式淡漠的无奈，那么海平《树神》中的老队长旺山的悄然死去则是对人性冷漠的讽刺。这个合作化时代让村民吃饱肚子的英雄在"新土改"后却迅速被专注于发家致富的人们所遗忘，甚至连临死前想喝一口水也无人过问。队长的死亡与歪脖子柳树的随即枯萎极富象征意义，表现了作者对于村人忘恩负义、自私与冷漠的尖锐讽刺。它揭示出，现代性的进程从物质层面到精神层面，从行为动力到人生目标，对中国农村社会进行了根本的改造，这种理性化在某种程度上正是80年代"新土改"政策实施所产生的结果。

"新土改"政治事件的楔入改变了人们的生存样式、道德心态与价值观念，这是20世纪90年代以来作家文化焦虑与道德焦虑的出发点。正是这种文化焦虑与道德焦虑，使得作家不只是单纯从政治、经济层面来书写"新土改"事件，而是将"新土改"对于人们日常生活、道德伦理、人性状况的影响充分展现出来，从而显示出过去创作中的政治学、经济学叙述所缺乏的文化深度与人性深度。

三 审美风貌：反二元对立的人物设置与反喜剧的叙述风格

80年代如贾平凹《鸡窝洼的人家》等改革小说中有一个固定的叙事模式：改革者在改革过程中遇到保守势力的阻碍，最终改革者克服重重困难，取得胜利，迈向现代化征程。这未免有些观念先行的意味，以致对于80年代复杂的历史情境缺乏个体性的认知与洞察，甚至在有些作品中，复杂、错综的社会现实就在一种简单的二元对立中被简单化、肤浅化。

对于那些反对、抗拒"新土改"政策实施的时代"落伍者"，80年代小说极尽讽刺之能事，他们是保守、落后的象征，必然为时代的洪流吞没，被历史前进的巨轮碾压。鲜有作者能够以体贴入微的笔触去把握这个群体的复杂性。而20世纪90年代以来小说的"新土改叙事"，作家一改80年代那种固定化、简单化的叙述模式，以相对复杂的情感态度把握复杂的社会现实以及丰富、立体的人性，充分表现出在"新土改"复杂的历史过程中人与人之间的冲突及人物自我内心的冲突，还原出历史原生态的多元性。刘玉堂《最后一个生产队》中"新土改"政策实施后，仍然有十几个人选择留在生产队。在历史转折时期，并非所有人都能紧跟历史潮流，每个个体都有其特殊情况与考虑，正是这种所谓"逆流"保留了历史深处最生动、原始的风景。概而言之，这些历史的落伍者最有代表性的是合作化时期掌握权力的既得利益者如《生死疲劳》中的洪泰岳、《缱绻与决绝》中的封铁牛、《从两个蛋开始》中的赵北存等。

　　从小说叙述中，我们可发现"落伍者"对于"新土改"的固执抗拒主要由于以下两个原因：一是对过去所掌握的权力丧失的恐惧，正如赵北存的儿子赵互助所讽刺的"怕分了地你敲不成上工铃是不是"？他们看不惯被他们所压抑的人民因为土改而兴高采烈的模样，他们惧怕以前那些对他们俯首称臣的臣民现在挺直腰杆当主人。二是他们已经习惯了"文革"时期搞运动、搞阶级斗争的"文革"思维方式，而且他们对于毛泽东时代的坚定信仰使他们对于"新土改"否定土改、人民公社、"文革"、毛主席的做法存在疑问。无论是洪泰岳面对民众发表慷慨激昂的演讲，高呼"人民公社万岁"；还是封铁牛的漫漫上告路；抑或是赵北存将分地小组插在各家田里的木橛子全部拔出送到公社说"有人背着村党支部搞非法活动，这就是证据"，这些都源于他们单纯的"信仰"。

　　假如以80年代的主流意识观点来看，洪泰岳是一个历史的落伍者，一个典型的反面人物，他的讲政治、讲斗争的思维方式亟待清理。然而莫言在一定程度上偏离80年代的主流意识，并未一味"妖魔化"人物，而是站在传统与现代的历史交汇点上，以同情的态度来理解人物。如果说，他的漫漫上访体现了其固执性的一面，那么，当西门金龙以开发旅游的方式毁掉农民所赖以生存的土地时，他愤怒地大闹县政府，不惜同归于尽则显示了其作为农民悲怆性的一面。封铁头曾经坚决不种队里分给自己的责任田，以表示他这个天牛庙农业集体化的创始人对大包干的反对态度。三年后，他却对这片长满狗尾巴草的荒地充满愧疚与忏悔之情。当作家摆脱了80年代的主流政治观点来描写人物时，人物的政治性淡化了，其作为传统农民的身份和意识得到凸显。

80年代对"新土改"的叙述中,除了少数"落伍者",大多数民众都在"改革者"的带领下,积极响应农村的"新土改"政策,其间不同人物的差异性被遮蔽了。而20世纪90年代以来对大脚老汉和蓝脸形象的塑造,丰富了人们对于那些"新土改"积极分子的认知与理解。大脚老汉的地在被迫入社后,他对集体劳动毫不积极,从不挣队里的工分,还经常去自己以前的地里"偷"庄稼。听说南方分地,懒了三十年的大脚老汉开始拾粪储ús。县委打击复辟倾向,队里强行挖大脚老汉的粪,老汉将身子一俯,趴在粪堆上企图阻止,阻止不得后,又去偷入社前属于自己的地里的地瓜,"地是俺的,粪液是俺的"!分地时,大脚老汉要回了自己入社前的圆形地,尽管那是三级地。同样,《生死疲劳》中的蓝脸也对合作化积极抵抗。蓝脸坚持认为"亲兄弟都要分家,一群杂姓人,混在一起,一个锅里摸勺子,哪里去找好"?因此,他拒绝入社,甚至不惜以死相抗争,坚持单干到底。到了"新土改"时期,曾经被当作历史绊脚石的蓝脸,自然成了历史的先锋。农民对于土地的执拗的依恋是80年代"新土改"的心理与伦理基础。然而,小说尽管同情大脚老汉和蓝脸,却并不是像80年代小说因为他们的行为符合"新土改"政策而大加褒扬,而是充分发掘人物行为的历史性因素,同时揭示出其狭隘性。由于他们的"单干"是小农经济意识的表现,这种小农意识在现代化进程中日益显示出其弊端。

正是由于人物设置上的差异,80年代"新土改"叙事作品与20世纪90年代以来的小说相比,在审美风格上也存在显著差异。就叙事进程而言,80年代小说呈现为大团圆的喜剧结局,小说普遍有一条光明的尾巴。80年代作家在思想解放运动的鼓舞下,对未来充满希望,对于现代化的承诺充满信心,充满浪漫主义情怀与乐观主义精神。作家历经苦难仍然"相信未来"。因此,对"改革者"和"积极分子",作家热烈歌颂,对于那些保守落伍者则以讽刺喜剧的方式嘲讽。如果说80年代《平凡的世界》等作品是以相对热情、明朗的态度讴歌"新土改",那么20世纪90年代以来作家的叙事态度是复调的、复杂的。20世纪90年代以来作品多是一些正剧和悲剧,小说将叙事时间拉长,在一个较长的历史流程中展现人物命运的变迁,从而能够摆脱一开始的简单的微观喜剧,获得对人物复杂命运的宏观把握。《九连环》中王国山辛苦开掘的十五亩责任田被周善和以高利贷侵吞，愤怒中王国山与周善和同归于尽。《缱绻与决绝》中大脚老汉的圆形地经过90年代"圈地运动"和土地调整以后，仅存三分之一，"就像一段丑陋的瓦渣儿"。大脚老汉一块圆形地历经五十年的变迁，最终落得这样一个悲剧结局。80年代作家在历史预见性和历史意识上存在着明显缺陷，而20世纪90年代以来作家以现实主义精神去观照"新土改"以后农民与土地的关系，使得作品具有了深沉的悲剧品格。

显然，20世纪90年代以来作家重新叙述80年代"新土改"并非是要否定这场运动，主要立意在于要在新的历史语境下，充分发掘出被80年代政治和叙述所遮蔽的历史复杂性。从"新土改"对于现代性进程的意义及局限、对于民间生活方式的渗透和对人物精神和心灵的影响入手，20世纪90年代以来小说的"新土改叙事"理性地思考农民与土地错综复杂的关系，最大限度地展现出了光影交错的复杂社会生活及立体丰富的人性内涵。

第二节 "个体户叙事"：个体意识的凸显及其道德悖谬

如果说，80年代经济现代化在农村主要是以家庭联产承包责任制的施行作为主要策略与重要标志，那么在城市及城乡接合部，个体户的崛起及其所代表的商品经济意识与市场经济观念则是城市经济现代化的重要表现。20世纪90年代以来以"80年代个体户"为描写对象的"个体户叙事"小说成功地反映了这一经济意识的裂变以及人们的价值困惑。

在80年代，"个体户"作为一个新的群体，一度被视为改革开放的先行者和弄潮儿，而"个体户"作为一个新的概念，在那时也颇有几分先锋的意味。它意味着一批农村户口的人以及一些城市的边缘人在社会政策的支持下，从传统生产方式中首先解放出来，进入"先富起来的"那"一部分人"中。而他们的思想情感、生活道路、人生命运在某种程度上也发生了质的改变。表现他们的这一切及其所蕴含的社会文化命题也就成为小说创作的一个不可忽视的潮流。颇有意味的是，80年代小说与20世纪90年代以来小说在个体户这一叙述对象上，无论在思想还是审美方面都表现出了一系列明显的改变。而且，由于"个体户"这一名称或说法主要在80年代流行，20世纪90年代以来随着市场经济的崛起和社会经济结构的复杂化，与"个体户"相关的身份越来越繁富，这一名称也不再流行。因此，本书所指个体户题材也特指80年代的个体户，而同样是面对这一独特范畴内的文学描写对象，20世纪90年代以来小说表现出新的审美意向，由此侧面也可透视二十余年小说叙事伦理的嬗变趋势。

"个体户的规范称呼叫个体工商户，这个名称得到了法律的认可。1986年4月12日六届全国人大四次会议通过、1987年1月1日起施行的民法通则第二十六条规定，公民在法律允许的范围内，依法经核准登记，从事工商业经营的，为个体工商户。"[①] 个体户作为中国80年代经济改革过程中涌现的"新生事物"，在其时特定社会背景与文化背景作用下，成为一个复杂而又暧昧的社会阶层。基于个体户对经济发展的刺激与推动功能，个体户在80年代受到国家政策的鼓励与支持。然而经济地位的确证却并未相应带来社会地位的提升：80年代初的个体户多由一些游离于体制之外并缺乏体制的保障的进城乡下人、劳改释放人员、返城知青等组成，这一复杂的身份构成是导致个体户在普遍崇拜"铁饭碗"与依赖体制保障的80年代社会地位低下的原因之一。此外，总体而言，个体户在文化水平与个人素质上相对较低，这就使得人们在崇尚知识、重视精神的80年代文化氛围熏染下对个体户产生轻视与鄙夷心理。意识形态宣传与实际社会身份、经济地位与文化地位的落差与断裂对个体户的身份认同与自我确证产生了巨大的影响，个体户们不同的心理应对也使得80年代个体户群体呈现出迥异的精神风貌。因此，80年代个体户们的生存境遇、心理际遇、人性变异等理应引起文学应有的关注。

然而，80年代"改革文学"大潮中的"个体户叙事"文本，往往流于对80年代个体户政策的僵硬演绎与浅薄宣扬。比如莫非《星星，在蓝

---

① 廖盛芳：《个体户的忧思》，《粤海风》2007年第2期。

空闪耀》写"我"高考落榜在家待业,不得以加入强强的个体饮食店,却自认为个体户低人一等,对生活丧失信心;而拥有坚定生活信念的劳改释放犯强强办个体饮食店并赢得漂亮骄傲姑娘的爱情的故事教育了我,让"我"改变对个体户的偏见,重新树立起对生活的信心,并最终也获得了爱情。廖晓勉《喇叭裤纪事》中个体户朱赤丹因为生意难做加上受到部分人的白眼奚落而郁闷不堪,终于在为偏远学校义务服务中发现自身的价值和工作的意义,干个体户以来结下的冰壳也随之融解。霍达《小巷匹夫》写个体户勇于开拓进取,终于克服重重困难,生产出比进口商品更为优越的相机零件。曾宪国《嘉陵江边一条街》通过高竹刚父子和张秋珍母女这两辈人之间的种种思想冲突,表现了两代人对于个体户的不同看法,并最终以子辈的订婚表明"在新的改革面前,那些旧的、'左'的、传统的、保守的、'多年来毒害人灵魂,扭曲人性格的世俗观念'都必将被新的、不可阻挠的改革洪流所荡涤,所扬弃"①。在叙事模式上,《嘉陵江边一条街》接续了赵树理《小二黑结婚》通过父辈与子辈的冲突斗争宣扬思想革新的思维模式。总之,这些作品基本上都或隐或显地迎合80年代国家意识形态诉求:颂扬个体户的勤劳坚韧与艰苦创业精神,肃清人们对个体户固有的歧视与偏见,为个体户正名,从而鼓励更多的待业青年加入个体户的大军,进而达到改善就业,满足社会需要并促进经济发展的目的。然而这种强烈的主题先行色彩与结构的模式化倾向遮蔽了作家对80年代个体户形象的多层面展现与多维度开掘,因此80年代小说对个体户的叙述无论从思想意识还是审美表达层面来看都存在较大缺失。

20世纪90年代以来小说对个体户的叙述与80年代小说对个体户的叙述相比发生了一些显著变化:第一,80年代的个体户叙事以中、短篇小说为主,而20世纪90年代以来则出现了一些代表性的长篇,如何顿《我们像葵花》、洪三泰《又见风花雪月》、阿来《轻雷》等,无论是从叙述的广度还是意义的辐射面来看,长篇小说都具有无可比拟的优势。第二,20世纪90年代以来的"个体户叙事"总体上以对80年代"个体户叙事"

---

① 刘彦:《嘉陵江边一条街》,《当代文坛》1985年第2期。

模式的反叛与解构为前提，适当的历史距离与反思视角使作家得以摆脱特定时代意识形态的影响，从而呈现出80年代个体户更为丰富真实的历史风貌。

一　个体意识的觉醒与伦理观念的变革

个体户在80年代的意义不仅仅在于顺应改革潮流推动经济发展层面，其更为重要的意义在于：由于个体户游离于体制之外，它与体制的关系就远非简单的被包含与包含、被决定与决定关系。个体户在丧失体制保障的同时却也逐渐从体制的限制与束缚中解脱出来，从而为个体自由度的增大与主体意识的觉醒奠定了基础，使人独立自主地发展成为可能。在某种程度上，个体户的出现可以看作80年代思想解放运动与启蒙主义潮流的一个重要组成部分。这是由经济现代化与启蒙现代性的关系所内在决定的，也符合80年代的时代逻辑与文化特征。经济现代化与启蒙现代性二者的关系可以表述为：经济现代化诉求内在要求并引发启蒙现代性的生成，而这种启蒙了的主体意识又进一步保障与推进经济现代化的步伐，经济改革与人性启蒙二者呈现出相反相成，相互促进的特点。20世纪90年代以来小说的"个体户叙事"对于个体户之于中国80年代经济文化的转型与社会道德伦理变革的意义这一层面的表现尤为着力。

80年代小说中的个体户多是迫于生计无奈而当上个体户，20世纪90年代以来小说中的大多数个体户之所以成为个体户主要是遵循个体自由意志主动选择的结果。他们对于社会的转型与时代的变革反应颇为敏锐，能够迅速审时度势，并克服犹疑与困惑、担忧与焦虑心理，采取积极行动加入个体户大军，表现出个体生命的活力与人性的自由。洪三泰《又见风花雪月》中的孔云飞从一个以偷扒为生的街头小混混变为一个自食其力、自立自强的个体户，卜风花从四处捡垃圾收破烂到终于开起自己的个体商铺，宋雪月凭借自己的技术与诚信获得个体"皮鞋皇后"的尊号。他们在经济改革大潮中跌打滚爬、磕磕绊绊，终于由个体户发展到合作开公司。从性格层面来看，他们泼辣大胆、不折不挠；从个体能力层面来看，他们往往具备超越常人的精明勇敢与吃苦耐劳精神；从个体意识层面来看，他们自尊自爱,特别重视维护个体的权利与尊严。裘山山《春草开花》中春草在乡村是一个异类,与乡村环境格格不入,这一对立在一定程度上可以看作个体积极进取、追求个体价值实现与群体安于现状、庸碌无为之间的冲突。这一个性是其最终离开乡村,进城当上成功个体户的保证。春草的衣锦还乡及人性的进一步发展反过来也是对个体户生存方式的肯定。总之,80年代个体户的形成既是人物个性发展的必然结果,同时又对个体的锻造具有不可小觑的意义。

  20世纪90年代以来小说中个体户的个体精神还表现在对于身份特权的反抗以及对"不患贫而患不均"的传统道德伦理的解构层面。80年代经济现代化的诉求还一时难以改变人们根深蒂固的重农轻商的文化传统,加上80年代崇尚精神价值的特定时代文化氛围,无论是占据政治地位的特权阶级,还是拥有精神优越感的知识阶层,或是在体制内拥有铁饭碗的工人阶层都表现出对个体户的轻视与鄙薄。陈炳照《小城,风气初开》就尖锐地触及因个体户身份而导致的婚姻失败问题。小说中的个体户们以偷窃县政府只有特权阶层才能享受的好烟好酒的方式进行报复。这一行为心理尽管稍显畸形,却表现出个体户对身份特权和不公正体制的反抗精神。"不患贫而患不均"尽管反映了一种朴素的公平正义理想,但这种一味的平均主义却呈现出压抑个性,进而导致个体平均化与平庸化的弊端。孔云飞、宋雪月、卜风花、春草们这种敢为天下先自主发家致富的行为正是对压抑个人才能和创造力的传统伦理文化观念的反叛。

  如果说,改革开放之前,人们的生活依赖于政治与体制,这种物质生活的依附关系导致个体对集体盲目的屈服与顺从。那么80年代个体户则以对权力和体制的疏离和反抗为其基点与目标。何顿《我们像葵花》中的冯建军之所以成为中国最早的个体户的一员,在某种程度上可以说是"文革"期间被集体和强权所歧视、压抑与挤压而萌生的自我奋斗与个体发展意愿的结果。乔典运《香与香》写到五爷在50年代养牛成为模范,却遭村书记李老三妒忌陷害而家破人亡,自己被关进监狱,妻子上吊而亡。二十多年,他和儿子爱社一直生活在以李老山为首的权力网络之中,动弹不得,毫无个人独立与人格尊严可言。80年代初爱社开了一个修理铺,在大家还普遍贫困时率先发家致富。这时候全村人包括曾经迫害过他们的李老三都来向他们借贷,"货币"让五爷终于又体会到了做人的尊严。之后,爱社又施计使得李老三在走投无路的情况下上吊自杀。尽管爱社的报复行为有狡诈与残忍的一面,但是如果撇开一般的道德评判,李老三的死亡可以看作以政治和阶级斗争为纲的某种制度的轰然坍塌;而个体户爱社的胜利,则象征着个体借助经济力量完成对体制的抗争,进而重新确证了自我的价值与尊严。

20世纪90年代以来小说的"个体户叙事"从一个侧面反映了80年代特定历史时段的社会意识与精神状态。如果说80年代小说中的个体户形象多是其时个体户政策的空洞演绎与苍白的代言,那么20世纪90年代以来小说则赋予了个体户以鲜明的个性与自我意识。"按其本质,商业追求充分的自由,在新时代,它越来越成功地让各种年集长期化,恰如按其原则,让商业本身成为国民经济的主宰,只要撇开政治对国民经济和对商业的影响不谈。商业的新的形式也造就新的人和新的场所,这是易于理解的。"① 不过,商业在促使个体意识的觉醒与增强的同时,其追逐利益与金钱的本意与特性也导致部分极端个人主义与拜金主义的滋生与萌芽:假冒伪劣商品风行,损公肥私、损人利己、偷税漏税、投机倒把、走私贩私等行径愈演愈烈,个人主义开始走向它的反面。

二 个体户的另一面及其对价值观念的冲击

80年代小说中的个体户多是一些体现时代发展趋势与符合人们道德诉求的正面人物形象,而20世纪90年代以来小说则在某种程度上打破这一形象成规,对某些个体户投机倒把、钱权交易、走私贩假、坑蒙拐骗等致富行为进行了深度开掘。个体户投机倒把、钱权交易、走私违法、弄虚作假等现象的出现一方面是80年代初经济体制与法律制度不够健全与完善的体现,另一方面也为90年代以后中国社会发展过程中的一系列问题与困境埋下了隐患。因此,20世纪90年代以来小说对80年代初个体户一系列问题的寻绎与反思,在一定

---

① [德] 斐迪南·滕尼斯:《新时代的精神》,林荣远译,北京大学出版社2006年版,第35页。

程度上可以看作从改革的源头反思改革历程的一个重要组成部分。

《我们像葵花》中的个体户冯建军、李跃进、刘建国等将生活的目标与意义定位在"心怀大'财',发狠搞"上面。他们大钻法律的空子,打政策的擦边球。冯建军精明能干,当国家还未实行个体户政策时,他就将沿街的房子改造成小店铺。后来,当他发现小店铺的利润远远不及走私烟方便快捷时,就逐渐加入走私烟的行列,将走私越做越大。刘建国也开起了盗版书店。正如何顿在小说中所总结的:"过去违法乱纪事,大家都害怕干,现在干违法乱纪事的人渐渐多了,而且确实能让人一下富起来。有钱能使鬼推磨,'人为钱死,鸟为食亡'就是这个道理。"阿来《轻雷》的主人公拉加泽里因家庭贫困,退学求生财之道。这种弃学从商的行为既是被迫无奈,更是一种对现实生存法则的主动妥协与自觉选择。他开了两年个体修车铺碌碌无为,直到在严刑逼供下死不吐露真情,以苦肉计的方式获得各方面势力的认同。自此他在各方面势力的扶持下走上非法贩卖木材的道路并成为百万富翁。改革开放初期,由于市场经济和国家的法律体制不够完善,人们铤而走险,乱砍国家森林资源,并与当地官员勾结,牟取非法利益。这种非法行为既滋生权力的腐败和寻租,又助长了基层恶势力,同时导致环境的恶化和生态的破坏。拉加泽里前恋人的父亲崔巴葛瓦说:"国家是个多么贪心的人哪!他要那么多看顾不好的东西干什么?什么东西一变成国家的,就人人都可以随意糟践了。"作为一个闭塞地区的藏族老人,他对国家、对个体权利缺乏理性的思考,但他却根据自己的生活体验和朴素的人生信仰对于一些打着国家的名义、糟蹋国家森林资源牟取个人暴利的做法提出了质疑和抗议。80 年代个体户在一定程度上类似于丹尼尔·贝尔所说的"新人":"他一旦从传统世界的归属纽带中解脱出来,便拥有自己固定的地位和攫取财富的能力。他通过改造世界来发财。货物与金钱的自由交换,个人的经济与社会流动性是他的理想。自由贸易在其极端意义上就成为'猖獗的个人主义'。"[1]

---

[1] [美]丹尼尔·贝尔:《资本主义文化矛盾》,赵一凡、蒲隆、任晓晋译,生活·读书·新知三联书店 1989 年版,第 62 页。

这类作品启示我们思考80年代个体户的这一系列走私违法行为背后深厚的历史、社会、文化根源。首先，80年代允许一部分人先富起来的政策无疑符合历史的发展趋势与人性的基本诉求。但是一些人贫穷了太久，压抑了太久，一旦追求富裕与金钱的欲望被释放出来就势不可当，大有横扫吞噬一切社会规范与伦理道德的趋势。拜金主义与极端个人主义开始抬头，不择手段地攫取金钱成为一部分人的生存目的与人生理想。"在充满体制漏洞，且没有设定任何追逐财富的游戏规则的国度，几亿处于长期贫穷状态中的人，其物质欲望一旦释放出来，就形成了一种前所未有的金钱饥渴感，那种在政治压力下被迫退缩回意识深处的'常识理性'，一旦没有了外在约束，就以极快的速度膨胀起来，最终导致了当前这种道德严重失范状态。追逐金钱的活动，在中国从未形成这样一种全民参与、铺天盖地、势头汹汹的金钱潮；对金钱意义的张扬，也从来没有达到这样一种蔑视任何道德法则的地步。"[①] 其次，从个体户社会身份来看，个体户本来就是一个鱼龙混杂的群体，游离于体制之外的社会身份使他们的唯利是图更少约束禁锢，更加肆无忌惮。再次，从个体户自身心理根源来看，"这批经历了'文化大革命'的年轻人，个个身上具备着'造反派'的气质。当年的造反派是造资产阶级知识分子的反，造当权派的反，现在的年轻人是造这个社会的反，与法律作对。胆子却是'文化大革命'中练出来的"[②]。"文革"中的历练和教育早为他们后来向社会造反和报复奠定了基础，或者说，他们的违法在一定程度上也是"文革"后遗症的再度发作。"文革"中的道德标准颠覆、亵渎神圣等非道德化倾向在80年代非但未得到任何清理与反思，反而在新的社会历史条件下日趋发展壮大，个体户的走私违法现象只是80年代的"冰山一角"。"在意识到很多事情需要从头再来时，人们并没有意识到需要重建人们的道德。在年轻人身上史无前例地集聚起来的怨恨、仇恨，那么多的蔑视和亵渎，始终没有得到反省和清理。"[③] 最后，80年代初期，改革伊始，各项经济体制还不够完善，缺乏

---

① 何清涟：《现代化的陷阱》，今日中国出版社1998年版，第204—205页。
② 何顿：《我们像葵花》，中国社会科学出版社2000年版，第176页。
③ 崔卫平：《我们时代的叙事》，花城出版社2008年版，第11页。

规范的监督和引导，这也为一些个体户的走私违法提供了便利。

与这种投机倒把、钱权交易的致富行径相伴随，富起来的个体户往往以金钱为资本，"完美"演绎"金钱使人堕落"的人性裂变主题。《我们像葵花》中冯建军、李建国等浑浑噩噩，打架杀人、聚赌嫖娼；《轻雷》中更秋家几兄弟仗着走私树木的金钱优势横行乡里，甚至杀人越货。从心理根源来看，个体户这种富裕之后的道德与人性裂变可以归结为以下三个原因：一是普遍意义上的暴发户心理作祟。暴发之前的苦难贫穷使暴发户们对于现实享乐表现出强烈的追逐欲望。二是对于社会对他们鄙视与不屑的报复性反抗，希望以扬眉吐气地炫耀金钱的方式来宣泄报复进而获得社会的艳羡与认同。三是20世纪90年代以来部分个体户价值迷惘与灵魂躁动不安的表现。刘庆《长势喜人》中因80年代的君子兰热的因缘际会而迅速发迹了的马树亭在梦幻般的致富背后却仍潜藏着深沉的精神危机。他咀嚼鸦片似的嚼食君子兰叶和最终烧毁君子兰窖正是这种精神危机的反映。

如果说，侵害国家财产和个体户自身的堕落的危害还是潜性层次的，那么个体户对于传统文化的挑战和对人们价值观念的影响和改造则显得更为可怕。"由于计算支配一切，所以传统主义的社会所促成的美好关系结束了。"[①] 在《我们像葵花》里，何顿写道："文化并不高的个体户，并没费什么事而且也没存什么愿望，却把中国的传统文化进行了有力的改变。从前说积金千两，不如明解经书。现在满不是这回事了。大家都向钱看了。"个体户的出现及其金钱的冲击力将文化知识排挤到社会的边缘，信仰、理想与精神追求逐渐成为遥不可及的明日黄花。何顿《无所谓》中的李建国，原来是一个有追求有理想的音乐系高才生，然而发家的个体户同学的刺激和自己的日渐窘困使得他心理失衡并对信仰产生怀疑，最终向世俗生活妥协。《轻雷》中接受过教育的拉加泽里本来不失厚道与仗义，在暴利与腐败面前，他的人性逐渐异化，甚至砍去了藏民世世代代借以安息

---

① ［法］达尼洛·马尔图切利：《现代性社会学：二十世纪的历程》，姜志辉译，译林出版社2007年版，第99页。

灵魂的落叶松。自然的生命伦理在金钱面前开始变得不堪一击，金钱疯狂地吞噬着人们旧有的价值观，消解着民族精神文化传统并导致和谐人际关系的崩溃与瓦解。"'万元户'们的存在，对中国社会产生了强烈的冲击，唤醒了人们被压抑已久的物质欲望，由政治意识形态设定的'奉献型伦理'规范日渐处于一种弱势状态。"[①] 某种程度上，20世纪90年代以来中国社会普遍的利己主义与拜金主义价值观念的盛行并非是空穴来风，而是有着深层的历史与心理根源，其中80年代个体户的实利主义和物欲膨胀对社会价值取向的影响与改造应该说是一个重要的因素。

20世纪90年代以来叙述80年代个体户的小说表现出一种价值上的犹疑与困惑。一方面，他们对个体户的自我与人格的觉醒表现出一种肯定与赞赏的态度；另一方面，他们又不得不正视80年代个体户在经济大潮席卷下的唯利是图、人性异化、道德堕落以及传统文化的断裂等现象。针对叙事对象的复杂性，许多作家在对"80年代个体户"叙述中采取了一种规避价值判断、让人物自己说话的日常化与非道德化的叙事策略。这正是下文将要论述的。

三 "个体户叙事"的日常化与非道德化

如果我们将20世纪90年代以来叙述个体户的小说放入改革文学的宏大背景下去考察，可以发现同样是以改革为对象或背景的文学叙事，20世纪90年代以来叙述个体户的小说与80年代的改革文学无论是在思想意识还是在审美追求上都表现出显著的差异。这种差异主要表现在个体户叙事的日常化和非道德化层面。

个体户叙事的日常化首先表现为小说主人公由叱咤风云的正面英雄人物向平庸甚至猥琐的生命个体的还原层面。80年代改革文学的主人公往往如乔厂长、李向南等为改革事业呕心沥血，很少考虑个人得失，而20世纪90年代以来"个体户叙事"中的个体户们却是一些以个人利益为重，甚至不惜损公肥私、损人利己的小人物。其次，从叙事内容来看，80年

---

① 何清涟：《现代化的陷阱》，今日中国出版社1998年版，第204页。

代特别是 80 年代初期的改革文学，往往倾向于正面描写社会改革特别是经济改革，在结构上往往习惯于设置改革派与保守派或反对派之间的二元对立的斗争模式，可以说是一种政治化的改革书写。而 20 世纪 90 年代以来的"个体户叙事"则侧面写改革，更为关注普通平民在改革中的生存遭际、个体命运、心理状态，展示改革对人们日常生活方式、道德观念、文化传统的影响，是一种日常化的改革书写。

这种改革文学从政治化向日常化的嬗递一方面是基于改革的深入与中国社会历史的变迁，另一方面则是作家创作观念演变的结果。20 世纪 90 年代以来社会的裂变以及改革中出现的一系列问题使得作家逐渐疏离为改革摇旗呐喊、大唱赞歌的时代吹鼓手角色，开始对 80 年代的改革加以重新冷静思考。这就要求作家摆脱政策化的改革书写而沉潜到普通人的日常生活之中去寻绎改革的问题及其成因。从作家的创作意图与审美观念来看，80 年代改革文学表现出强烈的现代性理性诉求。众所周知，现代性以对平庸日常生活的隔离、颠覆、超越、整合、改造为基本目标，同样，80 年代改革文学往往压抑与遮蔽人物的日常生活。20 世纪 90 年代以来作家不再将追求现代性作为文学的终极目的，日常生活逐渐开始浮出水面。日常化的改革叙事使得改革文学摆脱 80 年代那种简单化、雷同化、类型化的叙事模式，最大限度地表现改革的多面性与人性内部的复杂性。

80 年代改革小说往往采取一种道德化的叙事视角，政治立场与拥护改革与否是衡量人物道德品质的重要标准。80 年代末期一些揭露与反思改革中的问题与弊端的作品，如方方《白雾》、文兰《32 盒黑磁带》等小说中这一道德批判现象表现得更为明显。有些作品甚至人为刻意安排道德终于战胜金钱，利欲熏心的主人公终于后悔不堪、幡然醒悟的结局，如邹志安的《大铁门》等。伦理规范与本能欲求纠结矛盾的结果往往是道德意识与伦理观念占上风。20 世纪 90 年代以来小说的"个体户叙事"，尽管作家叙述的是个体户投机倒把、走私违法、聚赌嫖娼等非道德现象，但他们往往放弃急切的道德批判视角，摒除明显的道德意识，表现出一种叙事的非道德化倾向。这种叙事的非道德化首先表现在作家对叙事视角的选择上。《又见风花雪月》以第一人称叙述个体户孔云飞，这就最大限度地呈现人物的内心活动，并不时地让人物为自己的行为做出辩护。比如孔云飞为了与皮鞋皇后宋雪月竞争，不惜以次充好，造谣诽谤。以第一人称书写，对事件本身的道德评判就淡薄得多。其次，对于个体户利用法律漏洞与空隙大发横财的行为，作品往往倾向于平面展示，很少愿意追究这些行为的历史、文化、社会、心理动因，这就意味着作家放弃了对人物道德进行深度拷问。最后，这种叙事的非道德化还表现在作家对欲望叙述法则的娴熟运用层面。80年代个体户在推动商品经济发展的同时也进一步张扬了物质欲望、身体欲望。作家对这种经济与欲望的纠结关系采取了认同甚至宣扬的叙事态度。

这种叙事非道德化的成因除了出于叙事策略的考虑以外，也与作家自身观念的变化有关。一方面，是作家金钱观念的改变。20世纪90年代以来，经济和市场成为至为重要的关键词，人们不再一味沉溺于80年代的道德理想与价值体系中，而是将崇尚金钱和追逐利益当成正当而合理的要求。何顿在一次访谈中提到"80年代初，人人心里都还装着'万般皆下品，唯有读书高'的思想。今天呢恐怕没有几个人这样看待问题。这是为什么？因为整个社会的价值观念改变了。过去，视挣钱的人为小人，所谓小人为利而亡。今天恐怕不这样看问题了，因为钱这个东西还是很重要的，你没钱，你的日子就会过得很拮据，你就会觉得愧对老婆和孩子，你尽管嘴里不说，心里也会这样想。……"[①] 因此，他对于那些汲汲于发财的个体户们表现出鲜有的理解与宽容。另一方面，从创作观念上来看，20世纪90年代以来一些作家典型的如何顿，其写作只是养家糊口的手段。在《写作状态》一文中，他说"我深有体会地觉得文学是极个人的事情，是面对自己，就像拳击运动员面对沙袋一样……我觉得作家只要对自己负责就足够了……我写作纯粹是我喜欢写作……另外，我喜欢写作，还因为它不要同任何人发生甲乙双方的关系……这么说吧，我从来没把自己视为作家，我只是感到写小说居然也能让我活下来还做到了养家糊口而由衷地感到好玩"。[②]

[①] 张钧：《个人化的时代境遇与欲望化的当下叙述——何顿访谈录》，《小说的立场》，广西师范大学出版社2002年版，第506页。

[②] 何顿：《写作状态》，《上海文学》1996年第2期。

也即是说，何顿的写作并无道德教化与启蒙目的，因此，他并不关心人物的行为本身是否符合道德行为，从而也就舍弃了道德批判视角。

非道德化的叙事倾向一方面最大限度地再现了80年代城市民间的日常生活，为转型期充满欲望、浮躁跃动、粗砺粗鄙的市民生存样态留下一份生动的"实录"；另一方面也可以最大限度地贴近人物的行为方式与思想状态，使得人物鲜活逼真。然而与此同时，这种对个体户经济之"恶"的肆意渲染、辩解甚至讴歌颂扬，却是以放弃对改革得失的深度追问、牺牲作家的价值评判与审美判断为代价的。当集体主义信仰与道德被打破之后，人们面对这一道德断裂的真空，应该何以自处？人们在拥抱彻底"自由"的同时是否也产生过道德上的焦虑与惶惑？应该如何处理个人自由与道德约束之间的关系，从而在二者之间保持一定的张力？由于作家非道德的文学观念，这些问题在作品中都没有得到进一步关注与展开。当然，这种种缺陷也许不仅仅属于本书所论的这一类题材创作，也是20世纪90年代以来小说整体性征候的一种反映。

第三节　考察80年代政治的双重维度及其叙述局限性

受80年代中后期纯文学理论的影响以及90年代消费主义文化的渗透，20世纪90年代以来文学往往对政治采取规避、疏离、淡漠甚至否定的态度，个人化写作、身体写作潮流的兴盛标志着政治生活等宏大叙事被驱逐出文学的伊甸园。而所谓的反腐小说与官场小说与其说是对特定时期的政治生活、政治理念感兴趣，不如说是为了迎合人们对于官场秘闻与潜规则的窥探心理。20世纪90年代以来叙述80年代政治的小说不但在数量上屈指可数，而且在叙述的深度与广度上也存在较多的局限性。当然，造成这一现象的原因除了与20世纪90年代以来文学观念的转型、作家思想深度的限制有关，还与一定的政治禁忌不无关联。这里就现有的少数反映80年代政治的小说出发，分析20世纪90年代以来叙述80年代政治的小说的叙事角度、叙事内涵与思想局限。应当指出的是，这里所说的"政治"并非狭义上的权力斗争或者官场生活，而是泛指意识形态与权力运作。因此所谓的政治叙事就不仅仅是指政治运动、政治事件，而是包括政治与生活和人性的关联、人们的政治意识和政治心态等方方面面的内容。

一 维度之一：公共权威与知识分子、市民的驳诘

80年代尽管从总体上摆脱了"文革"阶级对立的政治格局，却依然是一个政治化思维占据中心的时代。实际上，80年代在某种程度上与"文革"保持了较大的延续性，政权对社会的全面控制尽管较之"文革"有所松动，却并未减弱。而伴随着80年代经济改革的发展，知识分子与市民的地位以及自主性有所提高。于是，80年代精英知识分子、市民、公共权威之间既相互联系又有对立冲突，构成了80年代复杂的政治格局。20世纪90年代以来叙述80年代政治的小说正是通过对这一关系的重新确认与反思，从而抵达80年代政治的核心层面与重要领域。

80年代公共政治权威与普通市民的关系表现为：一方面，公共权威从未放弃对市民日常生活的干预与影响；另一方面，市民对公共政治表现出既认同又排斥的复杂心理。艾伟《爱人同志》与刁斗《我哥刁北年表》都反映出80年代政治与人们日常生活的扭结。《爱人同志》中的刘亚军从越南战场上负伤归来，被奉为英雄，四处巡回演讲。而实质的情形是，刘亚军并无多少战争英雄主义观念，他之所以不顾枪林弹雨当侦察兵是出于其酷爱自由与好奇任性的天性，"他对敌方具有孩子般强烈的好奇心，他对这个到处都是骨瘦如柴的男人而女人却十分丰腴的民族的生活也同样有好奇心"。"因为可以闻到村子里牲畜的气味、稻谷的芬芳，听到孩子们的哭声和成年人的吆喝声，看到热气腾腾的男人和女人、热气腾腾的炊烟及妇女们用自己的奶水哺育孩子的情景。"他的被炸致残并非有什么崇高的目的，只是因为他想偷看越南裸体女人而不小心被敌人发现。80年代主流政治出于宣传的目的巧妙地掩盖了这一历史的真相，反而将他封为英雄，并为他安排了一场类似拥军报告会的婚礼。对这一虚假称号，刘亚军一开始是持抗拒态度，比如他的宣传报告会从自己的亲身感受而非政治需要来描述战争，这一行为受到官方的严厉批评，但却受到大学生们的热烈

欢迎。由此我们能够管窥80年代公共权威与市民意识之间的对立与斗争。在强大的政治压力与历史规约面前，刘亚军不得不戴上了英雄的面具，从而也就注定了其向政治献祭的命运。艾伟在《人及其时代意志》一文中提到"时代意志"的概念："我在这里要提出一个概念，叫时代意志。我们都是历史中人，我们不可避免地受到时代意志的左右。我所说的时代意志非常复杂，它可能来自于权力，来自于意识形态，来自于全民的共同想象，来自于发展这样的历史逻辑。而一个时代的人性状况取决于此"[①]。艾伟一方面通过刘亚军的个人命运透视80年代的时代意志，另一方面通过对时代意志的描摹洞穿人性与生命的真实处境，从而既反思了时代意志对人性的侵蚀与碾压，又揭示了人性内部的深微幽暗及其对政治的复杂态度。《我哥刁北年表》同样写到"文革"政治残留对人物命运的影响。刁北在"文革"期间因为读书思考而两度入狱，尽管他在80年代考大学时社会似乎已经时过境迁，但昔日的"政治不端"却如噩梦般影响其考大学和分配工作，在庞大的政治压力下他心灰意冷，靠当编外校对、为大学生代写论文、为"代表"代拟议案聊以度日。甚至80年代末的政治运动也无法再度激起其政治热情。刁北从热衷政治到排斥政治的转变暗含着作家对80年代政治的某种思考。

卡尔·博格斯在阐释知识分子与政治的关系时认为，"大动荡和变革时期的历史更能反映出存在于政治信仰和社会变革之间的一种内在的辩证关系，在这种辩证关系中，尽管知识分子所起的政治作用总是间接的和变化的，但却是决定性的。……他们都是不可或缺的历史性参与者"[②]。如果说在80年代的社会变革期，市民对政治可以采取冷漠或规避的姿态，那么知识分子无论从其角色还是使命来看都不得不与权力、政治、意识形态建立某种联系。刚刚从"文革"极端政治思想专制与意识形态霸权阴影走出的知识分子面临的一个迫切任务是通过自身的知识和话语重建理想的政治维度。这一重建从两个向度展开：一是对"文革"与政治始终保持清

[①] 艾伟：《人及其时代意志》，《山花》2005年第3期。
[②] [美]卡尔·博格斯：《知识分子与现代性的危机》，李俊、蔡海榕译，江苏人民出版社2006年版，第1页。

醒的批判态度与质疑精神；二是不断探索新的政治可能性并为之而斗争。80年代初期不乏这类批判性的知识分子，胡发云《如焉》中的达摩与卫立文可以作为这类知识分子的代表。达摩始终保持着知识分子的清高品性，坚守自己的崇高理想，甘居边缘也从不向权势妥协。而卫立文即使是在80年代"欣欣向荣"的岁月，也并不乐观，反而给时代泼冷水，说"我还要看十年"。这是一个饱经磨难的知识分子对历史的清醒认识、敏锐判断与深入思考。他并非如某些平反后立刻感恩戴德的作家，也并非那些轻而易举忘却历史苦难转而对现实大唱赞歌的作家，而是依然写具有社会批判与自我反思性质的文章。"他们只是将本来就属于我们的东西还给我们，还没有全部还清，难道就值得我们感恩戴德？"这对那些匍匐在地、举手称颂80年代主流政治的健忘症患者可谓是当头棒喝。反右和"文革"的磨难并未使他丧失一个知识分子的硬气，这就导致他在清污、反自由化运动中再次成为异端。

然而，能够始终保持敏锐的洞察力、清醒的判断力，能够始终保持不屈不挠、不怕牺牲的硬骨头精神的毕竟是少数，许多知识分子在一系列政治风波面前因为无知、软弱、恐惧，最终不是精神崩溃，就是主动向主流政治缴械投降，为主流意识形态所收编。宁肯《沉默之门》对80年代政治事件的书写具有强烈的隐喻色彩。作为报社知识分子的李慢与国家特工人员唐漓由甜蜜爱情到冲突分散的结局可以看作对80年代知识分子与主流意识形态关系的一种隐喻。起初的甜蜜爱情期象征着知识分子与主流意识形态的蜜月合作期，而他们与1989年的政治运动同步的冲突则象征着知识分子与主流意识形态的断裂。唐漓开车带李慢去郊外度假途中紧张恐怖气氛的渲染暗示了1989年动乱的前奏，并为后文唐漓与李慢性爱过程中打给唐漓的紧急电话做了铺垫。神秘电话中断了他们的性爱，也摧毁了李慢的欲望，李慢被电话惊吓得再也无法继续下去，因为情况紧急，唐漓掏出了枪，李慢更加虚弱无力，最终唐漓愤怒地将未用完的软软的安全套抛到了李慢的脸上。李慢无法继续性过程，可以看作知识分子从兴奋的巅峰坠入一蹶不振境地的寓言性表现。而枪和用过的安全套则可以看作国家机器对于知识分子的恐吓、镇压与羞辱，而最终的结果，是导致知识分子的全线溃败。小说中李慢经此变故,最终发疯,精神崩溃。与之相似,胡发云《如焉》也以毛子在1989年政治风波中的转向反映了其对于中国知识分子的心灵重创,并导致知识分子的集体犬儒化。毛子在80年代初考上研究生后,写了一些具有锋芒的批判性文章。他还到北京两次,签名游行,写文章,到高校演讲。但后来他终于承受不了巨大的政治压力与失败的恐惧,精神出现异常。逃过这一劫后,最终走向了物质主义和犬儒主义,甚至帮领导写论文以讨好领导。小说借主人公达摩之口分析了部分知识分子犬儒化的心理根源"恐惧常常比灭杀更有力量。灭杀只能消灭异端的肉体。恐惧可以改换他人的灵魂,让一个最不羁的反叛者,成为驯良的奴隶,并以此作为其他同类的标本。尤其可怕的是,恐惧是长在自己内心的,别人无法帮你将它割除"。毛子从一个曼海姆所说的"自由漂浮"的自由知识分子向体制内依附性知识分子的转变昭示了80年代知识分子在90年代的集体转向。

可见,90年代的诸多问题早在80年代的政治文化格局中就埋下了隐患,比如市民普遍的政治麻木与冷漠;知识分子的犬儒化与世俗化;主流政治重经济发展而轻政治改革;等等。20世纪90年代以来叙述80年代政治的小说从80年代知识分子、市民与主流政治错综复杂的关系入手,既勾勒了80年代的部分政治面貌,又为反思80年代历史打开了一条通道。

二 维度之二:宗法制度下的乡村政治图景

如果说20世纪90年代以来以城市为背景的叙述80年代政治的小说侧重于呈现80年代启蒙话语、市民话语与主流话语既相互依存又相互对立的复杂关系的话,那么以乡村为背景的叙述80年代政治的小说则侧重于展现乡村传统文化与现实政治文化相杂糅而导致的畸形的乡村政治图景,表达对80年代乡村政治的文化批判。

与90年代乡村普遍的空洞化与人们的政治冷漠相区别,80年代的中国乡村尽管在经济上发生了一系列变革,但在政治文化心理上却继承了"文革"时期普遍政治化的模式,政治权力一方面渗透到乡村日常生活中影响个人的历史命运,另一方面又塑造着乡村的整体形态并改造着农民的文化观念与人性状况。阎连科《受活》中受活村人为了退社被政治权力利用而饱受苦难；莫言《蛙》中任乡村医生的姑姑在一定程度上可以看作政治权力与国家意志在民间的实施者，她与那些试图违反计划生育的人的斗争形象化地暗示了政治对人性的钳制与压迫以及民间的屈服与非理性抗拒。姑姑追赶那些生育期的男男女女，借助政权的力量以烧房威胁孕妇家庭，使得快要足月的张拳老婆在被追赶中跳下河最终流产生命垂危，她还将自己快要足月的亲侄媳妇王仁美送上手术台并导致一尸两命的悲剧结局。在某种程度上姑姑与那些生育期妇女斗争可以看作国家权力与民间伦理的角逐，而权力意志的最终胜利象征着国家意志对于人性的控制与戕害。小说中对计划生育的书写具有强烈的寓言色彩，这在一定程度上符合福柯关于性与政治权力关系的揭示，即以身体的受规训与惩治反映政治权力对乡村的控制。

　　由于乡村特定的生存环境、文化习俗与政治传统，80 年代乡村政治也区别于城市政治。第一，伴随着人民公社的解体与家庭联产承包责任制的施行，一个更加功利化的宗族关系网络开始在 80 年代的乡村政治中盛行。"宗族在典章、仪式及组织方面的特征使它成为权力的文化网络中一典型结构。"① 借助宗族的力量，为本族争取政治资源与经济利益，成为 80 年代乡村政治中一个突出的景观。那些乡村政治博弈中的获胜者扮演了宗族族长的角色，并进而利用宗族的势力左右乡村政治权力的格局。冯积岐《村子》中田广荣当村支书期间，松陵村中田姓党员占到 70%，并借助这些同姓宗族的力量排斥反对势力，使自己顺利连任掌握大权。同时，他还通过带领族人修建祠堂、跪拜祖先以达到复兴族人的宗族观念、加深族人的家族认同进而巩固其政治权力的目的。从这里可以看到非正式的民间权威与正式的体制权威之间的合谋。蒋子龙《农民帝国》中的郭存先更是将以郭姓宗族为主的郭家店打造成一个封建式的农民王国。第二，乡村政治继承了乡村宗法制的血缘裙带关系，这在阎连科的

---

① ［美］杜赞奇：《文化、权力与国家——1900—1942 年的华北农村》，王福明译，江苏人民出版社 1996 年版，第 82 页。

《乡间故事》中有较深刻的剖析与批判："如婚嫁，支书家大姑女是村长的大儿媳，支书家二姑女是副支书家大儿媳，支书家大孩娃又娶了妇联主任的大妹子。"这种政治裙带关系使得乡村官员形成硕大无比的关系网络，孕育了官官相护、任人唯亲、徇私舞弊等政治权力腐败。20世纪90年代以来叙述80年代政治的小说令人悲哀地揭示出80年代的思想解放运动与新启蒙运动对于乡村的政权以及乡村的封建文化传统几乎没有丝毫触动。

村委书记是国家政权最为基层的体现者，是国家意志的代表者与执行者。因此分析20世纪90年代以来叙述80年代政治的小说中的村委书记系列形象以及人们对村委书记既崇拜又恐惧的复杂心理，可以管窥80年代的乡村政治面貌，进而透视作家对80年代政治的历史态度。20世纪90年代以来叙述80年代政治的小说无不或多或少地涉及村支书，如冯积岐《村子》中的田广荣、关仁山《天高地厚》中的荣汉俊、周大新《湖光山色》中的詹石蹬以及蒋子龙《农民帝国》中的郭存先等。他们在改革开放时期，打着"改革"这一80年代最为重大的政治实践之名，行满足个人畸形的权力野心与物质欲望之实。由于乡村基层政权的缺乏规范与约束，由于农民缺少思想启蒙的洗礼，这些掌握了乡村权力的基层官员凭借手中的权力为所欲为，极其专制腐败，制造了一起又一起乡村政治悲剧。而这些基层权力拥有者在对权力疯狂的攫取与追寻过程中，人性也不同程度地扭曲与异化。

80年代处于乡村政治权力系统下的农民形象可以分为两类：一是旧式农民，他们一方面饱受权力的压迫，另一方面又形成畸形盲目的权力崇拜意识。恐惧与压迫愈深，他们对权力的服从与敬畏愈烈。王成祥《猪油飘香》中父亲为了让哥哥当上兵，不断送猪油贿赂大队书记，"我"抵挡不住猪油的诱惑，偷藏猪油被父亲满大街追打，追到镇上发现当兵的名单里并没有哥哥的名字，父亲在大街上号啕大哭。小说借此表现了80年代农民的悲哀。周大新《湖光山色》中一些旧式农民主动为村支书提供免费劳动。二是新式农民，如祝永达（《村子》）、鲍真（《天高地厚》）、暖暖《湖光山色》等，他们经受过文化启蒙，初步具备独立人格与反抗意识的新式农民尽管遭受乡村权力体系的排挤、中伤与打压，却不屈不挠，为反抗专制，推进乡村政治民主化而斗争。

20世纪90年代以来对80年代乡村政治的叙述表现出浓厚的文化批判与启蒙色彩。其批判锋芒既指向乡村的封建宗法制度，又指向农民的奴性文化心理，同时也审视着经济改革中的欲望膨胀以及缺乏监督与制衡的政治体制。

三　对20世纪90年代以来叙述80年代政治的小说的反思

正如本节一开始所提到的，20世纪90年代以来文学普遍患上了政治冷漠症，在这种政治冷漠潮流的席卷之下，20世纪90年代以来叙述80年代政治的小说既缺乏对80年代政治合法性的文学演绎与支撑，又缺乏对80年代政治的反思与批判。上文提到的部分涉及80年代政治的作品中，80年代政治多依附在其他叙事主题下被间接呈现，无论是在对政治表现的广度还是深度方面都存在着或大或小的缺憾。

尽管我们反对文学沦为政治的婢女、作为政治的传声筒而存在，反对文学对政治的简单图解，但这并不必然意味着文学应当简单地逃避与疏离政治，也并不意味着以政治为题材或表现对象的作品就注定不是好作品。恰恰相反，司汤达、巴尔扎克的作品如果祛除政治因素，其影响力势必会大打折扣。米兰·昆德拉《玩笑》《生命中不能承受之轻》以及奥维尔的《一九八四》、索尔仁尼琴的《古拉格群岛》等作品也正是通过对政治的大胆揭露与辛辣讽刺和对人性的贪婪、自私、暴力的揭示而成为经典之作。因此，政治与文学关系的实质问题并不是应不应该写政治的问题，而是写什么样的政治和以什么样的角度、从什么样的立场切入政治的问题。

80年代改革文学以迅速快捷地反映改革这一现实政治而在文学史上留下鲜明的足迹，不过其在对现实的反映上存在着简单化、表面化、模式化等诸多弊病。倒是《在社会的档案里》《苦恋》《假如我是真的》《飞天》等质疑官僚主义以及《白雾》《32盒黑磁带》等揭露改革中的黑暗面的作品更能引发人们对于80年代政治的思考。20世纪90年代以来一些叙述80年代政治的小说非但没有在对80年代政治书写的深广度上有所开拓,就连80年代的批判官僚主义传统也几乎消失殆尽了。80年代的政治是否平淡无奇到毫无文学叙事的价值?稍稍有历史常识的回答都是否定的。80年代尽管没有40年代的抗日战争与国共内战的风云变幻,尽管没有"文革"时期尖锐的阶级斗争与集权统治,但80年代的历史也绝非风平浪静、一帆风顺。80年代主流政治所倡导的思想解放运动与以知识分子为主导的新启蒙运动二者既相互交叉又相互驳诘,构成了80年代政治的两翼。遗憾的是,无论是80年代知识分子争取自由与民主的政治文化运动,还是主流意识形态时松时紧的政治策略,抑或是由两者冲突所引发的清除精神污染、反对资产阶级自由化等,这些在20世纪90年代以来叙述80年代的小说中基本呈缺失状态。80年代的某些历史真相迄今还未浮出地表,何谈对历史的反思以及对现实的观照呢?

为什么20世纪90年代以来作家普遍对80年代政治表现出冷漠与恐惧呢?具体而言,可以从以下三个方面加以探析:首先,20世纪90年代以来作家在对政治与文学的概念理解上存在一定误区。政治被狭隘化为权力与斗争,文学被抽象化为超脱于生活之上的纯之又纯的"纯文学",当政治被排除出生活之外进而被排除出文学的伊甸园以后,我们怎么能指望20世纪90年代以来的作家对80年代政治进行回瞥呢?

其次,尽管90年代以来中国在经济文化等方面发生了一系列转型,但在政治上仍然存在一定禁区与限制。然而这一表层原因并不能成为20世纪90年代以来小说对80年代政治叙述匮乏的借口。众所周知,帕斯捷尔纳克与索尔仁尼琴在苏联极端专制与集权的统治下仍写出了揭露与批判性的小说《日瓦戈医生》与《古拉格群岛》。由此可见,政治禁忌并不必然束缚文学,有时候反而能够刺激作家的思想神经。关键在于作家有没有揭示真相的勇气。

最后也是最重要的一个原因是20世纪90年代以来作家普遍陷入犬儒主义的怪圈,普遍缺乏反叛的勇气,缺乏反抗体制的硬骨头精神,缺乏承担风险和付出代价的牺牲精神。总而言之,这种"丧失了政治性的文学所表明的不过是我们存在的深层危机。"①。

日本政治学家加藤节断言,"对现代人而言,非政治的存在领域已经变成了一种乌托邦"。进而他分别从"政治权力能够加以统治和支配的人群范围已经无限地得到了扩大""政治权力在越来越高的程度上渗透到了人们的生活之中""人们对政治权力的依赖程度越来越高"以及"政治的影响力正不断地扩展到政治以外的人类文化的各个领域,比如说宗教、科学、经济、体育,等等,从而剥夺了它们的独立性和自主性"三个方面论证现代社会"可以算是人类历史上'政治化'程度最高的时代"②。在这样一个普遍政治化的时代,文学排斥政治,不仅仅是文学的损失,而且是文学的悲哀。文学不但失去了一个广阔的表现领域,而且失去了一个刺破现实表象,抵达人性深层的重要媒介。"一个真正的作家,就应该把自己从被动的'客体'处境中拯救出来,使自己成为一个思想成熟、人格独立、精神自由的主体,使自己充分地知识分子化,最终像一个真正意义上的知识分子那样,不仅有独立的价值体系和价值立场,而且充满介入生活的勇气和关注现实的'政治激情',——像萨义德所倡导的那样'行动',以一种独立、清醒的批判精神介入生活、展开写作,而不是像班达所宣扬的那样,把自己幽禁在'理念'的世界,满足于无所作为的静观和对'实践'的逃避使命。"③

20世纪90年代以来小说对80年代政治的叙述所存在的问题不仅仅是这一类型文学所独有的问题,它反映了20世纪90年代以来文学普遍存在的问题与危机。因此,重提文学的问题意识、重倡文学反映生活的能力、重建文学的公共维度成为走出当下文学危机的关键。

第四节 对80年代城乡关系的描写及其价值悖论

80年代城市与乡村的接触与流动远不如90年代之后频繁与强烈,因

---

① 陶东风:《重建文学理论的政治维度》,《文艺争鸣》2008年第1期。
② [日]加藤节:《政治与人》,唐士其译,北京大学出版社2003年版,第5—7页。
③ 李建军:《文学与政治的宽门》,《小说评论》2007年第2期。

此 80 年代文学中关于城市与乡村的书写基本上是将二者视为两个相对分离、隔膜、静态、独立的空间，除了高晓声《陈奂生上城》、路遥《人生》《平凡的世界》等少数几部涉及 80 年代城乡关系的作品外，80 年代城乡关系并未真正进入 80 年代作家的视野。此外，由于深受 80 年代现代化观念的影响，城市和农村的关系基本上被简化为文明与愚昧的关系，城乡二元结构之间复杂的经济、文化与心理内涵被极大地抽空与遮蔽。

20 世纪 90 年代以来，伴随着农村土地问题、农民贫困问题、农民进城现象等的进一步凸显，一些作家在叙述 80 年代时开始重新思考 80 年代城乡关系问题。尽管这些思考在思维角度与思想视野上存在诸多局限，却代表了一种将问题推向纵深的努力。

一 80 年代现代化进程中的城乡不平等关系的审美表现

城市与乡村的差别自古有之，但伴随着 20 世纪 50 年代"城乡分治，一国两策"的"城乡二元社会结构"①的形成以及工农业剪刀差等一系列政策的实施，剥夺广大农民的利益以支持工业化与城市化建设，致使无论在经济层面还是社会层面的养老、医疗还是公共设施、教育等福利方面，农民与城市居民都存在天壤之别。二元社会结构不但"包括了城乡经济差距，还包括了城乡社会政策差距、城乡社会身份和地位差距、城乡生活方式差距、城乡社会结构差距、城乡社会组织形式和运行机制差距，等等"②。伴随着 20 世纪 80 年代现代化观念的进一步深入，人们更是将城乡的分野等同于文明和愚昧的冲突。这种城乡意识形态的对立使得农村无论在政治经济层面抑或是精神意识、道德情感层面都处于劣势地位。古华《爬满青藤的木屋》中的乡村是作为愚昧、保守、落后的化身而出现的，与之相对应的城市则是文明、先进、开放的化身，80 年代人们对城乡的

---

① 所谓"二元社会结构"是指一国内存在着两个不同质的相互独立运行的社会子系统（或单元），即一元是具有现代生活概念的发达城市地区，一元是条件相对恶劣的、拥有传统生活方式的、保有传统生活观念的落后农村地区。二元社会结构的形成与中国的户口制度、经济制度与产业结构有关。参见李佐军《中国的根本问题——九亿农民何处去》（中国发展出版社 2000 年版）；陆学艺等《中国农村现代化道路研究》（广西人民出版社 1998 年版，第 78 页）。

② 陆学艺等：《中国农村现代化道路研究》，广西人民出版社 1998 年版，第 78 页。

理解可见一斑。乡村不再是精神的家园与理想的乌托邦,而是中国步入现代化的一个超级庞大的赘瘤。

80年代文学对80年代城乡不平等关系基本是采取漠视与回避的态度,即使如《陈奂生上城》等写到城乡不平等关系,也被其鲜明的"改造国民性"意识所压抑,并为其时的主流批评与阐释有意无意地忽略。造成这一现象的原因,一方面"或许是因为过于急切的现代化渴望,80年代之初的乡土作家们往往忽略了下述基本事实,那就是中国城市工业化的迅速发展是以政策导引下的对农村的严重剥削为前提的。越来越加剧的城乡对立格局中包含了深刻的经济掠夺和政治压抑。对不平等关系的盲视使得新时期的乡土叙事缺乏应有的深度和内涵"①。另一方面作家对城乡关系不平等的漠视还与80年代城乡之间相对分离与隔膜,人们对城乡之间的差别的认识和反映不够强烈有关。再加上由于城乡之间不平等关系由来已久,80年代的城乡差异也就并未引起人们特别的重视。

20世纪90年代以来,随着世界全球化与中国现代化的进一步发展,中国城市化进程也进一步推进,而城乡之间的不平等关系则日渐突出,城乡矛盾加剧。与此同时,与全球化与现代化相伴随的反全球化与反现代化浪潮也开始席卷中国。在这样一个大的社会文化背景下,20世纪90年代以来作家在回顾80年代城乡关系时开始摆脱80年代单一化的现代化与启蒙视角,80年代城乡之间的不平等开始进入作家的考察视野。

20世纪90年代以来小说对80年代城乡之间物质和各项待遇不平等的揭示最为突出。王宝成《心境》塑造了一位考上大学并生活在城市的知识分子蒲冬林,借他返乡的所见所闻来透视其时农村的贫困以及城乡在物质水平方面的差异。在蒲冬林的家乡,蒲冬林的父亲,一个快70岁的老农,独自一人种着承包责任田。当蒲冬林与父亲一起将肥料送到责任田时,他看到"父亲的身板几乎贴住了地面,汗水披头散面地往下流,淹得他连眼睛都没法睁开,一直顺着他那花白的胡子流下去,流到了胡梢,然后滴滴答答地落进车轮后面的虚土里……"为了减轻儿子的赡养负担,他以老迈

---

① 许志英、丁帆主编:《中国新时期小说主潮》,人民文学出版社2002年版,第595页。

之躯加入了给窑厂搬砖挣钱的行列，最终将身体累垮。而蒲冬林的两个堂兄弟冬民和冬贵因为家庭贫困，为了父母的赡养和丧葬而六亲不认、撕破脸皮、大打出手。小说借蒲冬林的视角评论道："也许在理论上是一回事，但面对如此真切的现实生活，他很难接受政治学家和经济学家对农民的某些评判，诸如'狭隘''自私''小农意识'……还是少一点对蒲冬民他们的指责吧，他们用他们的血肉之躯为社会奉献了那么多，而得到的却是那么少。"区别于80年代高晓声的文化批判式的乡村叙事以及一些知青作家文化怀旧式的乡村叙事，《心境》可谓是比较客观地呈现了80年代的农村贫困以及被剥夺的现实。此外，《从两个蛋开始》《九连环》写到80年代家庭联产承包责任制的实行并未真正改变农村的贫穷状况，反而剥夺了国家提供给农民的最低限度的社会保障，一些农民不得不流落到城市靠非法乞讨、行骗、卖肉来维持简单的生计。"当进步像雨果说的那样，是一个'双面齿轮的轮子'，'让某物前进的同时，也倾轧了别的人'，那我们就不能漠视轮子所忽视的人和它所破坏的价值。"[①] 上述小说从不同的侧面反映出80年代一系列现代化政策非但未能改变城乡之间的不平等关系，反而漠视农民的利益，使得城乡差距进一步加大，农民彻底沦为社会的边缘群体。

80年代依然实行严格的户籍管理制度，粮食统购统销制度、粮油票证制度等更是从最基本的日常生活层面限制了农民向城市流动，仅仅留下了考大学、当兵和计划招工这三条苛刻而狭窄的进城途径。然而升学和参军名额每年是根据计划分配下来，数量本来就非常有限，再加上农村的权力运作，普通农民实现向城市流动可谓比登天还难。转型期叙述80年代的小说就触及这类因为贫困和权力压迫，农民仅存的进城希望也被残酷扼杀的辛酸悲剧。李一清《农民》中"我"儿子小三子是牛啃土解放以来第一个考上了大学的，却终因"我"家无力筹备学费而终究与大学无缘。其时"我"家遭遇了假种子、假农药，土地欠收，乡里又雪上加霜地催缴

---

① [法]西尔维娅·阿加辛斯基：《时间的摆渡者》，吴云凤译，中信出版社2003年版，第9页。

提留款,去乡信用社又因无资产抵押而贷款无门,小三子最终不得不放弃上大学。在某种程度上可以说,教育的匮乏与农村的贫困是互为因果的,而这种因果关系又加剧了城乡之间的不平等。麦家《好兵马三》写80年代初,农民马三为了脱离农村走向军营,允诺村主任,将津贴均归其所有才终于当上了兵。为了能留在部队当上志愿兵并最终成为城里人,马三可谓是用心良苦、机关算尽。然而就在决定去留成败的最后关键时刻,马三回家探亲时,因理论津贴问题被村主任的家人打瞎了左眼,最终不得不离开了部队。小说一方面暴露了80年代农村基层政权的专制与腐败,另一方面揭示了80年代农民悲苦而无奈的命运。无论马三如何努力如何抗争,最终都不得不回到贫困而不公的乡村,马三的命运遭际应该说在80年代的农村具有普遍性。

80年代城乡不平等除了表现在物质和社会保障层面的诸多差异以外,还表现在城市往往以先进、文明、进步自居,对乡村的生活方式、价值观念、传统习俗不加甄别地审视与批判,将之统统贬斥为落后、保守、愚昧。现代与传统、变革与守旧这一整套二元对立话语体系背后,暗含着城乡在文化价值方面的优劣高下。现代化的实质在80年代的城乡关系层面被理解为占据着知识、文化、道德、人格制高点的城里人改造与教育乡下人的问题,换而言之,只有农民完成一系列现代的转化,现代性才成为可能。有学者在研究中国社会的现代化问题时指出:"可以毫不夸张地说,我国的问题实质上就是农民问题,中国文化实质上就是农民文化,我国的现代化进程归根结底是个农民社会改造过程,这一过程不仅是变农业人口为城市人口,更重要的是要改造农民文化、农民心态与农民人格。"[①] 这种改造农民的现代化话语代表了80年代以来知识分子对农民的看法虽有其真理性,却也部分暴露了现代性话语的暴力机制与权力关系。

城市与农村文化上与人格上的不平等较之物质上的不平等更为深层,对农民所造成的心理与情感伤害也更为强烈。这一整套城乡不平等话语的生成既有其历史根源,也与改革开放以来的社会实践不无关联。"随着改

---

① 秦晖、苏文:《田园诗与狂想曲》,中央编译出版社1996年版,第2页。

革以来革命的政治热情减退以及把改革的重点放在经济上，人们开始以一种经济观点来看待农民。这样，现代主义者对农民的侮辱和陈词滥调，包括封建、愚昧、保守、缺乏经营能力等已经显现出来。而此时，国家对农民的理想化则已经淹没于政治话语的场景之下。"[1] 王安忆小说《妙妙》中的主人公妙妙内心骄傲，她看不起头铺街保守而传统的生活方式，追慕大城市现代的生活方式与价值观念。然而，她所认同并为之付出代价的所谓现代文明却是一些最为肤浅与浅薄的东西。妙妙的悲剧尽管有其个人性格原因，但主要却是城乡之间、现代与传统之间的二元对立以及价值上的不平等所引发的社会悲剧。

更为严重的是，这种城乡之间的权力等级关系往往内化到人们的观念深处，成为农民的自觉意识。农民丧失了对自己农民身份的自觉认同，在城市文化挤压与改造的尴尬境遇下，他们在城市与城里人面前表现出夹杂着羡慕与嫉妒的谦卑意识与自卑情结。姜广平《初恋》中"我"成了一名大学生后，表姐为了让"我"忘记初恋的农村姑娘，不惜对我诱惑勾引："今天你要给了我，就别再给那个姑娘了。农村姑娘就是姐这个味道，尝过了就别再去想了。"在表姐看来，只有携带着身份、财富与地位的城里姑娘才配得上"我"这个80年代的新贵，而农村姑娘则理所当然地遭遇遗弃与淘汰的命运。由此可见，这种本由城市决定的城市与农村的高低优劣，已逐渐渗透到农村人的灵魂，得到农村人普遍的认同与维护。

20世纪90年代以来叙述80年代的小说一方面揭示了80年代现代化进程对农村物质上的剥夺，另一方面又批判了现代性的话语机制对农村的污蔑。可以说，20世纪90年代以来叙述80年代的小说在新的社会语境下对被历史所遮蔽的一系列问题进行了重新开掘，显示了罕见的历史反思深度。

二 80年代城市梦想的悲剧及其现代性意义

正如前文所述，20世纪90年代以来叙述80年代的小说从城乡不平等

---

[1] 朴忠焕：《乡村与都市：当代中国的现代性与城乡差异》，《中国农业大学学报》2007年第2期。

关系的维度对80年代的现代化神话做出反思。然而反思现代性却并不意味着反现代性，二者是截然不同的两个思想层面。如果说反现代性的乡土小说倾向于将农村牧歌化，它着力于呈现农村的田园诗意与温情脉脉的伦理关系；而反思现代性的乡土叙事却竭力打破这种田园牧歌，不遗余力地揭示农村贫困与屈辱的现状。在这一维度可以将反思现代性看作对反现代性的抵制与反抗。反思现代性的目的在于揭示现代性的一系列弊端与后果，它植根于现代性内部，是现代性的一个重要组成部分。20世纪90年代以来叙述80年代的小说呈现80年代现代化进程中的城乡不平等是为了警惕现代性的发展以牺牲广大农民与农村的利益为代价，农民被快速前进的现代性马车所抛弃。

　　农民进城的权利与自由是打破城乡不平等结构关系的重要手段，因此，对农民逃离乡土的不同态度反映出作家在对城乡关系以及现代性理解上的差异。80年代最为典型地反映城市对于农村的诱惑与压迫的作品是路遥的《人生》。小说通过主人公高加林的人生悲剧表现了现代化初期一代青年在城乡之间的挣扎、矛盾、困惑。对城市疯狂迷恋痴情而又被城市拒绝所产生的怨恨不平的感情纠结的人生困境"阐释了80年代之初整个中国社会的'岔口'处境"，是"80年代之初中国社会的历史象征"。[①]然而，路遥对于时代精神的把握是不确定的和犹豫的，甚至表现出人为的刻意扭曲。结尾路遥让高加林回到黄土地，手抓黄土叫亲人的情节安排无疑违背了80年代现代化与城市化的历史发展逻辑，显示出一种反现代性的倾向。另外，将城市在道德层面加以丑化，在城市现代生活与传统道德观念之间设置二元对立的结构也阻碍了其对问题的深度呈现。

　　与80年代小说中的高加林们相比，20世纪90年代以来叙述80年代的小说的主人公在逃离乡土的行动上少了犹豫、彷徨与情感上的挣扎、犹豫，其对乡村的厌恶、鄙弃和对城市的向往、迷恋皆显得更为决绝与坚定。"对大城市的怀恋比任何一种思乡病都更醒目。对他来说，家就是这类大城市中的任何一个，但甚至最邻近的村落也成了陌生的异域。他宁可

[①] 尹昌龙：《1985——延伸与转折》，山东教育出版社1998年版，第10页。

死于人行道上,也不愿'回'到乡村。"① 对城市的迷恋与对乡村的鄙弃除了文化的因素外,经济的因素也不容忽视。正如有学者所分析的"现代化过程中'三农'的代价最后都具体落实在农民身上。于是,与追赶现代化思路合拍的是,中国农民们普遍的心理是想尽快摆脱农民的身份。这种心情与整个国家急于现代化的情绪相合拍"②。80年代中后期农村经济萎缩、城乡差距日益扩大的社会现实也成为农民进城的直接经济社会原因。然而由于80年代农民进城只能依靠正规性与体制性的路子,擅自进城谋生的农民被视为"盲流"加以驱逐。进城的迫切性、城市的诱惑性与进城艰巨性的巨大反差使得20世纪90年代以来叙述80年代的小说中的农民逃离乡土的梦想更为强烈,其手段更为复杂,有时候代价也更为惨重。

陈集益《城门洞开》中的父亲分别将自己的儿子改名为陈进城、陈建城、陈保城,从进城、建城、保城三部曲表达了改变农村人身份、扎根城市的强烈愿望与梦想。在自己进城的努力失败之后,父亲先后将进城的希望寄托在三个儿子身上。然而这一进城梦想却是以大哥和二哥的人生悲剧为代价才终得以实现。父亲在大哥高考落榜之后四处托关系才让他当上了兵,却被分到了比家乡更为偏僻的边防哨所。在震惊和懊悔之余,大哥终于如愿娶到一个城里女人,换取了留城资格,与此同时这种婚姻上的不平等关系也预示了他窝囊而无奈的一生。为了二哥能考上大学,父亲成为最早的"陪读",然而二哥却两次因几分之差而落榜,最终发疯出走南下广州打工。尽管二哥在城市只是做保安或保洁公司的清洁工,但他回家创业的计划却被父亲一口否决,要求二哥一定要扎根城市。父亲一门心思挤进城市的梦想显得无比辛酸,而乡民因"我"家进城的一系列遭遇而对"我"家态度的不断陡转也具有讽刺意义。它昭示了社会结构的巨大不公对几代人身心的戕害。安琪《乡村物语》中"谷子不想种在塬上"一节写到美丽高傲的谷子为了离开旱塬,宁愿与已婚的干爹德林相好,只因德林长了一双大脚,她梦想着能跟着这双大脚,离开乡村走到城里。然而这

---

① [德] 奥斯瓦尔德·斯宾格勒:《西方的没落——第二卷·世界历史的透视》,吴琼译,上海三联书店2006年版,第90页。
② 卢周来:《穷人的经济学》,上海文艺出版社2002年版,第279页。

一简单的城市梦想却导致了自己的死亡以及父亲为了为其报仇而最终杀死德林的三重悲剧。小说结尾写到旱源人的进城梦想最终轻易地在大哥的劳务输出公司得到实现，反衬了谷子的辛酸与无奈。

20世纪90年代以来叙述80年代的小说中80年代农民的进城行为尚还不存在90年代以来失地之后无地可种的问题，他们对城市的主动选择主要是基于城市以下两个层面的诱惑：一是向往城市相对优裕的物质化景观；二是迷恋城市的社会结构形式、生活方式与价值观念。因为城市"绝不仅仅是许多单个人的集合体，也不是各种社会设施——诸如街道、建筑物、电灯、电车、电话等——的聚合体；城市也不只是各种服务部门和管理机构，如法庭、医院、学校、警察和各种民政机构人员等的简单聚集。城市，它是一种心理状态，是各种礼俗和传统构成的整体，是这些礼俗中所包含，并随传统而流传的那些统一思想和感情所构成的整体"[1]。刘易斯·芒福德在《城市发展史：起源、演变和前景》[2] 一书中提出了关于城市"磁体—容器"的双重隐喻，磁体主要指城市的精神本质和融合功能，容器主要指城市的物质形式与储存功能。在他关于城市的定义中，精神因素较之于各种物质形式重要，磁体的作用较之于容器的作用重要。也就是说，城市的物质形态比较外在、直观、显露，给农民带来的心理刺激较为强烈；城市的精神本质与文化生态虽然相对比较内在与隐蔽，但其对农民内在的心理辐射力与吸引力更为巨大。一方面是城市强烈的物质诱惑与精神诱惑，另一方面是城市对于农民的诸种限制与迁徙的不自由，这两方面的矛盾本身就注定着80年代农村进城的悲剧命运。这一悲剧不仅仅表现在人物的不幸层面，更重要的表现在农民不择手段进城过程中所发生的人格扭曲与灵魂变异。

区别于80年代小说的道德批判视角，20世纪90年代以来叙述80年代的小说对这些人物并无过多地贬低与谴责。这一方面反映出作家在思想

---

[1] ［美］帕克等：《城市社会学——芝加哥学派城市研究文集》，宋俊岭、吴建华、王登斌译，华夏出版社1987年版，第1页。
[2] ［美］刘易斯·芒福德：《城市发展史：起源、演变和前景》，宋俊岭、倪文彦译，中国建筑工业出版社2005年版。

观念与文化立场方面的微妙变化;另一方面也昭示了作家对农民自觉逃离乡土所体现的"现代性"的认同以及对农民权利与自由的捍卫。首先,80年代农民进城是现代性发展的必然产物,对于社会的进步以及农村和城市经济的发展具有巨大的推动作用。社会学家在反思当下"三农"问题时,认为"回过头来看,如果 80 年代中期我们能因势利导,着手改革二元社会结构,改革城乡分治的户籍制度,走城乡一体的道路,既加快工业化,也推进城镇化,那么,今天我们存在的经济社会结构失调,城市化严重滞后于工业化,农村市场开拓不了,内需不足等诸问题,虽然不能说都能迎刃而解,但至少是可以大大减轻"[①]。这就反证了农民进城之于现代性的意义。其次,农民离土的过程同样是割断农本思想与小农意识的过程,是清除农耕文化糟粕的过程,是对现代文明的自觉追求过程。"农民以城市(即便是小城镇)为乐土,艳羡城市的消费文化,并由此感到文化自卑,这里有他们的文化觉醒,而绝不只是农村青年的虚荣:以全新的文化作为参照系统,对土地的内涵产生极大的怀疑与绝望,从而有对'文明'的追求,对乡间传统人生的质问。"[②] 最后,自由流动是现代性的典型特征与标志,对此,鲍曼曾用"流动的现代性"加以概括。[③] 农民进城,标志着农民从宗族与传统的束缚中解放出来,不再作为宗族的一员而存在,而是在自由流动中逐渐发展成为一个独立的个体。因为"城市似乎总是保证自由,如像中世纪的城市生活观念那样,城市是逃离土地、摆脱封建劳动和农奴地位、摆脱封建主专权的空间。根据这种看法,对于马克思所明确指出的'农村的愚昧'、农村风俗习惯的狭隘性、农村的地方性、农村固执的观念和迷信及其对差异的憎恨,'城市的空气'现在恰恰变成了它的对立面"。[④] 因此,进城在本质上是寻求自由的行为,它类似于吉登斯所说的现代性意义上的"脱域"。"所谓脱域,我指的是社会关系从彼此互动

---

① 陆学艺:《"农民真苦,农村真穷"?》,《读书》2001 年第 1 期。
② 丁帆:《中国乡土小说史》,北京大学出版社 2007 年版,第 334 页。
③ [英]齐格蒙特·鲍曼:《流动的现代性》,欧阳景根译,上海三联书店 2002 年版。
④ [美]弗雷德里克·詹姆逊:《时间的种子》,王逢振译,江苏教育出版社 2006 年版,第 25 页。

的地域性关联中，从通过对不确定的时间的无限穿越而被重构的关联中'脱离出来'。"①农民从农村环境中解脱出来，进入城市新的环境，进而获得新的生存意义，这种时空上的分离、断裂与重构正是现代性意义上"脱域"的典型征候。20世纪90年代以来叙述80年代的小说正是从城市化、文明自觉与个体自由这三个层面肯定80年代农民进城的现代性意义的。

城乡差异是现代性发展的必然结果，然而由于政策、体制、意识形态等诸多因素的综合作用，80年代城乡差距却在不断扩大，这一差异不仅仅体现在经济发展水平上，还体现在权力关系以及话语象征等层面。20世纪90年代以来叙述80年代的小说一方面反对将城乡关系话语简单地处理为中国对现代化的向往与认同的象征，反而无情戳破这一现代性幻象，翻检出现代性华丽外表背面的残破与苍凉；另一方面又反对将农村作为现代怀旧情结的载体，进而主动从现代性机制中逃离的反现代性话语。正是在这种反思与坚守现代性的辩证结构中，20世纪90年代以来叙述80年代的小说在对80年代城乡关系的理解上摆脱了一边倒的片面性，突破了一些狭隘而偏执的话语机制，显现出清醒的问题意识与思辨色彩。

应当指出的是，"新土改"、"个体户"、政治文化以及城乡关系是20世纪90年代以来叙述80年代的小说的主要题材范畴与审美焦点，它并不能涵盖20世纪90年代以来叙述80年代的小说的所有叙事内容。还有少量作品在题材上游离于这些题材范畴之外，如许谋清《源头没有树》侧重表现于"文革"后回归的五六十年代老一辈艺术家与80年代刚刚崛起的青年艺术家在艺术观念上的冲突以及老一辈艺术家感到"夺回了过去，却失去了现在"的内心迷失与灵魂痛苦；从维熙《鼻子》以荒诞反讽的笔法对80年代的"文革"健忘症做出批判与反思；刘继明《尴尬之年》一改80年代小说中知识分子的时代英雄形象，而侧重表现了80年代知识分子在日益商品化的时代氛围下的虚弱、茫然、孤寂、失落与沮丧等，不一而足。由于这些题材内容与本章的研究重点即比较

---

① [英]安东尼·吉登斯：《现代性的后果》，田禾译，译林出版社2000年版，第18页。

20世纪90年代以来小说对80年代的叙述与80年代小说对80年代的叙述的差异存在一定的疏离,因此并未加以专门论述。但这些文本却也不可忽视,它们以自身独特的审美视角对80年代进行重述,拓宽了20世纪90年代以来叙述80年代的小说的思想内涵与文化内涵,丰富了人们对80年代历史面貌的理解。

第五章 叙事的嬗变与20世纪90年代以来小说对80年代的叙述

如果说，前面几章侧重于从"谁在说""为什么说""说了什么"等层面研究20世纪90年代以来叙述80年代的小说的叙事主体、叙事意图以及叙事内容层面，那么本章侧重于从"如何说"或者"怎么说"的角度研究20世纪90年代以来叙述80年代的小说的叙事方式、叙事策略。

20世纪90年代以来叙述80年代的小说与80年代叙述80年代的小说相比，在叙事方式层面的变化主要体现在以下三个维度：一是从人民伦理到个体自由伦理的叙事伦理嬗变；二是民间话语突破政权话语与精英话语的藩篱，取得自身的独立地位；三是日常生活叙事的崛起使得"80年代叙事"在叙事焦点层面发生位移。

第一节 叙事伦理的变迁

一 从人民伦理到个体自由伦理的叙事伦理嬗变

叙事伦理，最早出现于刘小枫《沉重的肉身：现代性伦理的叙事纬语》一书，他认为叙事伦理"不探究生命感觉的一般法则和人的生活应遵循的基本道德观念，也不制造关于生命感觉的理则，而是讲述个人经历的生命故事，通过个人经历的叙事提出关于生命感觉的问题，营构具体的道德意识和伦理诉求"[①]。进而，刘小枫将叙事伦理区分为人民伦理的大叙

---

① 刘小枫：《沉重的肉身：现代性伦理的叙事纬语》，华夏出版社2004年版，第3页。

事和自由伦理的个体叙事。"在人民伦理的大叙事中,历史的沉重脚步夹带着个人生命,叙事呢喃看起来围绕个人命运,实际让民族、国家、历史目的变得比个人命运更为重要。自由伦理的个体叙事只是个体生命的叹息或想象,是某一个人活过的生命痕印或经历的人生变故。"[1]

80年代小说对80年代的叙述体现的是一种"人民伦理的大叙事",即作家倾向于从民族、国家、社会等政治性的、集体性的维度来讲述故事与呈现历史或现实,个人命运尽管部分进入作家视野,却并未成为其叙事的主要着眼点。20世纪90年代以来小说对80年代的叙述则体现了一种自由伦理的个体叙事的倾向,尽管其并未完全摆脱民族、国家等宏大叙事的叙事范畴,但是个体开始在叙事中占据比较重要的位置。在某种程度上可以说,从人民伦理到自由伦理的叙事伦理嬗变是导致20世纪90年代以来叙述80年代的小说区别于80年代叙述80年代的小说的关键因素,也是20世纪90年代以来叙述80年代的小说获得多维度审美价值的关键。

总体而言,"人民伦理的大叙事"的叙事法则使得80年代叙述80年代的小说在呈现与反映80年代方面存在下列局限性。一是在反映80年代方面存在将80年代简单化、观念化的倾向:"改革文学"将80年代复杂的改革过程简单处理为改革与反改革的斗争,将人物模式化地划分为改革派、中间派与反改革派的对立关系历来最为后来文学史所诟病;"新写实"小说尽管对于80年代末期普通民众的生存艰难有所触及,但其偏执的平民化价值立场以及不加剪裁与加工的生活流的铺排也阻碍了对80年代精神的深度挖掘。二是呈现80年代现实的作品与80年代的主流意识形态呈现出或深或浅的共谋关系,不加分辨地宣扬现行政策的合理性反映了80年代作家对体制与政权不加批判地认同。80年代的分田到户、个体户、城市改革等一系列政策在80年代小说中一般是作为肯定性的事件加以呈现,鲜有作家能够依据自己的独立思考对这一系列政策背后的复杂根源与对现实的多维影响做出深度开掘,因此这些作品在精神内涵上都或多或少

---

[1] 刘小枫:《沉重的肉身:现代性伦理的叙事纬语》,华夏出版社2004年版,第6页。

存在肤浅性的不足。三是从作家主体来看，尽管80年代一些作家在文学主张、文学观念的具体表达上有着或多或少的差异，但在价值立场上却存在"态度的同一性"的倾向，这就使得80年代在80年代作家笔下呈现出整一化的风貌，压抑与遮蔽了对80年代的多元化理解。四是80年代叙述80年代的小说，在历史理性与人伦情感发生矛盾时，除了少数作品如王润滋《鲁班的子孙》能够以文学性的笔法呈现二者之间的细微冲突与纠葛，大多数作品要么根本不触及人伦情感的维度，要么就是一味地以历史理性压抑人伦情感。

20世纪90年代以来叙述80年代的小说在叙事伦理上体现了从人民伦理的大叙事到自由伦理的个体叙事的转换。这一转换可以从叙事立场的分化带来的复数化历史、作家放弃对人物硬性引导与规范带来人物的个性化以及作家在文化身份上从现代性的"立法者"向后现代性的"阐释者"转化这三个层面加以理解。

如果说人民伦理的大叙事在文化立场、叙事姿态以及伦理判断上呈现为单数的整一的状态，那么个体自由的小叙事则以分化的复数的形态出现。因此，区别于80年代作家笔下的整一风貌，80年代在20世纪90年代以来作家笔下呈现出分裂的历史面貌，或是启蒙、或是专制、或是激进。正如前文所提到的，20世纪90年代以来叙述80年代的小说无论是在叙事意图还是在叙事立场方面都呈现出多元共生的叙事态势。叙事姿态的多样化与叙事立场的分化使得20世纪90年代以来叙述80年代的小说打破了80年代叙述80年代的小说的单一与僵化格局，从而最大限度地接近与还原80年代的历史现场，表达对80年代的多元化理解。

80年代叙述80年代的小说对于80年代历史及其人物有一种强烈的理性介入意识，往往按照作家主体的观念去想象人物的思想言行，其叙事目的在于教化、动员与启蒙，这就势必带来上文所提到的"80年代叙事"的简单化与观念化倾向。20世纪90年代以来叙述80年代的小说中不同人物对同一历史事件的反应千差万别，同一人物在对同一事件的态度上也可能有着前后的变化，作品中的人物完全按照自己的思想逻辑行事，在生命的各种可能性中自由选择，作家不施与硬性干涉。因此，一方面，20世纪90年代以来叙述80年代的小说中的人物及其相互关系由于摆脱了作家的理性限定与强行规范，不再以观念化的形态呈现，人物个性丰富形象饱满；另一方面，长期为理性历史所遮蔽的边缘人物的生存状态与生命感觉也开始凸显。比如农村分田到户过程中的不公及对弱势群体与传统伦理的伤害所造成的人性裂变；城市工业化进程对于农村的经济剥夺与政治压抑所导致的城乡不平等关系对农民心理的影响；等等。

有研究者认为90年代"个人自由主义叙事伦理标志着作为知识分子的作家从现代性的'立法者'向后现代性的'阐释者'的转换"[①]。这一判断对于阐释八九十年代的社会转型与文化转型无疑是极富见地的。80年代叙述80年代的小说受整体时代文化氛围的影响，对于改革与现代性缺乏反思性的认识，其叙事尽量符合甚至迎合特定的意识形态诉求。而20世纪90年代以来伴随着大众文化的崛起以及精英知识分子对主流意识形态的失望，退守边缘的知识分子在边缘处思考，反而能够对80年代相关的社会问题与文化命题进行重新阐释。80年代一些不加审视即赢得作家插手称颂的政策措施也从批判性的视角加以重新认识。这种阐释性的"80年代叙事"一改歌功颂德的"80年代叙事"面孔，对于我们重新认识历史具有启发性的意义。

二 叙述者干预与叙事伦理的变迁

叙事作品中，叙述者打断正常的叙事进程，以或隐或现的方式对其叙述、故事、人物或文本进行评价或阐释叫作"叙述者干预"。"这种干预超越了对文本中的行为者与环境的界定与事件的描述。在评论中，叙述者解释叙事成分的意义，进行价值判断，它涉及超越于人物活动范围的领域以及评论他或她自身的叙述。"[②] 布斯在《小说修辞学》一书中具体论述了叙述者干预的方式，它包括：提供事实、"画面"或概述，塑造信念，把个别事物与既定规范相联系，升华事件的意义，概括整部作品的意义，

[①] 张文红：《伦理叙事与叙事伦理》，社会科学文献出版社2006年版，第259页。
[②] 谭君强：《叙事学导论：从经典叙事学到后经典叙事学》，高等教育出版社2008年版，第72页。

控制情绪,直接评论作品本身等。①

"如果说解释性评论适用于任何说明与解释的话,评价性评论则属于基于精神、心理道德上评价的说明与解释,也就是说,它主要是叙述者对其人物与事件所作的价值、规范、信念等方面的评价与判断。"② 也就是说,叙述过程中评论性的叙述者干预往往跟叙事作品内在的意识形态层面相关联,体现着叙述者意识形态立场与叙事伦理倾向。"叙述者对于故事的干预由于直接与人物与事件相关联,往往更为突出地显示出它与意识形态和价值判断的密切联系。查特曼从解释、判断与概括三个方面论述了对于故事的干预。它们的最终目的,就在于为作品塑造出叙述者所希望具有的价值意义与道德规范。"③

80 年代叙述 80 年代的小说与 20 世纪 90 年代以来叙述 80 年代的小说中都或多或少、或隐或显地存在叙述者干预,仔细分析这些评论性话语可以发现,80 年代小说与 20 世纪 90 年代以来小说叙述 80 年代的小说中,叙述者对于人物、事件等的评价与判断发生了一些变化,或者说叙述者的意识形态立场与价值评判标准发生了转变。我们可以通过对 80 年代与 20 世纪 90 年代以来小说叙述者干预的对比阅读来具体体察两个时期作家叙述伦理的变迁。具体来说,这一对比可以从两个层面进行:一是同一事件或同一题材,80 年代作家与 20 世纪 90 年代以来叙述者评论性话语的对比;二是同一作家在 80 年代叙述 80 年代的小说与 20 世纪 90 年代以来叙述 80 年代的小说中评论话语的对比。

80 年代的分田到户这一政策性的事件在 80 年代与 20 世纪 90 年代以来叙述 80 年代的小说中,作家对于人物及其对分田到户政策的反映的评价发生了显著变化。何士光《乡场上》写冯幺爸分田到户后,因为不再依靠队长的救济粮,终于挺直腰杆为弱者做证,叙事者评论道:"这才叫

---

① [美] W.C. 布斯:《小说修辞学》,华明、胡晓苏、周宪译,北京大学出版社 1987 年版,第 189—235 页。

② 谭君强:《叙事学导论:从经典叙事学到后经典叙事学》,高等教育出版社 2008 年版,第 76 页。

③ 同上书,第 213 页。

'手里有粮,心里不慌,脚踏实地,喜气洋洋'!穿上了解放鞋,这就解放了,不公正的日子犹如烟尘,早在一天天散开,乡场上也有如阳光透射灰雾,正在一刻刻改变模样,庄稼人的脊梁,正在挺直起来……"叙事者的评论一方面说明冯幺爸之所以能够挺直腰杆,归根结底是因为国家的政策好,从而完成对主流意识形态的认同;另一方面又许诺了一个农民精神解放的现代性乌托邦情景,从而与80年代的现代化意识形态达成共识。也即是说,叙事者的评论彰显了冯幺爸及其做证事件在80年代的意义,强化了读者对于国家的感受与认同。而到了20世纪90年代以来一些作家笔下,叙述者对分田到户这一政策的评论却发生了一定的变化,他们的立足点不再是强化国家认同,而是充分显示向来为国家权力所压抑的个人话语。刘玉堂《最后一个生产队》对于80年代的分田到户,从每个个体的具体境遇与要求出发充分体察个体对于退出生产队与加入生产队的复杂性。"刘来顺一退,李玉芹也退了。而韩富裕和另外两家烈士军属反而入了队。让人想起一句类似的名言,生产队里边的人想出来,生产队外边的人想进去,很微妙的。"叙述者一方面认同刘来顺搞单干提高积极性的做法,另一方面又对那些弱者迷恋集体互帮互助的优越性进而加入生产队表示肯定。"现在这个生产队仍然存在着,不少人还是单干的时候想集体,集体的时候想单干,这么出来进去进去出来地循环着,看样子还要这么无休止地循环下去,怪有意思的。"20世纪90年代以来作家不再以国家政策或国家意识形态作为评判或衡量人物行为的标准,而是充分尊重人物的主体性和自由选择的权力,对人物违抗政策的一面表现出应有的同情与理解。

正如前文一再提及的,现代化在80年代是与国家意识形态合谋的,因此,80年代小说对现代化的倡导与呼吁体现了叙述者对于国家的认同。铁凝《哦,香雪》中叙述者写到火车终于在台儿沟小站停一分钟时评论道,"哦,五彩缤纷的一分钟,你饱含着台儿沟的姑娘们多少喜怒哀乐"!这一分钟也是现代化进驻台儿沟的一分钟。这一评论在词汇选择以及语调选择上蕴含着浓烈的感情色彩。叙述者对香雪向往能自动合上的铅笔盒也加以高度评价,因为铅笔盒是学习知识的工具,而众所周知,知识在80年代被认为是通往现代化以及城市化的途径,因此小说又从知识层面为香雪的向往铅笔盒附魅。因为知识能够帮助人们摆脱封闭落后贫穷愚昧，从而走向现代、进步、文明，叙述者的评价符合80年代的时代思潮以及时代逻辑。与《哦，香雪》的热情洋溢相比，王安忆的《妙妙》中叙述者始终冷眼旁观，甚至不乏反讽的笔调，作家不再是从国家民族的现代化角度来称颂人物，而是从个人的具体命运入手，呈现了个人为现代化的时代逻辑所俘获后的悲剧命运。"妙妙除了是一个哲学家以外，还是一个革命者。她的革命行为，目前主要体现在服饰方面，但意义却大大超越了服饰，包含有更广阔的社会内容。""她只能在思想上抽象地行动，在思想上走到了人们的前列。而现实中，她的服装则因不甘随俗却又技巧低劣而显出不伦不类，透露出一种绝望挣扎的表情。"《妙妙》的叙述者用不无反讽性的评论话语反映了妙妙在服饰和性方面刻意追求进步所遭遇的尴尬境地。

  同一作家在80年代和20世纪90年代以来小说中叙述者干预性话语的变化及其体现的叙事伦理的变化尤其重要，这里以蒋子龙为例加以说明。蒋子龙的《燕赵悲歌》发表于80年代中期，写了以武耕新书记为代表的大赵庄农民没有走向分田到户的道路，而是大搞副业和工业并成立农工商联合公司，终于走向集体富裕的故事。大赵庄的改革行为得到了熊丙岚的支持，却受到李峰等权势者的压制，因此小说以较大的篇幅叙述了武耕新以及大赵庄农民与李峰等的斗智斗勇。《燕赵悲歌》中的叙述者干预分为两大部分，一是小说的引子和每章的开头部分，叙述者以采访者和参观者的身份直接对所见所闻发表观感与评论。比如"我，还有他们——七位本市和外省的编辑、作家，都被眼前这个农民征服了。老实说，文人们喜欢挑刺儿，不容易真正从心里佩服一个人。今天先是震惊，继而敬服，最后简直快成为他的崇拜者了"。二是叙述者在正文中直接发表对人物的评论。比如"历史简直用开玩笑的方式，把一个叱咤风云的新农民介绍到这个世界上来。曲折使他升华了，灾难洗净了他的灵魂，使他对人对事有了一种新的尖锐的判断力，他将脱颖而出，成为老东乡一带几乎无与匹敌的新型农村的领导人"。《燕赵悲歌》中，叙述者将武耕新作为一个时代的改革英雄来塑造，对其勇敢的精神、顽强的意志、卓越的智慧与非凡的才能加以极度肯定与褒奖。武耕新的形象符合改革开放时期主流政治关于改革者的期许与要求，他无疑适应与迎合了关于国家现代化与经济发展的权威话语。因此，武耕新从生命谱系上来说，是梁生宝在80年代与新的历史环境下的发展。《农民帝国》中的郭存先应该说带有《燕赵悲歌》中武耕新的影子，或者说是蒋子龙事隔二十多年后对同一原型的重新创作。在《农民帝国》中，蒋子龙的思想认识上发生了变化，他开始将笔触深入中国农民的人性结构与精神世界深层，进而探索与思考农民的命运。蒋子龙在构思《农民帝国》时就试图探讨"该如何把握现代农民的命运？他们的灵魂有着怎样的色彩？以及该如何看待现代农村变革的得失"？[1]尽管这些思想性的命题未能在小说中完全展开与落实，却也不时闪现出一些思考的火花。区别于《燕赵悲歌》中褒扬性的叙述者干预，《农民帝国》中的叙述者干预发生明显的变化。从将调查组进村调查郭存先的问题一节命名为"倒春寒"可以窥见叙述者对阻挠改革的不满，但与此同时，叙述者对于郭存先的片面追求工业化、商业化以及逐渐滋生膨胀的金钱意识以及权力意识表现出批判性的讽刺。可以说，蒋子龙不再以是否符合政治意识形态作为评判人物的标准，而是从个人与时代的错综复杂的关系入手，深入人性的深层结构，揭示在社会转型期片面追求经济利益对人性的扭曲与异化。

通过对80年代和20世纪90年代以来叙述80年代的小说中的叙述者干预的变迁可以透视叙事伦理的变迁。80年代和20世纪90年代以来小说叙述者干预的变迁进一步印证了上文关于80年代和20世纪90年代以来叙述80年代的小说从人民伦理到个体自由伦理的叙事伦理嬗变的判断。

第二节　从沉默到发声
——民间的凸显与叙事话语的嬗变

如果说80年代以《乔厂长上任记》为代表的叙述80年代的小说呼唤

---

[1] 蒋子龙：《"农民情结"和"帝国情结"——我为什么要写〈农民帝国〉》，《秘书工作》2009年第1期。

民族国家的现代化，试图为80年代建立合法性体现的是主流的政治话语，而以《秋天的愤怒》《秋天的思索》《陈奂生上城》等为代表的小说反映改革中的矛盾与问题、揭示奴性的国民性对现代化阻碍的叙事体现的是知识分子的启蒙话语，那么20世纪90年代以来小说对80年代的叙述则将被遮蔽、压抑与排斥的民间打捞与拯救出来，完成了对80年代历史的民间叙述。正是这种话语系统的嬗变使得"80年代叙事"在叙事重心上发生了根本性的变异。

一 民众对权力话语主体与启蒙话语主体合法性的质疑

80年代叙述80年代的小说中，国家政权、启蒙精英以及民众呈现为虚幻的同一状态，国家政策往往被设定为符合民众的利益，因此其在民间的实施无不得到大多数群众的支持；启蒙精英与国家政权共存共谋，他们对民众的启蒙符合国家政权与民众自身的需要。比如《陈奂生上城》中的地委书记吴楚是权威性的国家政权的代表，小说的隐含叙述者是启蒙精英的代表，陈奂生则是愚昧奴性的民众的代表，而"现代化"以及民族国家的"发展"与"进步"则是统摄三者的最为基本的力量。"作家批判农民陈奂生的保守、奴性与自大的原因很明显：他们在苦难终结之后应该为国家经济的发展贡献力量，要甩开旧思想的包袱，大胆实践党号召的改革路线。可是，偏偏有相当部分的农民不开窍，这让作家急于批判这种阻碍国家'发展'的劣根性。"[①] 正是在这种虚幻的同一性叙述中，广大民众成为非独立性与非自主性的存在，他们自身的生存苦难与生命诉求被80年代叙述80年代的小说所忽略与遮蔽。

20世纪90年代以来叙述80年代的小说则瓦解了民众与国家政权以及启蒙精英三者虚幻的同一性，而是倾力挖掘三者之间的缝隙与裂痕，进而复活了为国家政权话语与启蒙精英话语所遮蔽的80年代的民众的基本生存样态。可以说，正是民众从沉默到发声使得20世纪90年代叙述80年代的小说与政治史的80年代叙述构成了一种矛盾与张力的状态。

---

① 刘旭：《底层叙述：现代性话语的裂隙》，上海古籍出版社2006年版，第146页。

民众在20世纪90年代以来叙述80年代的小说中呈现出自觉抗争的状态,他们以或隐或显的方式对于国家政权与启蒙精英的身份合法性提出质疑。作为国家政权的代表,政府官员的身份合法性应该建立在尊重民众意愿、为民众谋利益并接受民众监督的基础上。而我们在《受活》中看到,国家政权非但未能改变受活庄人贫穷苦难的命运,反而一再以压制与剥夺的形式给民众造成更为深层的苦难。作为国家政权代理人的柳鹰雀给人们描述的农民看病不要钱、家家分小洋楼的幸福生活场景体现了政权对于民众生活的乌托邦许诺。然而,这一空洞的许诺背后却是无法掩盖的个人赤裸裸的权力欲望与野心。经历过诸多历史苦难的茅枝婆对于政权的许诺充满怀疑与警惕,甚至不惜以命丧车轮的危险作为脱离政权体制的代价。区别于80年代叙述80年代的小说中民众对于国家政权的先天性的认同,以及民间在改革开放的现代性洪流中的欣欣向荣、繁荣昌盛的历史图景,阎连科《受活》通过对80年代政治权力压制下的民间苦难以及民间生死抗争的书写,凸显了为意识形态所遮蔽的80年代民间的生存本相以及民众对国家政权的质疑。

这种对权力话语主体与启蒙话语主体的反叛与质疑应该说建立在民间在漫长的苦难历史中培养出的自由自在的生命品格的基础之上。"民间的传统意味着人类原始的生命力紧紧拥抱生活本身的过程,由此迸发出对生活的爱和憎,对人生欲望的追求,这是任何道德说教都无法规范,任何政治条律都无法约束,甚至连文明、进步、美这样一些抽象概念也无法涵盖的自由自在。"[①] 因此,一旦权力话语主体或启蒙话语主体试图对民众加以渗透、改造与规训时,民间的质疑和反抗似乎是必然的,尽管这种反抗有时候采取低调甚至荒诞的方式。杨争光《从两个蛋开始》中符驮村的"吃吃喝喝"和"日日戳戳"反映的是80年代民间最为根本的生存样态,它源于生命的本能,具有"自由自在"的审美品格。80年代大力推行的计划生育政策体现了国家政权对于人口的理性规划,它作为国家的基本国

---

① 陈思和:《民间的浮沉——从抗战到文革文学史的一个解释》,《中国当代文学关键词十讲》,复旦大学出版社2002年版,第139页。

策以法律的形式固定下来。应该说，这一政策符合80年代国家发展与社会进步的需要，但是却并未得到民众的认同。民众与这一国策展开了不屈不挠的对抗，对抗的原因一方面是因为作为节育工具的避孕套影响了自由自在的性狂欢，另一方面则是因为计划生育与民众传宗接代的封建思想相冲突。也就是说，民间自然的生命状态与传统的文化逻辑拒绝意识形态的规训与改造，杨争光对民众的这一对抗采取的是非政治、非道德与非启蒙的叙事立场，这一价值尺度赋予他重新审视80年代社会与历史的崭新眼光，从而逼真再现了80年代民间真实的生存状态与生命情态。

20世纪90年代以来叙述80年代的小说中民众对于启蒙话语主体合法性的质疑可以概括为"谁有资格启蒙"的问题。正如前文所提到的，20世纪90年代以来小说中作为启蒙者的"20世纪80年代知识分子"的启蒙身份开始崩溃与瓦解。王安忆《叔叔的故事》中出生农村的大宝代表了对启蒙神话持质疑态度的民众，大宝对叔叔的不满到最终"谋杀"暗喻了民众对启蒙主体的不满以及绝望的抗争。

20世纪90年代以来叙述80年代的小说中，普通民众摆脱顽劣与愚昧的污名，从层层压制的等级系统中解放出来，构成对权力话语主体与启蒙话语主体合法性的质疑与拷问。这就赋予了20世纪90年代叙述80年代的小说以思想者的反思气质与自由自在的审美品格。

二　民间话语对于权力话语与启蒙话语的拷问

民间朴素的伦理价值观念、宗教信仰、利益诉求、人性理解等以生动、活泼而富有韧性的民间语言表现出来，这一系列富有意味的民间语言系统构成了"民间话语"。它以表达民众的基本愿望和体现民间的伦理诉求为基本目标，其潜在的批判对象是形形色色的政治权力意识与启蒙精英意识。

80年代叙述80年代的小说中充斥着权力话语与启蒙主义的精英话语，权力话语与民间话语呈现为命令与服从、规训与被规训的话语关系，知识分子与民间呈现出启蒙与被启蒙、改造与被改造的话语关系。民间话语由于缺乏应有的话语空间与话语权力，基本上处于沉默与被动的状态。20

世纪90年代以来叙述80年代的小说则凸显民间话语的权力空间，并开始拷问与质询权力话语与启蒙话语的正确性。

阿来《轻雷》中藏族老人崔巴葛瓦面对着因为国家经济发展的需要而滥砍滥伐森林的行为说道："国家是个多么贪心的人哪！他要那么多看顾不好的东西干什么？什么东西一变成国家的，就人人都可以随意糟践了。"民间恪守着与自然和谐共处的传统，森林是他们安顿灵魂的地方。这里，民间的话语从民间道德与信仰的维度向权力话语展开了拷问。

"专制主义或极权主义的话语并不是从一开始就是一种强制性的他人的话语，在历史的某个时刻，这种意识形态话语具有内在说服力，至少是对那些没有能力进行更深入、更复杂的思考的人们来说，它是一种唯一具有说服力的语言。它是拥有道德资源的语言，或是体现了社会伦理感的话语。"① 也就是说，权力话语在一定阶段为了取得自身的合法性，会适当满足民间的利益诉求，与民间话语在某些方面取得一致。比如80年代"新土改"，它是由部分民众自觉发起，并最终得到政权的认同进而向民间普遍推广的政策，从而在特定的历史阶段符合民众的需求而被广泛接受。不过，这种民间话语一旦被权力话语收编，被权威化以后又会带来新的问题，从而反过来成为侵害民众利益的压制性的力量。因为一般来说，政权对于民间的掌控与监管多采用统一化的方式与模式，较少考虑民间的多样性与复杂性。因此，国家政权对于民间的渗透可能会得到部分民众的认同，但也会遭到少数民众的抵制与反抗。这种少数民众的话语不应该被压抑与忽视，有时候它恰恰成为洞察权力话语的裂隙进而颠覆权力话语的重要力量。而80年代叙述80年代的小说却忽视与压抑了部分民众的困惑与不满，即使有所叙述，也基本上呈现为从不理解到最终被说服并加入分田到户的洪流的叙事模式。20世纪90年代以来叙述80年代的小说则充分尊重民间的复杂形态，让那些民间异端具有充分表达自己的认识与感受的权利。比如《最后一个生产队》中的刘玉华对于

---

① 耿占春：《叙事美学：探索一种百科全书式的小说》，郑州大学出版社2002年版，第175—176页。

"新土改"对乡村传统道德伦理的侵蚀表现出应有的警惕；王洪昌《九连环》中写到单干民众无法抵御自然灾害从而对"新土改"的先天正确性提出质疑。

如果说民间话语对于权力话语主要拷问的是权力话语对民众利益的损害，那么民间话语对启蒙话语的拷问则侧重于启蒙话语对于乡村世界所表现出的生疏与隔阂，正是这种生疏与隔阂导致启蒙话语对于乡村的不适用性，并最终导致启蒙在民间的无力与溃败。蒋杏《二叔是个疯子》中知识分子二叔在民间被视为疯子，其高调姿态及其启蒙理想也被看作疯言疯语，这充分显示了启蒙话语与民间的隔膜。《受活》中的石秘书代表了启蒙精英话语，小说借乡长之口说道："石秘书，这些都是耙楼山脉里的常识哩，亏你还是大学生，我真想在你们大学的课本里拉上一泡尿，想用尿把你们的黑板洗一洗。读了十几年的书，每月钱比我拿得多，女人比我搞得多，可你竟连耙楼山这里夏天气温会降到零下四五度、冬天气温会升到三十四五度都还不知道。你说我该不该在你们课本上拉泡尿，用尿把你们大学的黑板洗一洗。"这里，民间话语以夸张的方式表达了对高高在上的启蒙话语的讽刺。

80年代启蒙话语在民间的无力解释了20世纪90年代以来知识分子启蒙的迅速溃败的原因，换句话说，20世纪90年代以来启蒙的瓦解与80年代启蒙未能深入民间的日常生活不无关联，与未能充分理解民间话语不无关联。正如王晓明在反思90年代的文化转型时指出的："如果你对社会变革的呼吁，仅仅停留在抽象的层面上，不能落实为对生活现实的生动透彻的分析；如果你对精神自由的鼓吹，不能深入人的日常生活，引发人们对具体的物质境遇的深入思考，增强他们对衣食住行中实际遭受的各种束缚的敏感；如果你对政治民主的宣扬，不能延伸入其他的生活领域，促进公众对技术、体制、伦理和习俗之间的复杂关系的了解，激发人们改善自己的整个生活状况的决心；如果你对现代社会中公民的品质和权利的要求总是那么空洞，不能转化成人们在日常生活各个方面的具体的自我要求和奋斗目标，那么，一旦形势发生变化，再动人的启蒙言辞，再正当的精神呼唤，都会如刚洒的新土，脱锚的小舟，一下子被刮到天边。"① 这种表现知识分子在民间启蒙失败的叙事与解构 80 年代知识分子的英雄神话、发现 80 年代知识分子的平庸性与世俗性在根本上是一致的。当然，我们在肯定 20 世纪 90 年代以来叙述 80 年代的小说凸显民间话语进而重述 80 年代的同时，应该警惕作家因对民间的片面认同而逃避与放弃知识分子的启蒙立场。总之，20 世纪 90 年代以来叙述 80 年代的小说颠覆与解构了主流政治话语与精英话语对 80 年代民间的叙述，以民间的话语实践完成对 80 年代民间的重构，进而呈现了相对真实的民间生活形态、风貌，充分表达了下层人民的感受与情绪。

第三节　从宏观到微观
——日常生活的崛起与叙事焦点的转移

日常生活叙事的崛起应该说是 20 世纪 90 年代以来一个极为关键的思想事件与文化事件，不过由之所表征和引发的思想与文化裂变至今尚未引起人们足够的重视。日常生活进入文学叙事中同样引发了人们文学观念与审美观念的变革。具体到 20 世纪 90 年代以来叙述 80 年代的小说，日常生活叙事的崛起不但反映了 20 世纪 90 年代以来作家历史想象策略的变异，而且是我们透视 20 世纪 90 年代以来小说与 80 年代初、中期同类创作不同审美特征的一个饶有趣味的视角。

80 年代初期的文学作品，如《美食家》《鸡窝洼人家》《芙蓉镇》等，尽管也不乏对日常生活的叙述，但那个时期的日常生活叙事是服从于否定旧的意识形态迎合与顺应 80 年代意识形态的需要，带有明显的政治意味。"新时期文学初始时期的日常生活叙事便是更多地在对抗专制主义的意义上获取其存在的合法性，日常生活自身仍然未能确立为意义之源。"② 作家尚缺乏对日常生活的自觉理性思考，尚未建立日常生活与时代复杂性、多元性关系的认识。另外，80 年代精英主义的文学话语强调

---

① 王晓明：《半张脸的神话》，南方日报出版社 2000 年版，第 22 页。
② 许志英、丁帆主编：《中国新时期小说主潮》（上），人民文学出版社 2002 年版，第 548 页。

对庸俗日常生活的精神超越，如《人到中年》中叙述者对烦琐、平庸的日常生活表现出排斥与否定倾向，而强调以理想之光去灼照日常生活的灰暗。可以说，日常生活在80年代的文学叙事中尚未具备本体、自足的地位，其背后隐现着强大的象征秩序。

同样是对80年代日常生活的文学叙述，20世纪90年代以来小说则致力于呈现80年代日常生活自身多维度、多层面的价值意义，即80年代日常生活往往成为80年代精神取向与价值观念的表征。对80年代日常生活精神表征意义的重视使得20世纪90年代以来关于80年代日常生活叙述的文本区别于那些关注日常生活世俗性、物质性与消费性特征、强行取消日常生活的精神性与形而上价值、带有"日常生活审美化"倾向的文本。换句话说，正是80年代与日常生活的叠加赋予了20世纪90年代以来叙述80年代的小说以复杂的思想内涵与独特的审美韵味。从某种意义上说，日常生活以及日常生活叙事姿态的嬗变是一种能够"映现"人类"社会的政治—经济制度、知识理念体系和个体—群体心性结构及其相应的文化制度方面发生的全方位秩序转型"[①]的"镜子"。因此，考察日常生活之内涵的时代变迁，不仅仅指向日常生活本身，同时，指向特定时代整体的政治经济结构、情感结构与文化结构。

一 世俗化与同一化："80年代日常生活叙事"的两个思想层面

世俗化在社会由传统走向现代的进程中起到不可小觑的重要作用，马克斯·韦伯关于现代化即世俗化的观点也进一步论证了世俗化的意义。日常生活与现代性（世俗化）的扭结关系表现为：一方面日常生活受到社会基础、文化观念的影响与制约；另一方面日常生活的具体形态又是一定价值观念与伦理体系的体现。具体到中国80年代的现代化进程，日常生活从政治化走向世俗化是现代化的重要表征，同时，日常生活意识的觉醒也化为追求现代化的动力。换言之，日常生活的发现既是80年代思想解放运动与改革开放的必然结果与表现，同时这一发现也进一步促进了观念的

[①] 刘小枫：《现代性社会理论绪论》，上海三联书店1998年版，第3页。

变革与精神的解放。20世纪90年代以来小说对80年代改革开放与现代性进程的重新认识是从对日常生活的重新叙述开始的。魏微《大老郑的女人》以女人涂口红、掸眼影、穿超短裙等日常生活的改变作为20世纪80年代社会现代性进程的标志，其叙事意义不仅在于呈现这一社会现代性进程，更重要的是开掘与这种日常生活现代性相伴随的现代思想观念的萌生。同样，高微《恰逢少年花开时》也从物质层面和欲望层面的触动开始走向人物思想观念的启蒙。"我"对苏的漂亮、时髦的穿着和异国情调充满爱慕，甚至去偷窥她换衣服，这里尽管夹着青春期本能的冲动，但更多的是表现"我"审美意识的觉醒。如果说，"文革"期间人们的审美观念是充分政治化和意识形态化的，那么"我"对这种本体性、自然性的美的发现则表现了80年代初思想观念的更新。小说的意义在于通过一个日常生活的启蒙叙事发掘日常生活之于80年代思想、观念现代化的意义。

20世纪90年代以来小说中的80年代日常生活一方面作为80年代启蒙文化的表征，指向80年代的现代性进程；另一方面这种日常生活又是作为特定年代的文化风尚、社会习俗与时代精神的风向标加以呈现的，"日常生活世界本身的每一变化，同时也是非日常生活世界的相应变革"[1]，因此，透过80年代日常生活，我们可以把握80年代的文化风貌与情感特征。王安忆曾在《我眼中的历史是日常的》一文中写道："我个人认为，历史的面目不是由若干重大事件构成的，历史是日复一日、点点滴滴的生活的演变。"[2] 也即是说，特定时代的历史风貌并非体现在一些重大的历史事件上，而是体现在其时的衣食住行、伦理规范与习俗体系等日常生活层面。《长恨歌》中的80年代侧重在王琦瑶的衣着、爱情、死亡等日常琐屑的生活之流中呈现出80年代的时代转型与裂变，从而凸显日常生活的历史文化意义。薛舒的《母鸡生活》以80年代浦东刘湾镇东市街为背景，通过对从事裁缝店、切面店、收马桶这些职业的市井细民的日常凡俗生活叙述，勾勒出一幅不同于精英色彩的80年代风景图。金裁缝与

---

[1] 衣俊卿：《现代化与文化阻滞力》，人民出版社2005年版，第207页。
[2] 王安忆：《王安忆说》，湖南文艺出版社2003年版，第155页。

王阿姨的情感从波动到平静、蔡哑巴与方哑巴因一条裤子婚事告吹、方哑巴与金裁缝学徒、王阿姨雇用蔡哑巴进面各生情愫等。80年代的人情风尚、婚恋伦理等就在这琐琐屑屑的日常生活叙述中凸显出来。

20世纪90年代以来叙述80年代的小说的意义不仅仅在于通过日常生活叙事呈现现代性进程中个体的主体性与自我意识觉醒的层面，还在于呈现现代性的理性规范性、同一性对差异性的忽视和对人性的压抑层面。杨争光《从两个蛋开始》就以戏谑和反讽的笔法表现了80年代现代理性以及国家权力对日常生活的介入与控制。"在符驮村的男女们看来日日戳戳，吃吃喝喝，是人生在世的两大美事。"小说对80年代的叙述聚焦于直接与符驮村村民的人生两大美事相对应的"分田到户"与"生育问题"两方面，而这两方面，恰恰反映出国家意识形态对符驮村日常生活的介入。作为现代性理性规划的计划生育与符驮村村民的身体崇拜和传宗接代的生育观念相背离，它通过对身体的规训与惩罚，通过对身体快感的剥夺来达到对个体生命的控制与日常生活的改造。"改造和批判主题是现代性的一贯主题，现代性从它一诞生起就不是以发掘日常生活的价值和意义为目的，而是以改造和批判日常生活进行深层文化启蒙为对象的，这种特征决定，改造和批判是一个20世纪日常生活中自始至终的话题。"[①] 发避孕套、用节育环到最后不得不施行的结扎术，这一层层加深、逐步升级的改造与压制演绎了现代理性对于传统农业社会自然本性的干涉。杨争光的叙事立场与价值评判在作品中含而不露，这里我们看不到杨争光启蒙主义的呐喊，反而在娃娃把避孕套当成气球吹、男人自己动手给媳妇取出节育环等黑色幽默式的荒诞情节中看到他对现代性规范与扭曲日常生活的反讽。也即是说，《从两个蛋开始》并未一味肯定80年代的启蒙与现代性进程，而是从个人生活与个体体验的角度批判其对日常生活的改造与扭曲的一面。80年代的现代化进程不仅干涉人们的生，还影响人们的死。阿来《轻雷》中的藏民本来拥有广袤的原始森林，这片森林是藏民死后安顿灵魂的地方。

[①] 蓝爱国：《游牧与栖居——当代文学批评的文化身份》，中国社会科学出版社2005年版，第206页。

但是，改革开放后人们对物质利益的攫取欲望之火却烧遍了这座森林，不但破坏了生态平衡，同时导致藏民死后无处皈依。生生不息、亘远流长的日常生活中的生老病死之被扭曲与摧残正标志着藏民族文化、精神传统的没落与丧失。

正如丹尼尔·贝尔所说："技术—经济体系的变革是直线型的，这是由于功利和效益原则为发明、淘汰和更新提供了明确规定。""但在文化中始终有一种回跃，即不断转回到人类生存痛苦的老问题上去。"[①] 这表明，经济层面的现代性与文化层面的日常生活并非完全同步的。日常生活的经验性、传承性和恒定性与凝滞性决定了其对于"现代性"的惰性与反动。如果说80年代初铁凝的《哦，香雪》通过一个文具盒表达了对改革开放意识形态和现代性诉求的话，那么王安忆发表于90年代初的重述80年代的小说《妙妙》则通过对妙妙在日常生活中先锋实践的反讽表现其对80年代的现代化、进步的内涵的独特思考。正如火车给香雪带来了现代化的气息，与香雪同样生活在偏僻落后地区的妙妙对于现代的体认，也是通过电影、电视以及来头铺街拍电影的剧组来实现的。在服饰问题上，妙妙遭遇到在现代与传统、先锋与保守之间无所适从的尴尬困境。正是出于对落伍和被时代遗弃的恐惧，妙妙在性观念上刻意表现自己的开放，其在爱情、性观念上价值的偏差与错位势必导致其最终孤独的命运。可以说，王安忆正是借妙妙在服饰上、性行为等日常生活方面寻求现代性的悲剧命运，对80年代中国一味模仿西方的现代化进行了反思。保守的头铺街对现代性的抗拒在某种程度上是对日常生活中传统文化与精神的坚守。

通过对20世纪80年代日常生活与现代性错综复杂关系的多维叙述，20世纪90年代以来叙述80年代的小说在对80年代的理解上更为多元，某些层面上也更为透辟。尽管80年代在总体上是以现代化与启蒙作为时代标志，但却无法掩盖其内在思想观念的冲突与时代裂隙，日常生活叙述成为我们透视80年代复杂历史风貌的一个极佳视角。

---

① [美] 丹尼尔·贝尔：《资本主义文化矛盾》，生活·读书·新知三联书店1989年版，第58—59页。

二　冲突和调适：在个体日常生活与社会规范伦理之间

一般来说，日常生活体现的是个体性、自主性与经验性的存在，而规范伦理则代表了社会化、强制化与理性化存在。个体日常生活与社会规范伦理既存在内在冲突，又有各自的活动领域与适用范围，两者之间呈现出一种张力性的制衡状态。不过这种制衡也是以一定的社会结构与社会关系作为保障的，一旦社会关系出现异化，这两者之间的张力关系可能被打破，导致个体日常生活的异化或社会规范伦理力量的削弱。因此，考察个体日常生活与社会规范伦理的错综关系是透视特定时代社会关系与历史风貌的一个极为有效的视角。20世纪90年代以来叙述80年代的小说正是在个体日常生活与社会规范伦理的冲突与调适中揭示了80年代不同思想观念与文化理念的交锋。

20世纪90年代以来叙述80年代的小说对80年代个体日常生活与社会规范伦理关系的考察是从对"文革"的回顾与反思开始的。在一定意义上，不理解"文革"期间个体日常生活的异化程度及其时社会规范伦理对个体日常生活的改造与规训策略，就无法真正理解80年代个体日常生活与社会规范伦理的关系。因为在一定程度上，80年代个体日常生活与社会规范伦理的冲突延续了"文革"的某些特征。郝东军《雁过留痕》尽管将叙事时间定位于1981年的一天，但其叙述的着眼点却是"文革"期间社会规范伦理对个体日常生活的监督与控制。这种监督与控制可以从三个层面来理解：一是在方式上，"文革"规范伦理对个体日常生活的干涉更多的是通过暴力、强制与镇压的形式存在，这与葛兰西霸权理论所强调的对意识形态的"赞同"与"认可"存在显著区别。葛兰西指出："在实行典范的议会制度的国度里，'正常'实现领导的特点是采取各种平衡形式的强力与同意的配合，而且避免强力过于显然地压倒同意；相反地，甚至企图达到表面上好象强力是依靠了大多数人的同意，并且通过所谓舆论机关——报纸和社会团体表现出来。"① 而"文革"期间的控制更多是借

---

① ［意］安东尼奥·葛兰西：《狱中札记》，葆熙译，人民出版社1983年版，第197—198页。

助强力的形式。《雁过留痕》中村主任每次饭前都跑到别人窗户下监督人们是否吃了肉。吃肉这种个体日常生活行为被强制纳入"文革"规范伦理管辖的范畴内。二是在手段上，这种控制是通过将政治权力下放给特定的代理人，通过代理人的监督与管制加以施行。村主任正是这一社会规范伦理的化身。三是在程度上，这种代理人监督力量日积月累，逐渐渗透到人们的无意识层面，公开的外在的强制与暴力逐渐演变为人们潜在的内化的自我暴力。"文革"结束后几年人们还习惯性地将肉藏在饭下正是这种暴力强度的典型表现。由此可见，"文革"期间的个体日常生活受到极度压抑，吃穿等生活需要以及爱情、亲情等情感诉求一再遭受"文革"社会规范伦理的监控、挤压、遮蔽与抹杀。"文革"之所以选择不遗余力地监控与改造个体日常生活作为巩固其自身统治的合法性与稳定性的手段，其原因植根于日常生活内在的文化规定性。"生活世界（或日常生活世界）的本质规定性和内在机制正是文化所包蕴的价值、意义、传统、习惯、给定的规则等等。"[1] 也就是说，"日常生活世界"并非仅仅体现为外在的、单纯的物质存在形态，在其背后潜隐着内在的、复杂的精神、价值、意识形态等文化内涵。"生活世界必然与人的生存的意义和价值问题密切相关，同时与社会历史运行的内在机理紧密相连。"[2] 因此，对个体日常生活的监督与控制也即是对个体自我人生意义与价值取向的控制。如果说"文革"期间是以社会规范伦理监控个体日常生活作为其统治手段，那么80年代的个性解放与人性启蒙也正是以个体日常生活突破社会规范伦理的监控为其发端、策略与表征的，而这正是20世纪90年代以来叙述80年代的小说的叙事着眼点。

摆脱社会规范伦理的制约，根据自身的价值观念来独立安排自我的日常消费标志着80年代的个体的突围。像牛仔裤、卷发、蛤蟆镜等已然成为个体彰显自身文化个性，叛离社会规范伦理的象征。池莉《所以》中"我"的父母平反后托人重金购买了"文革"期间被造反派剥夺的手表和

---

[1] 衣俊卿：《现代化与文化阻滞力》，人民出版社2005年版，第176页。
[2] 同上。

自行车，这种自主性日常消费行为在一定程度上是个人尊严回归的象征。如果说这一日常生活消费行为的意义指向还不够鲜明的话，那么王蒙《青狐》写到主人公青狐买裸女画装饰房间而差点吓死僵尸式的继父这一叙事细节，反映了个体自主性的日常生活向社会规范伦理的公然挑战。在20世纪90年代以来叙述80年代的作品中，个体总是"根据自我选定的价值体系自觉地安排自己生活"，也即是说，个体日常生活选择与安排背后蕴含着丰富的精神内涵与文化意味。然而"日常生活不可能成为真正的人的个性在其中活动的场所"[①]。个体借日常消费行为对社会规范伦理所进行的反抗只能作为起点，而不能成为其自身目的。因为这一日常消费行为一旦超过了自身的度，失去了必要的理性的节制，则可能导致对个体自我的再度奴役。刘建东《全家福》中一开始母亲因为一双皮鞋对父亲的背叛，象征着日常生活中物质力量与性的生命欲望战胜了伦理规范束缚和精神统治，父亲的中风正是这种束缚与统治崩溃与解体的标志。然而这一日常生活的反抗却有其自身限度，喷涌而出的无节制的日常生命欲望则可能造成新一轮的社会悲剧与人性悲剧。

20世纪90年代以来叙述80年代的小说的意义不仅在于呈现个体日常生活挑战社会规范伦理，从而从一个特定的视角反映了80年代个性解放与人性启蒙进程，而且还能够由此进一步批判80年代社会规范伦理对个体日常生活的监控与压迫，并展现80年代新旧杂陈、举步维艰的历史风貌。毕飞宇《玉秧》中有这样戏剧性的一幕：校长拿着大剪刀剪学生的喇叭裤脚。这一细节可以看作对"文革"期间社会规范伦理监控个体日常生活的反讽性回应，同时也影射了80年代反对资产阶级自由化和清除精神污染运动的某些侧面。值得注意的是，这里所反映的"文革"式的社会监控在20世纪90年代以来叙述80年代的小说中并不多见，更多的作品所反映的社会监控已经放弃"文革"式的暴力与强制形式，而采用更为隐蔽的软暴力形式加以实施。当然，这一叙事比例大体上也正符合80年代的社会监控方式比例。这种隐蔽的软暴力是借助社会规范伦理与政治权力的

[①] [匈]阿格尼丝·赫勒：《日常生活》，衣俊卿译，重庆出版社1990年版，第282、278页。

合谋达成的,这一合谋使得社会规范伦理具有强烈的意识形态性,而政治权力又被赋予强烈的伦理规范色彩。个体日常生活在社会规范伦理与政治权力的双向夹击与挤兑之下逐渐丧失其独立存在空间。王成祥《猪油飘香》中作为八岁孩子的"我"与父亲关于偷吃猪油所引发的冲突,在本质上便是个体日常生活自主权利与社会规范伦理、政治权力执行者之间的冲突。较之《猪油飘香》侧重于叙述政治权力对个体日常生活的剥夺,艾伟《爱人同志》则将叙述重心移位至社会规范伦理对个体日常生活的控制。张小影对截瘫英雄刘亚军的照顾,只是出于一种朴素的人道主义情感及受刘亚军男性魅力的吸引,融合了特定的个体体验。然而其时战争刚刚结束,政府和军队需要这样典型的浪漫的美丽故事来安慰前线牺牲者的家属和负伤的官兵,于是张小影就身不由己地被卷入了这一美丽的政治谎言中,受其摆布。而且这种社会伦理规范逐渐内化,成为其自觉自愿的选择。

三 时代的错位与"日常生活叙事"的局限

20世纪90年代以来叙述80年代的小说对日常生活的书写,由于既有利于人们考察日常生活与现代性进程的多维关系,又可以借以观照80年代个体日常生活与社会规范伦理之间的复杂联系,对我们重新认识与理解80年代具有重要的审美价值和文化意义,因之它从一个重要的侧面凸显了80年代的时代特征。不过从另一方面来讲,"日常生活叙事"在凸显80年代某些特征的同时,也可能造成对80年代另一些层面的遮蔽与扭曲。尽管《长恨歌》《母鸡生活》等通过对80年代日常生活的叙述展现出一定的时代特征与文化风貌,但无节制的日常生活流的恣意流淌与泛滥却冲刷了时代非日常生活的精神性层面。如果说这种泛滥的日常生活叙事在叙述"日常生活审美化"的90年代时还具有相对的自足性与合理性的话,那么将其运用到对具有相对精神至上倾向的80年代历史时,其偏执性是显而易见的。表面化的日常生活洪流、感觉化的叙述,挤压了人性、情感、心灵等精神性领域,进而遮蔽了80年代的时代文化意义。此外,"日常生活充其量也只能是社会生活中的一个层面而已。如果失落了对于生活的丰富性的表现,缺乏对于文明发展的多向度思考,特别是如果执着于某种特定生活方式的孤立和单向的立场,那么,这种文学表现的尖锐性和理性深度就会受到严重阻碍"[1]。特定的观念性的日常生活的泛滥叙事极有可能造成对特定社会与历史丰富性与多元性的阉割。

比上述更常见的一种时代错位表现为剥离80年代日常生活的精神文化意义,而以90年代欲望化的日常生活方式代替80年代日常生活想象。之所以出现这一现象,首先是部分作家的叙事惯性与避重就轻的惰性。对当下生活的叙述可以依凭一定的生活经验积累,而对历史的叙述则要求作家既要有对历史精神的把握与对历史细节的细致考察,又要求作家具有丰富的历史想象力。这两方面的匮乏往往导致一些作家以90年代的日常生活经验代替对80年代日常生活的叙述。其次,这种以90年代欲望化的日常生活代替80年代日常生活的文本的出现也与20世纪90年代以来的消费主义、大众文化背景不无关联。消费文化影响下的日常生活具有平面性、具象性与感官至上性等特征。最大限度地剥离与抽空日常生活丰富性的精神内涵,最大限度地还原日常生活的世俗性与物质性是消费文化影响下"日常生活叙事"文本的典型特征。莫言《丰乳肥臀》中80年代叙述部分对80年代历史缺乏整体探究兴趣,只是津津乐道于上官金童对乳房的畸恋上。这种以欲望叙述代替丰富复杂的日常生活全部内容的叙述极有可能造成日常生活的异化和对精神层面的挤压。与《丰乳肥臀》对时代把握的乏力相似,余华《兄弟》对80年代的把握显示出一种有意淡化其时代特征、模糊时代背景的不自信。余华在《兄弟·后记》说:"这是两个时代相遇以后出生的小说,前一个是'文革'中的故事,那是一个精神狂热、本能压抑和命运惨烈的时代,相当于欧洲的中世纪;后一个是现在的故事,那是一个伦理颠覆、浮躁纵欲和众生万象的时代,更甚于今天的欧洲。"在此,余华有意无意地忽视了80年代的独特性,抽空了80年代丰富的文化韵味。小说中支撑整个80年代叙述的仅仅是李光头、宋钢和林红的爱情纠葛以及李光头的残疾人工厂的兴盛,叙事流程很快就从"文

---

[1] 吴俊:《瓶颈中的王安忆——关于〈长恨歌〉及其后的几部长篇小说》,《当代作家评论》2002年第5期。

革"叙述转移至90年代以后。应该说,小说的"文革""暴力模式"和90年代"欲望模式"的简单化与抽象化叙述,在某种程度上还是非常契合时代特征的,但是以"欲望模式"来完成对80年代时代精神的把握则明显远离80年代的精神实质。显然,这种对欲望化的日常生活无节制展览是以牺牲与放弃对80年代社会现实的探索与深层人性的追问为代价的。

上述时代错位所导致的直接后果是创作竭力迎合读者的日常趣味,迎合市场的审美文化心理。其日常生活往往表现为一种被大众传媒与时尚所劫持的日常生活,它既缺乏解构意识形态的文化功能,又丧失了其本体的自足的意义。它是一种被割裂与异化的日常生活表象,它的唯一功能与目标在于最大限度地放大个人日常生活中的物质感觉与身体感觉,将其作为日常存在方式的全部加以高密度地呈现,从而建构一种欲望化的日常生活写作神话。如果说,书写日常生活的欲望维度是20世纪90年代以来叙述80年代的小说的内容层面;那么在书写策略上,这些文本往往按照大众文化浪漫化、传奇化等运行机制来进行文本编排。由此可见,"日常生活叙事"的时代错位与文学的媚俗化互为因果,构成了一种恶性循环。时代错位所导致的另一重后果则在于丧失了对80年代历史具体性与历史本来面貌的把握能力。80年代与90年代尽管具有某种连续性,但其内在差异是明显的。这种将80年代日常生活等同于90年代欲望化、消费化的日常生活的叙事,模糊了不同时代的内在差异性。正如前文已经指出,从日常生活我们可以发现一个时代的整体风貌和时代心理的变迁;然而从20世纪90年代以来叙述80年代的小说所呈现的日常生活中我们却无法准确把握80年代的社会文化心理与人的精神状态。因此,当我们充分肯定20世纪90年代以来叙述80年代的小说对日常生活的书写从一个特定的角度重新发现了80年代的意义与特征的时候,对其媚俗化倾向及其对80年代的遮蔽与扭曲也应该保持必要的警惕与反思。

第六章 20世纪90年代以来小说的"80年代叙事"的价值与局限

F. 安格尔斯密特形象地喻示道:"历史叙述的文本就像一扇雕刻过或彩绘的窗户玻璃,我们关注的兴趣不在于窗户玻璃后面的天空和地面上的风景,而是蚀刻过的窗户玻璃本身。换言之,后现代主义史家所关心的是历史编撰的形式,以及这种再现是如何把历史现实囊括进来。"[①] 也即是说,我们在关注历史叙述的文本的过程中,除了重视这些文本所呈现的特定时代的历史面貌以外,还要对历史叙述的文本本身做出清理,研究这些历史是如何被叙述的以及历史叙述的文本本身的价值与局限。如果说前两章侧重于从题材、形象、思想意识等角度与层面对20世纪90年代以来叙述80年代的小说所呈现的历史面貌以及如何呈现进行分析,那么本章则从思想史与文学史的视野对"80年代叙事"本身的价值与局限性进行总体概括与整体反思。鉴于近年来研究界反思80年代文学史的热潮及其影响,本书专辟一节分析对80年代文学的历史重述与20世纪90年代以来叙述80年代的小说的张力,试图分析"80年代叙事"的特点与意义,对其做出理论上的提升。

尽管前面章节中已经不断渗透了关于20世纪90年代以来叙述80年代的小说的意义与局限的分析,但基本上都是一种就事论事的分析。本章

---

① F. Ankersmit, "Historical Representation", in *History and Theory* (1988, Vol. 27), pp. 227 – 229. 转引自何平《后现代主义历史观及其方法论》,《社会科学研究》2002年第2期。

与前面章节在反思角度上有着显著的差异，本章无论是对 20 世纪 90 年代以来小说叙述 80 年代的意义还是局限性的分析，都或隐或显地指向 20 世纪 90 年代以来的文学的大征候。换而言之，由于 20 世纪 90 年代以来叙述 80 年代的小说是 20 世纪 90 年代以来文学的一个重要组成部分，只有与 20 世纪 90 年代以来文学的整体风貌进行比较才能凸显"80 年代叙事"的价值与意义，同样，也只有对 20 世纪 90 年代以来文学有一个整体的把握才能更好地认识与理解"80 年代叙事"的局限性及其成因。

借助比较研究的方法，从文学史的脉络，将"80 年代叙事"置于 20 世纪 90 年代以来文学整体的发展格局之中，并将其与同类题材和同种类型的文学进行比较，可以发现 20 世纪 90 年代以来小说是一种体现"80 年代精神"的知识分子写作；与同类型的新历史小说比较，其具有介于历史与现实之间的特性。

20 世纪 90 年代以来叙述 80 年代的小说内在的局限与缺失可以从以下维度加以把握：从"80 年代叙事"与"文革叙事"对比研究中可以发现，二者之间在数量与质量方面严重失衡，前者受关注的程度远远小于后者，这在本质上是由于作家习惯于迎合潮流、个性匮乏以及思想懒惰等原因所造成的。具体到"80 年代叙事"小说本身，历史感的匮乏与历史意识的危机是其面临的主要问题。

文学史对 80 年代文学的历史重述与文学创作对 80 年代的叙述二者互相生发、互相补充、互相促动，构成了 20 世纪 90 年代以来反思 80 年代的重要两翼。不过共谋与纠结只是 20 世纪 90 年代以来重述 80 年代文学史与"80 年代叙事"之间关系的一面，二者之间还或深或浅地呈现出差异、矛盾抑或断裂的一面。

第一节 文学史视野下"80 年代叙事"的价值

20 世纪 90 年代以来，伴随着 80 年代启蒙思潮的逐渐式微与世俗化思潮的蓬勃兴起，中国文学无论在叙事意识、叙事精神还是叙事形态上，皆发生了显著的转变。知识分子逐渐丧失其时代主体的地位，日趋边缘化，进而引发了一系列身份认同危机；市民与"半张脸"的成功人士占据了90年代社会与文学的中心；个性解放逐渐向单纯的性解放层面沉沦；身体与感觉取代精神与理性占据核心地位；个人言说与民间话语取代宏大严整的启蒙话语与政治主流话语；历史相对主义与历史虚无主义拆解了历史本质主义。在这样一个文学的整体格局下，"80年代叙事"的叙事精神与叙事价值得到凸显。尽管小说的"80年代叙事"无法完全摆脱20世纪90年代以来文学场的影响与制约，但其特殊的叙事对象与特定的叙事意图却赋予了其区别于20世纪90年代以来文学总体症状的另类色彩。20世纪90年代以来小说的"80年代叙事"之于80年代时代丰富性与复杂性的呈现前文已多有论述，本节侧重于从文学史的脉络，将"80年代叙事"置于20世纪90年代以来文学整体的发展格局之中，并将其与同类题材和同种类型的文学进行比较，从而呈现20世纪90年代以来叙述80年代的小说的文学史价值。

一 "知识分子写作"与"80年代精神"

一般认为，20世纪90年代以来除了张承志、张炜、史铁生、韩少功等少数几位思想性颇为突出的作家仍然标举与坚守"知识分子写作"、提倡文学的思想内蕴与精神价值以外，更多的创作则普遍堕入物质主义、消费主义与欲望主义的陷阱。这一判断大体符合20世纪90年代以来文学的发展脉络与精神旨趣，却也在总体化概括的同时遮蔽与抹杀了20世纪90年代以来文学更为多元复杂的历史面貌。叙述80年代的小说在某种程度上可以看作20世纪90年代以来文学的异端，它尽管也受到消费主义文化思潮的影响与侵扰，却在整体价值取向与精神旨趣层面呈现出和同时期小说迥异其趣的审美风貌。

20世纪90年代以来以80年代作为叙事对象或叙事背景的作品，其题材选取本身就昭示出与叙述古代史、民国史、"文革"、"当下"等时段的作品迥然有别的叙事价值与审美倾向。这里我们并不是说叙述80年代的作品就天然优先于叙述其他时代的作品，何况有些作品在时代跨度上相对较大，既包括80年代，也前延后续地关涉其他时代。而是说80年代作为

"思想解放时代"与"启蒙时代"的时代特殊性内在要求并决定着"80年代叙事"的精神向度。无论是基于何种叙事意图何种叙事立场对80年代进行叙述,以知识分子主体与启蒙立场为显著标志的"80年代性"是始终悬置于叙述者头上的一个无法回避的历史命题。

无论是出于对80年代的怀旧抑或是基于对80年代的反思,20世纪90年代以来叙述80年代的小说在广义上皆可看作一种有思想性的"知识分子写作"。这种"知识分子写作"以知识分子为写作主体,以独立思想与理性批判为基本特征,以超越时代的终极意义为其最高价值基准。20世纪90年代以来叙述80年代的小说对80年代的怀旧表现了知识分子对80年代精神的缅怀,指向的是一种现实批判与质疑;对80年代的反思表明了知识分子的自我审视与自我批判,它们尽管在思想的高低深浅方面参差不齐,却大体表现出追求思想性的努力,这就区别于同时期那些思想贫乏、内容平庸、形式粗鄙的时尚写作。20世纪90年代以来的文学一个总体性的征候是知识分子批判性传统的消失,有学者用"断裂时代的肯定性写作"[①]来描述20世纪90年代以来的文学,可谓是一针见血、切中肯綮。

20世纪90年代以来叙述80年代的小说接续了80年代的一些批判命题,这些命题主要与对"文革"的反思与批判有关:如反思"文革"关于社会发展与人性追求的乌托邦幻想、批判"文革"的禁欲主义与反个性主义、批判"文革"的人民崇拜与反智主义倾向等。这些命题尽管到了90年代并未完全过时,但是90年代以来市场化与世俗化的社会文化语境又要求知识分子对上述命题做出一系列调整,对历史进行重新认识与思考。由于深受"文革"乌托邦理想的戕害,80年代一些人不再有乌托邦理想的追求;由于批判"文革"的禁欲主义,一些人开始走向纵欲主义的欲望狂欢;由于反对人民崇拜和民粹主义倾向,一些人开始脱离民众,走向极端的精英主义。[②] 20世纪90年代以来叙述80年代的小说在延续80年

[①] 王世诚:《断裂时代的肯定性写作(上、下)——九十年代文学精神及其思考》,《扬子江评论》2008年第5、6期。

[②] 钱理群:《我的精神自传》,广西师范大学出版社2007年版,第144—145页。

代批判乌托邦、禁欲主义与人民崇拜命题的同时，又针对90年代的发展现状与后果，对80年代一些走向问题反面的过激化思想与行为做出反省。东西《耳光响亮》反映了毛时代结束后理想的崩溃与幻灭所导致的道德与精神危机；朱文《弟弟的演奏》以反讽的笔法描写了一批80年代大学生在欲望解禁后的情欲膨胀；《青狐》批判了一批知识精英的精英意识膨胀。对现实与理想、禁欲与纵欲、精英与大众这些命题的辩证思考与双重批判喻示着20世纪90年代以来叙述80年代的小说的批判迈向纵深。应当指出的是，反省与批判80年代的目的并非是要否定"80年代精神"，而是试图在新的历史视野下将启蒙命题作进一步推进与拓展。

除了对80年代一系列社会与文化命题做出反省外，20世纪90年代叙述80年代的小说还对知识分子主体展开自我批判。这种自掘其心的自省意识是"80年代叙事"作为"知识分子写作"的一个最为鲜明的表征。正如前文所述，在"知识分子"题材中这类自审意识表现得最为强烈。无论是《青狐》《叔叔的故事》对"80年代知识分子"世俗欲望的揭示，还是《破碎的激情》《伤逝》对80年代理想主义的清算，都呈现出一种反思与追问相结合的精神向度。

如果说，现实批判与自我批判是"80年代叙事"作为"知识分子写作"的一翼，那么理想主义情怀与精神则是另一翼，二者互相作用，缺一不可。90年代文学除了张承志、张炜等少数几个作家标举理想主义的旗帜外，普遍沉迷于现时主义与现在主义的瞬时狂欢之中。"在这个时代的作品中，我们忽然发现，个体存在的时间不知不觉地变了：他再也不是生活在流动的时间之河中，拥有无限广阔的历史与未来，而是恰恰相反，他仅仅是生活在当下此刻——这倒并不是说他的生活时间就是绝对静止的，而是说，个体的生命虽然也在不断地随时间而演化，然而这种演化却再也不是整体性的，即，我们也能在主人公的身上感觉到时间的流逝，但主人公却似乎永远是生活在当下状态；流动的时间在主人公那里不再构成历史与未来这样可溯性与可延性的时间场景。这样，个体的存在其实便是被牢牢地盯在当下此刻，盯在每一个稍纵即逝的时间碎片中，他的存在也由此失去了整体性，而被随之碎片化；与此相一致的，是主人公也因此失去了对现实的整体思考能力，只剩下碎片式的感知。"[①] 20 世纪 90 年代以来的"新写实""新生代"执着于日常物质生活和欲望化叙事，正是现时主义大行其道，而理想主义萎缩匮乏的表现。20 世纪 90 年代以来叙述 80 年代的小说一方面以 80 年代为叙事对象，这一叙事对象选择就表现出其对历史连续性的重视，而历史往往成为反抗与逃离当下生活的诗性栖居之所；另一方面 80 年代正是众所周知的启蒙热情与理想主义高涨的时代，因此对 80 年代的叙述也就意味着向理想主义的致敬。姚鄂梅《像天一样高》副标题为"谨以此篇献给 80 年代"，可以看作对 80 年代所代表的理想主义精神的追悼与呼唤。

正是出于对理想主义的缅怀，20 世纪 90 年代以来叙述 80 年代的小说为我们塑造了一批坚持捍卫精神的乌托邦的理想主义人物形象。《风中的蝴蝶》中的桑巴、贝贝、梅兰等为了精神的自由飞翔，不惜选择了最为惨烈的方式，以粉身碎骨为代价去唤起更多的灵魂高飞。《像天一样高》中的小西、康赛、阿原，为了摆脱小城平庸烦琐的生活，为了为诗歌寻找到一片纯净无瑕的沃土，不惜自我放逐。他们共同营造的世外桃源"陶乐"象征着对世俗生活的抗拒逃离与对理想乌托邦的呵护。尽管阿原和康赛最终不得不向现实生活缴械投降，但小西却不为所动，依然坚定地背上行囊，踏上了理想的征程。他们对现实社会与现存状态永远充满失望与不满，他们并非生活于当下，而是面向历史与未来而存在。这一系列具有独立思想、批判意识与理想主义情怀的知识分子因其特立独行性而在 20 世纪 90 年代以来文学的人物画廊上熠熠生辉。

作为 20 世纪 90 年代以来文学中一道别样的风景线，"80 年代叙事"以其敏锐犀利的批判光芒以及浓烈高昂的浪漫主义色调为普遍精神低迷与趣味低俗的 20 世纪 90 年代以来的文学灌注了一股勃勃的生气。这种知识分子写作也昭示着"80 年代精神"在 90 年代的复归。

[①] 王世诚：《断裂时代的肯定性写作（下）——九十年代文学精神及其思考》，《扬子江评论》2008 年第 6 期。

二 在历史与现实之间的审美选择与叙事意识

80年代既是历史又是当下，或者说是"当下的历史"，当下的历史与遥远的历史的一个重大区别在于，遥远的历史与现实问题较少发生联系，而当下的历史中的许多命题都在现实中加以延续。因此，20世纪90年代以来叙述80年代的小说尽管叙述的是历史，却有较强的现实针对性与现实介入性。对象的特殊性使得20世纪90年代以来叙述80年代的小说区别于20世纪90年代以来主要以较远历史为叙事对象的新历史主义小说，从而也就避免了新历史主义小说所呈现出的相对主义与虚无主义等流弊。

从人物形象与情节来看，新历史小说往往刻意回避主流政治所重视的达官贵族、革命英雄、"工农兵"等，而是选择地主、资产者、小妾、土匪流寇等"边缘性"人物；而构成这些小说情节主体的则是这些人物的吃喝拉撒、婚丧嫁娶等日常活动。因此，新历史小说所呈现的历史多是野史、稗史，与历史学家所说的正史无甚关联。20世纪90年代以来小说对80年代的叙述既区别于正史，也不同于野史，而是介于二者之间。20世纪90年代以来叙述80年代的小说在人物选择上既有处于时代边缘的市井细民，亦有占据时代主流位置的精英知识分子；小说的情节主体既有普通人的日常生活、情感生活，亦有历史事件的呈现以及反映时代动荡与社会变迁的意识形态斗争；等等。这种在叙述主体和情节主体选择和建构上的多元化倾向使得叙述80年代的小说避免对80年代的单一化呈现。

从叙事目的与动机来看，新历史小说尽管以历史冠名，但其核心与焦点并非呈现特定的历史事实，甚至也不刻意营造逼真的历史氛围，而是以历史之名书写性、暴力、死亡等极端化的事件与场景。历史在新历史作家笔下仅仅只是一块幕布或背景，是其主观意念任意流淌、个人感受肆意挥洒的舞台。如果试图在新历史小说中寻访昔日历史的风貌与图景，将注定只是一场徒劳无功的虚妄之旅。"新历史主义小说越来越将历史的摄入当作一种'修辞'手段，关注历史是表面的，真正的动机纯粹源于美学方面。不仅没有了英雄角色，历史也仅仅只是审美的'符号'，这是'无历史'的历史。"① 而叙述80年代的小说，无论是有意识还是无意识叙述80年代，无论是以80年代为叙事对象还是叙事背景，80年代历史都是或隐或显地横陈于"80年代叙事"文本之中的客体存在，是小说的内核。叙述80年代的小说之所以并未坠入新历史小说弃置历史的深渊，在本质上是由80年代历史的"当下性"特点所决定的。其一，叙述80年代的写作者多是80年代的亲历者，而其读者也对80年代有或深或浅的印象或体会，这就在一定程度上对作家肆意虚构与想象历史构成阻碍与制约作用。其二，80年代一些历史遗产或历史问题往往延伸至当下，换而言之，现实问题或现实机遇是作家叙述80年代历史的触媒。因此，叙述80年代的小说对于80年代历史的起源性与连续性极其重视，从而也就避免了将历史完全抽空的历史虚无主义流弊。

从文本所反映的历史意识来看，新历史小说颠覆了以往以政治和阶级斗争来理解与结构历史的历史意识形态，转而从文化、人性等维度切入历史，这里的进步意义是显而易见的。不过，新历史小说在质疑与反思的同时却陷入矫枉过正的弊端，即将对历史的理解从一个极端推向了另一极端，吊诡的是这两个极端在思维模式方面又有着内在的一致性。"新历史主义小说只是解构了'反映'的方式，但没有能解构'反映论'的模式；它超越革命历史小说的'反映'只是为了达成一种对历史的新'认识'；它背离革命历史小说的'体验—意识形态'方式是因为它服膺于另一种意识形态。因此从这方面可以看出，新历史主义的解构本质上没有改变革命历史小说的认识模式，它改变的只是这种理性认识的方向以及最后的历史结论。单纯否定胜利者的历史，回避胜利者为什么是胜利者的历史问题，是将深度的历史表象化的肤浅行为。"② 叙述80年代的小说则体现了一种多元化的历史观念与历史意识。正如前文所述，从叙事立场来看，叙述80年代的小说大体可分为启蒙、后现代与保守主义这三个维度。叙事立场的多元化与历史意识的多元化互为因果，使叙述80年代的小说在历史反思

---

① 刘川鄂、王贵平：《新历史主义小说的解构及其限度》，《文艺研究》2007年第7期。
② 同上。

与重构方面取得重大突破。

从作家主体精神与价值观念方面的深层区别来看，可以说，正是作家主体精神与价值观念的差异导致了新历史小说与叙述80年代的小说在叙述主体、叙述动机、历史意识等方面的差异。20世纪90年代以来的新历史小说普遍表现出作家对现实的迷惘、思想的惶惑与精神的萎顿。在面向现实问题时的价值体系混乱与软弱无力使得他们不得不将目光投向遥远的历史，企图在历史中寻求精神抚慰与文化依托。而叙述80年代的小说，尽管也有少数价值虚无的作品，但大多数作品无论作家是否有意识地叙述80年代，也无论作家的叙事意图是为了重述历史还是表达对个体青春记忆的追寻，作家主体都表现出鲜明的价值定位，即针对现实社会中的一系列问题，或者从对历史的反思中追溯问题之源，或者从对历史的怀旧中吸取历史的精神遗产。因此，叙述80年代的小说普遍表现出一种试图接通80年代历史气脉的精神追求。

20世纪90年代以来叙述80年代的小说一方面在叙述方法与解构策略方面接受新历史小说的影响，另一方面又在历史意识与价值立场等维度表现出与新历史小说迥异的风貌。所以说"80年代叙事"小说是一种介于历史与现实之间，介于贴近与逃离之间，介于真实与虚构之间的历史叙事。

无论是从文学史的纵向脉络上与80年代叙述80年代的小说比较，抑或是从文学史的横向脉络上与同时期的其他叙事题材进行对比，20世纪90年代以来叙述80年代的小说在历史、文化、伦理、审美等多个维度确立了自身独特的价值与意义。

第二节　20世纪90年代以来小说的"80年代叙事"的局限与缺失

尽管如上文所分析的，20世纪90年代以来叙述80年代的小说在思想上与艺术上显示出独特的价值与意义，然而这些价值与意义只表现在一些特定的层面，如果从更高层次上对其进行综合考察与要求，可以发现20世纪90年代以来叙述80年代的小说存在着诸多的局限与缺失。有时候这些局限与缺失恰恰蕴含杂糅于价值与意义之中。对20世纪90年代以来小说的"80年代叙事"的局限与缺失的考察，一方面可以揭示其本身思想与创作的不足，另一方面可以透视整个当下文学的弊病。

一 "80年代叙事"之"80年代意识"之反思：与"文革叙事"小说比较

20世纪90年代以来，就文学版图而言，以80年代为叙事对象或叙事背景的叙述80年代的小说无论在数量上抑或质量上皆不足以与以"文革"为叙事对象或叙事背景的"文革叙事"小说抗衡。无论是伤痕文学的苦难控诉还是反思文学的民族文化反省，无论是先锋文学的荒诞叙述还是新历史小说的解构与戏谑，"文革"都或隐或显地盘踞于这些叙事潮流的中心位置，在上述文本中烙上意味深长而又不可磨灭的印记。如果说80年代"文革叙事"的繁荣可简单归结为满足人们宣泄与反思的心理需要、迎合意识形态在否定中建立自身合法性的历史需要和作为受难者的知识分子确证自身存在的现实需要的话，那么20世纪90年代以来"文革叙事"层出的原因则要复杂得多。它建立在对80年代"文革叙事"潜在不满的基础之上，与"文革"适当的历史距离以及政治意识形态的相对淡化使人们对描写对象有更为理性的观照，非"文革"亲历者的作家群体的加盟为非纪实性"文革叙事"打开了虚构与想象的空间等，这些因素都促使20世纪90年代以来一种迥异于80年代"文革叙事"的另一种"文革叙事"喷涌而出。而"80年代叙事"在80年代就相对薄弱而贫乏，尽管改革文学和新写实小说对80年代皆有所触及，但改革文学强烈的改革意识形态宣传功能以及新写实小说鲜明的市民意识形态倾向都阻碍了其对80年代的阐释，与其说它们在发现80年代，不如说是在遮蔽与改写80年代。20世纪90年代以来叙述80年代的小说没有主动地去占据任何文学思潮的主流，而是默默地进行着坚实的艺术开垦，以至于至今尚未引起研究者的足够重视。即使研究者对这类文本有所触及，也从未在"80年代叙事"这一层面与意义上概括这类文本的价值。"80年代叙事"与"文革叙事"的不平衡现象尽管可部分归结为叙事对象的差异，但这只是问题的表层，要追究这一现象的内在根源则需深入至20世纪90年代以来整体的文学环境、作家的思想状况、人们审美需求与审美观念的变迁等因素的考察。进而言之，透过"80年代叙事"与"文革叙事"的叙事差异以及共同的审美缺失，我们可以发现影响与支配20世纪90年代以来文学发展的许多症结性问题。

"文革"与80年代在20世纪中国可谓是相对特殊的历史阶段，具有鲜明而独特的时代特征与内涵。如果可以用二元对立式的概念来表述这两个时代的特征与差异，可以简单概括为：政治至上/文化崇拜、反人道盛行/人道复苏、封建主义回流/启蒙主义回归、反现代性实践/现代性诉求、封闭保守/开放进取等。这一系列对位式的概念描述在学界似乎已达成普遍共识，成为人们理解与评判"文革"与80年代的集体无意识。现在的问题是，何以代表负面价值体系的"文革"能获得20世纪90年代以来写作者的青睐，而代表正面价值维度的80年代却被有意无意地忽视与回避？这一现象尽管可以用叙事对象自身价值与其文学审美价值的不均衡加以解释，也即是说，某些假恶丑的叙事对象，反而具有更大的文学价值、能使人获得更多的审美体验。然而当我们深入"文革叙事"与"80年代叙事"的文本内部考察，却发现这一解释并不适用与自足。一般来说，从"审丑"到"审美"的过渡依赖于一系列美学转换机制，其中作家主体在丑的展示中明确的批判意识与审视意识是实现这一转换路径的重要策略与步骤。而20世纪90年代以来的"文革叙事"小说却往往沉溺于对"文革"各类丑陋社会现象与人性现象的纤毫毕现的展览之中，缺乏对"丑"的理性审视与批判。进而言之，"文革叙事"繁荣的原因与其说是为了表达对"文革"反人性的历史批判与反思，不如说是因为"文革"为满足人们的嗜丑癖好提供了一个极佳的平台。即使是"80年代叙事"文本，作家也普遍对80年代的正面价值认识与阐释不足，解构与戏谑80年代的小说远远大于对80年代精神的肯定与张扬。在某种程度上，"文革叙事"与"80年代叙事"的比例失衡及审美缺失与偏执可以看作20世纪90年代以来文学审丑与审美失衡和错位的表现，也可以看作20世纪90年代以来解构主义思潮的征候式反应。

与这种泛审丑现象相伴随的是作家对暴力与欲望的迷恋，这一创作倾向在80年代后期的先锋文学中即有所表露，至90年代更是愈演愈烈，逐渐演化为普遍性的创作潮流，形成所谓的"暴力美学"与"欲望美学"。与80年代的相对平稳与秩序井然相比，混乱的"文革"时代可谓是施展暴力与欲望的最佳舞台。"文革"中的批斗走资派、打砸抢、文攻武卫、普遍的禁欲主义为作家的文学想象提供了足够的背景与空间。由此似乎不难理解，20世纪90年代以来作家对"文革叙事"的偏爱其背后是对暴力叙事与欲望叙事的迷恋。余华早在80年代就逐渐形成关于"文革"的暴力叙事模式，二十年后的《兄弟》也延续了这种暴力加性的"文革叙事"模式：血腥的暴力场景在李光头一家与孙伟一家的悲惨遭遇中表现得极其壮观，与暴力相伴随的是由偷窥屁股事件所引发的欲望狂欢。如果说余华小说中暴力和欲望还处于分离的状态，那么刘醒龙《弥天》、阎连科《坚硬如水》等文本则将政治与性、暴力与欲望相拼接，形成二者互相促进、互相生发进而加倍凸显夸大的叙事模式。这种暴力叙事和欲望叙事"片面强调包含着复杂的社会历史内涵的'文革'中非理性因素，尤其是对性因素的夸张、铺排、想象、渲染，显然遮蔽了'喧嚣的泡沫下面真正有力量有深度的漩涡和暗礁、险滩和恶浪'，在迎合当下文学的气候、趣味中使历史时尚化、游戏化，'把历史强拉进一个狂欢的场所'回避了面对历史的残酷而走向滑稽"[1]。

如果说偶发的暴力与欲望叙事的嗜好可以归因为单个作家的心理因素或创作策略的话，那么当这种倾向逐渐成为普遍的文学潮流与叙事模式时，不得不引发我们对于当下文学生态环境的反思。20世纪90年代以来，伴随着市场经济的崛起，中国社会与文化发生一系列断裂与转型，市场经济、物质主义、消费文化、欲望至上逐渐取代80年代的理想主义、浪漫主义、启蒙主义成为20世纪90年代以来新的关键词。与之相应，文学功能也逐渐由启蒙、教化转变为娱乐、消费。重述80年代的浪漫与激情远

---

[1] 张景兰：《戏说与解构：转型时期"文革"题材小说一瞥》，《淮海工学院学报》2008年第1期。

远不能引起人们的共鸣，倒是充斥着政治斗争、饥饿、贫困、苦难、性压抑、暴力的"文革记忆"更能满足读者的感官刺激追求、窥视欲望与猎奇心理，更易引发市场的轰动效应。这种消费"文革"的"文革叙事"反映了20世纪90年代以来作家对消费意识形态与文化市场的迎合态度。可以说，市场决定了"文革叙事"的生产及其叙述方式。

有些作家缺乏独特的个性，往往习惯于跟风而动、紧跟潮流。"文革叙事"已经具有30年的历史，"文革"在不断的历史重述中被赋予了先天的历史性与深刻性，似乎只要写到"文革"，就意味着作品必然与揭示体制的弊端、暴露人性的残忍与暴虐等重大、现代命题相连接。这就难怪有论者在批评一篇"文革叙事"小说时指出："作者一直在用她的笔将主旨往'文革'上靠，努力要将小说与那个时代发生关系，想于小说中提炼出那个时代的特征、对那个时代的内含深意进行剖析。作者似乎相信，小说能因这样的努力而独特，其价值也能因此而大幅上升。"[①] 可见，"文革叙事"热在很大程度上与作家这种"往历史上靠，往政治上靠，往社会问题上靠，靠出大意义和大深度来"的"习惯性思维"密切相关。这在一定程度上反证了何以80年代尚未引发叙述者的足够兴趣。因为80年代或者"80年代学"发展尚浅，还未被赋予重大的历史与文化深度，叙述者普遍认为"80年代叙事"远不及"文革叙事"那样有深度、有意义。实际上，在许多"文革叙事"中，"文革"只是作家用来装点门面的工具，许多与"文革"无甚关联的故事也穿上"文革"的外衣借以显示自己的深度。

"文革"十年历史本身极富戏剧性与传奇性，文攻武斗、红卫兵造反、打倒走资派、知识分子劳改下放、知识青年上山下乡等，在这一系列动荡不安的历史事件面前，人们平静安稳的日常生活被打破，人物命运瞬息扭转，社会心态普遍浮躁疯狂，个人的权利与尊严被剥夺，人物性格也不同程度地遭到扭曲异化。以"文革"为叙述对象的小说往往借"文革"本

[①] 黄惟群：《一部值得推荐的优秀小说——〈特蕾莎的流氓犯〉赏析》，《南方文坛》2009年第2期。

身的戏剧性冲突作为推进小说情节发展的动力,这就自然省却了作家煞费苦心的情节营构。与"文革"的政治风云变幻相比,80年代可以说是风平浪静,波澜不惊,它缺乏影响人物命运的重大政治事件,与"文革"的故事性与传奇性相比,80年代显得极为逊色。因此作家在题材选择上对"文革"的偏爱除了上文提到的媚俗化心态以外,还与作家在叙述层面的漫不经心与避难就易不无关联。

如果说作家在情节架构上这种避难就易倾向还只是技巧层面的问题的话,那么他们在思想上的懒惰怯懦与避重就轻的问题则显得更为严重。如果作家对叙事对象缺乏独立的思考与评判,那么无论其作品在艺术上多么完善,都无法掩盖其思想上的贫血与苍白。五四时代的作者多是学者型作家,他们对文学、思想、时代等方面有很多独立的见解,因而作品往往充盈着思想的智慧。与之相比,20世纪90年代以来作家在知识结构、心理结构、审美习惯与审美想象等方面或多或少存在一定问题,很多作家缺乏独立深刻的思想、缺乏对时代的宏观把握能力、缺乏一定的人文价值理念。为了掩饰这种思想能力上的不足,一些作家在叙事对象选择上往往倾向于一些在政治立场、思想评判上已形成初步定论的对象,他们习惯于遵循既定的思想成规与叙事成规来展开文学叙事,对那些尚未形成统一性认识与定论的对象则尽量小心绕过,竭力避免触雷。这就不难解释何以80年代作为思想史前沿与先锋的文学到了20世纪90年代以来往往沦为思想史的附庸。对"文革"的理解与阐释,尽管思想界还存在一定争议,但在总体方向上是以否定性与批判性为主,这为作家的"文革"想象确立了基本基调。而思想界对于80年代则尚未形成较为稳定一致的看法,80年代还有很多问题尚待清理。因此,叙述80年代意味着作家需要在思想意识层面做出自己更多的独立判断与思考,意味着作家需要具备一定的思想冒险精神,而这种独立思考与冒险精神恰恰是20世纪90年代以来许多作家所匮乏的。

同样,对于国家意识形态,20世纪90年代以来文学往往缺乏反抗的勇气。尽管"文革叙事"依旧存在一定的禁区,但是诸如"阳光灿烂的日子"以及"激情燃烧的岁月"等浅度的"文革叙事"却潜在地表现出对国家意识形态的迎合倾向。而"80年代叙事"则要相对复杂得多。一些蕴含着80年代的时代精义的事件或现象至今尚未得到国家意识形态的肯定性评价,对这些事件的重新思考意味着更多的思想挑战。因此,一方面对代表80年代时代精神的事件书写的不可能,另一方面抽空了80年代精神的"80年代叙事"又显得缺乏意义,20世纪90年代以来作家不得不放弃对80年代的深度关注与思考。

二 历史感的匮乏与历史意识的危机

如上所述,尽管20世纪90年代以来叙述80年代的小说较之80年代叙述80年代的小说呈现出复杂化与多样化的特点,然而作为历史书写文本,仍不可避免表现出历史感的匮乏与历史意识的危机。这一匮乏与危机具体表现在以下几个层面:

首先,在历史书写的限度上,20世纪90年代以来叙述80年代的小说尽管有所突破,但这一突破却是有限的。"一个时代的定形化意识并不随着发生在其近邻或各种人文科学所标界的领域里的'事件'发生相应的变化。相反,事件通过一个特定时间与地点占统治性的再现方式所许可的句法策略把它们拼入这套词汇表与分析之中而获得了'事实'的地位。"[①] 文学在一定程度上是以对"统治性"的反抗来彰显自身的独立精神与自由思想的权利的,对过去的刻意遗忘在某种程度是对文学精神的抛弃。此外,对历史的遗忘意味着对过去的背叛,如果缺乏对80年代重大政治社会现象的理解和阐释,那么对80年代的描述无疑存在巨大缺憾。

其次,历史书写的价值立场的犹豫与缺失。受新历史主义的影响,20世纪90年代以来一些叙述80年代的小说表现出解构80年代的叙事倾向,对80年代的精神意义发现与估计不足。尽管80年代有其空疏肤浅的一面,尽管80年代的激情往往沦为了常规俗套,但它特殊的历史意义是不容忽视的。正如莫里斯·迪克斯坦论述美国的60年代所描述的:"它可能成为衡量我们思想和行为方式的一个永久的参照点。"[②] 因此,80年代的

---

① [美] 海登·怀特:《解码福柯:地下笔记》,张京媛:《新历史主义与文学批评》,北京大学出版社1993年版,第117页。
② [美] 莫里斯·迪克斯坦:《伊甸园之门》,方晓光译,译林出版社2007年版,第288页。

精神遗产是不能够被轻易否定与抹杀的。20世纪90年代以来一些叙述80年代的小说在一定程度上扭曲了80年代，在反思现代性的弊端中矫枉过正，以物质主义和享乐主义解构80年代的精神文化价值，从而与90年代后现代主义文化语境达成了合谋。如果说，80年代小说刻意发掘80年代的伟大、崇高、启蒙、激情等层面有迎合主流意识形态的一面，那么20世纪90年代以来一些叙述80年代的小说所表现出的普遍解构80年代的叙事倾向同样如福柯所认为的是按照通行的指示来思维，受到主流权力话语的规约和塑造。20世纪90年代以来主流权力话语正是借消费主义、后现代主义等形形色色的思潮来消解启蒙。当这种消解与解构启蒙的主流话语占据作家的思维时，作为"启蒙时代"的80年代自然成为解构的对象。这也进一步印证了上文所论述的作家独立精神和自由思想之不足。当作家缺乏对历史的独特敏感的把握时，其小说对历史逻辑的把握，对历史经验的穿透无疑是缺失的。解志熙在《深刻的历史反思与矛盾的反思思维》[①]一文中特别强调对反思思维也应该进行反思。因为"反思"容易站在一个理想主义的立场上，追求一个毫无弊端的选择。而所有的选择都必然是有偏差的，同时也容易以"事后诸葛亮"的姿态，把所存在的偏差夸大：这不仅容易缺乏历史感，而且也容易使自己走向另一种偏差。20世纪90年代以来叙述80年代的小说也多多少少地表现出这种以反思之名遮蔽历史具体性与复杂性的叙事倾向。

再次，对历史中的人的存在关注不足。80年代最为核心的意义在于启蒙思想引发的社会公众内部意识的变迁，以及深刻的情感变动、道德改观与习俗变迁，这也势必应该成为"80年代叙事"的核心。米兰·昆德拉曾经提到自己小说处理历史的原则，其中最重要一条是"不光历史背景必须为一个小说人物创造出新的存在处境，而且历史本身必须作为存在处境来理解，来分析"[②]。昆德拉还特别强调区分"审视人类存在的历史范畴的小说"与"表现特定的历史环境"的"小说化的历史记录"。[③] 也就

[①] 解志熙：《深刻的历史反思与矛盾的反思思维》，《中国现代文学研究丛刊》2002年第2期。
[②] ［捷克］米兰·昆德拉：《小说的艺术》，董强译，上海译文出版社2004年版，第48页。
[③] 同上书，第46页。

是说，叙述历史的小说，其核心应该是表现特定历史范畴下人的生存状态，人的情感意识，"去理解被投进这一进程的旋涡中的人，理解他的一举一动，理解他的态度，只有这才是重要的"[1]。可以说，人的存在而非特定时期的社会环境与社会结构构成了一个时代的核心。尽管有些小说的"80年代叙事"反映了80年代启蒙文化对于人性觉醒的巨大影响，但总体来说，其对80年代特定历史范畴下人的存在的关注仍然是薄弱的甚至是匮乏的。在这些小说中，80年代历史与时代氛围影响下个体独特的生命体验、内在感受与价值倾向未得到充分的开掘。

复次，与这种对特定历史背景下人的存在的把握乏力相对应，20世纪90年代以来部分叙述80年代的小说对80年代的文化、社会、时代特征的观照与概括同样是乏力的。如果我们想从这些小说中概括出80年代的特征与整体风貌，那无疑是一场劳而无获的虚妄之旅。在这些小说中，80年代往往是支离破碎、面目模糊的存在，我们无法根据作家的创作来把握80年代的时代风貌、社会形态与精神气质。的确，后现代历史观强调历史的不确定性与历史真相的不可把握性，强调以断裂、偶然的历史碎片来代替整体性、统一性的宏大历史图景。但后现代历史观的潜在前提是反对本质化的、宏大理性的历史哲学理论，如果丧失了这一反叛前提，后现代历史观的意义将会大打折扣。而20世纪90年代以来许多小说的"80年代叙事"，一味沉浸在后现代历史叙事破碎的历史图景中漂浮、狂欢，放弃了对时代全景性、整体性进行把握的努力。这种历史叙事除了满足人们解构历史的游戏冲动外，在本质上也无助于人们对80年代历史的理解与把握。

最后，20世纪90年代以来一些叙述80年代的小说除了表现出对历史中人的存在把握乏力和将历史支离破碎化以外，有些作家在叙述中还表现出将80年代本质化的叙事倾向。这种本质化叙事的原因可归纳为以下几点：一是作家在现实语境触发下，希望借对80年代的缅怀与追忆表达对当下的审视与批判，80年代在这样的怀旧式的抒情中很容易被

---

[1] ［捷克］米兰·昆德拉：《小说的艺术》，董强译，上海译文出版社2004年版，第55页。

本质化。二是作家对时代缺乏把握能力，缺乏自我的时代体验，在叙述中不得不借助现有的概括，从而自然将时代简单化。这与我们上文提到的叙述80年代的作品数量上的匮乏是一致的。三是一些作家在解构80年代小说的"80年代叙事"时，又不自觉地走向了另一个误区。这与伊格尔顿所警惕的"在过分历史化的时候，后现代主义也会历史化地不足，以它自己多元论原则臭名昭著的侵犯性抹平了历史的多样性和复杂性"具有内在的一致性。① 余华在《兄弟》的《后记》有言："这是两个时代相遇以后出生的小说，前一个是'文革'中的故事，那是一个精神狂热、本能压抑和命运惨烈的时代，相当于欧洲的中世纪；后一个是现在的故事，那是一个伦理颠覆、浮躁纵欲和众生万象的时代，更甚于今天的欧洲。一个西方人活四百年才能经历这样两个天壤之别的时代，一个中国人只需四十年就经历了。四百年间的动荡万变浓缩在了四十年之中，这是弥足珍贵的经历。连接这两个时代的纽带就是这兄弟两人，他们的生活在裂变中裂变，他们的悲喜在爆发中爆发，他们的命运和这两个时代一样地天翻地覆，最终他们必须恩怨交集地自食其果。"我们发现，余华对历史与时代的认知较为片面，这种片面性一方面表现在他将四十年归结为"文革"时代和当下时代，完全将80年代的意义抽空和简化。另一方面，对"文革"和当下时代，他以禁欲和纵欲来概括这两个时代的特征，无疑存在二元对立与简单化的嫌疑。具体落实到其小说中，"80年代"与"90年代"这两个时代的差异性被大大遮蔽与抹杀了。作为深受80年代启蒙思想的滋养并在80年代崛起的作家何以轻易回避对80年代的阐释与评价这一现象无疑值得我们深思。

"文学历史主义者（无论新旧）所给予文学的正是历史主义理论（特别是新历史主义理论，它强调历史读者的构成性参与）对任何明显的文化形式所不应给予的东西：即形式主义理论所主张的文学的那种力量，那种通过'伟大作家'和他的经典作品这个中介把我们同真实的事物联系在一

---

① ［英］特里·伊格尔顿：《后现代主义的幻象》，华明译，商务印书馆2000年版，第60页。

起的那种无与伦比的特殊能力。"① 比较理想的历史叙事是从个人生命体验出发,以历史中人的存在,人的历史感受为中心,以特定的价值立场与伦理观念去观照一定历史过程,从而建立人们对于逝去历史的认知。这种从个人到历史,从历史到个人的二度循环过程使得历史叙事既避免忽视个体存在与个体感受,又避免放逐对历史全景的描述与阐释。然而综观20世纪90年代以来叙述80年代的小说,能做到这一历史与个人二度循环的作品却并不多见。

第三节　反思80年代的两翼
——文学史对80年代文学的历史叙述与文学创作的"80年代叙事"之间的张力

20世纪90年代以来,对80年代文学史的重新发现与阐释逐渐成为研究界的一大热点。从零散的对单个作家作品的重评,到洪子诚《中国当代文学史》、陈思和《中国当代文学史教程》、孟繁华和程光炜《中国当代文学发展史》等对80年代文学整体性的再评价一直到最近几年以"重返八十年代"或"反思20世纪80年代"②为口号的重评80年代文学的热潮都可看出20世纪90年代以来研究者在历史意识以及价值观念、研究方法等层面的变化。③ 80年代文学是80年代历史的一个重要组成部分与有机结构,80年代文学与80年代历史有着深层的互动关系。"伤痕""反思"文学是80年代初整个社会控诉与反思"文革"的时代记录;"改革

---

① [美]弗兰克·林特利查:《福柯的遗产:一种新历史主义》,张京媛主编:《新历史主义与文学批评》,北京大学出版社1993年版,第146—147页。
② 21世纪以来,《文艺争鸣》《当代作家评论》《当代文坛》《南方文坛》《文艺理论与批评》等杂志先后开设了"旧作重读"或"反思20世纪80年代"、"重返八十年代"等专栏,并结集出版了程光炜:《文学讲稿:"八十年代"作为方法》(北京大学出版社2009年版)、洪子诚等:《重返八十年代》(北京大学出版社2009年版)、杨庆祥等:《文学史的多重面孔:八十年代文学事件再讨论》(北京大学出版社2009年版)。
③ 值得注意的是,上述研究者对文学史的重述较为自觉,大多有文学史理论论著问世:如,洪子诚:《问题与方法》(生活·读书·新知三联书店2002年版)、程光炜:《文学史的兴起》(福建教育出版社2008年版)、李杨:《文学史写作中的现代性问题》(山西教育出版社2006年版)。

文学"是80年代现代化追求的最生动的记录;"寻根文学"和"先锋文学"表现了80年代在传统与现代、东方与西方、本土化与世界化之间无所适从的时代惶惑;"新写实小说"则是80年代末社会与文化心理的表现。正是在这一维度上,20世纪90年代以来文学史对80年代文学的重新评价与阐发亦可看作重述与反思80年代的一个重要路向。它与20世纪90年代以来文学创作的"80年代叙事"互相生发、互相补充、互相促动,构成了20世纪90年代以来反思80年代的重要两翼。不过共谋与纠结只是20世纪90年代以来重述80年代文学史与"80年代叙事"之间关系的一面,二者之间还或深或浅地呈现出差异、分歧、矛盾、断裂的一面。

一 文学史对80年代文学的历史重述与文学创作的"80年代叙事"之间的共谋

如果说,对80年代文学的历史重述作为近年来文学的研究热点,反映了研究者重新清理80年代文学及80年代思想的热情与自觉意识,那么部分作家早在90年代初就以重新叙述80年代的形式表达了对80年代文学及80年代的潜在认同与不满。只是由于这些创作散见于各类作品中,处于文学主潮之外,再加上小说主旨的隐蔽性以及文学阐释的多元性、滞后性等因素,20世纪90年代以来叙述80年代的小说重述80年代的意图与意识并未引起足够的重视。

20世纪90年代以来文学史对80年代文学的历史重述与小说的"80年代叙事"首先表现为一种共谋关系。所谓共谋可以分为几个层面:一是二者作为同时期的两种文学现象,具有相似的文化背景与理论根源;二是二者在目的或利益诉求上具有一致性;三是二者在对80年代的反思向度上有一定程度的重合;四是二者能起到相互补充、相互激发与促进的作用。下文将分别从这四个方面加以阐释与说明。

总体而言,20世纪90年代以来的社会结构变迁、文化断裂以及思想界的分化为重新思考与解释80年代提供了基本背景与依据;而20世纪90年代以来新左派、后现代、后殖民等具有强烈解构主义色彩的"反思现代性"的理论知识与思潮的涌入则为文学史对80年代文学的历史重述和"80年代叙事"提供了知识储备与理论支撑。作为80年代文化思潮主导人物的甘阳的一段话比较鲜明地揭示了八九十年代价值取向的变迁,并试图在20世纪90年代以来精神裂变与文化危机的宏观背景下重新认识80年代的精神价值与意义:"我个人觉得90年代以来的价值取向比较单调,整个社会似乎只有一个惟一的评价标准,就是是否符合经济改革,是否符合市场效益,用一个标准压掉了所有其他的价值取向。相对而言,80年代整个社会正处于摸索的阶段,思想反而比较活泼,价值取向也比较多元,不同取向之间也更多点宽容,没有现在这么狭隘,这么功利主义。"因此,他认为最近几年的80年代热"多少隐含着对90年代和现在的某种反省"。"我们今后的社会是否可能更多点文化趣味,更多点人文气,少点低级趣味,少点市侩气,我想这可能是回忆80年代后面的一种期待。"①20世纪90年代以来不少小说采用八九十年代的对比结构展开叙事,也隐含着对20世纪90年代的批判与对80年代的怀旧与认同。

如果说20世纪90年代以来的文化裂变与价值转向引发了一些研究者与作家对于80年代的怀旧与认同,那么20世纪90年代以来新的知识谱系、价值立场、问题意识则为批判与反思80年代提供了方法论与认识论的支持。20世纪90年代以来叙述80年代的小说受新知识的影响前文已多有涉及,这里仅侧重于分析文学史对80年代文学的历史重述的新的知识谱系。文学史研究者对新的知识有比较自觉的意识,"我们提出的'重返',是试图通过将我们这一代人自认为亲历和熟悉的80年代重新陌生化,以90年代以后的知识与80年代对话"。②从现有的对80年代文学的历史重述的研究成果来看,这一新的知识可以分为三个向度:一是探讨特定时期文学是如何发生与起源的、文学经典是如何生成的、文学合法性是如何建立的、文学的成规是如何建构并作用于创作的、文学场域的分化与组合、文学史的权力等方面的文学理论论著是研究者对80年代文学进行

---

① 甘阳:《八十年代与现代性批判》,《书摘》2006年第4期。
② 李杨:《重返八十年代:为何重返以及如何重返就"八十年代文学研究"接受人大研究生访谈》,《当代作家评论》2007年第1期。

历史重评的重要文学理论资源。① 二是关于 80 年代的回忆录、传记、访谈、史料等的出版为重返 80 年代提供了大量丰富芜杂的历史细节，为研究者重新认识 80 年代文学的错综复杂的历史语境与面貌打开了一扇窗口。② 三是福柯的知识考古学与谱系学理论、詹姆逊的意识形态与文化政治理论③、伊格尔顿的政治批评理论④、萨义德的后殖民批评理论、埃里克森的身份认同理论⑤、现代性反思理论⑥等为研究者对 80 年代文学的历史重述提供了理论资源。正是这一系列新的知识与批判武器拓展了研究者的眼光与批判视野。

文化语境的转化与新的知识谱系为 20 世纪 90 年代以来文学史对 80 年代文学的历史重述和 "80 年代叙事" 提供了外因与条件，而作家与研究者内在的目的或利益诉求则是这一重述的内在动力。20 世纪 90 年代以来无论是小说的 "80 年代叙事" 还是对 80 年代文学的历史重述，其对以往的叙事与研究都表现出潜在的不满，换而言之，反思、批判与超越之前

---

① 常被重新评价 80 年代文学的研究者引用的文学理论书籍有 [荷兰] 佛马克、蚁布思：《文学研究与文化参与》（北京大学出版社 1996 年版）、[法] 布迪厄：《艺术的法则：文学场的生成和结构》（中央编译出版社 2001 年版）、[德] 斯蒂文·托托西：《文学研究的合法化》（北京大学出版社 1997 年版）、[法] 米歇尔·福柯：《知识考古学》（生活·读书·新知三联书店 1998 年版）等。

② 最近几年，涉及 80 年代文学的史料主要有刘锡城：《在文坛边缘上——编辑手记》（河南大学出版社 2004 年版）；陈为人：《唐达成文坛风雨五十年》（溪流出版社 2005 年版）；徐庆全：《风雨送春归——新时期文坛思想解放运动记事》（河南大学出版社 2005 年版）；徐庆全：《文坛拨乱反正实录》（浙江人民出版社 2004 年版）；徐庆全：《周扬与冯雪峰》（湖北人民出版社 2005 年版）；程永新：《一个人的文学史》（天津人民出版社 2007 年版）；王安忆、张新颖：《谈话录》（广西师范大学出版社 2008 年版）、王蒙：《王蒙自传》（花城出版社 2006 年版）等。

③ 如贺桂梅：《"纯文学"的知识谱系与意识形态》（《山东社会科学》2007 年第 2 期）、《先锋小说的知识谱系与意识形态》（《文艺研究》2005 年第 10 期）、《后/冷战情境中的现代主义文化政治》（《上海文学》2007 年第 4 期）；杨庆祥：《〈尚义街六号〉的意识形态》（《海南师范学院学报》2007 年第 1 期）。

④ 如吴俊：《环绕文学的政治博弈——〈机电局长的一天〉风波始末》，《当代作家评论》2004 年第 6 期。

⑤ 如何言宏：《"人民"认同的历史省——"文革"后知识分子身份认同的历史性源起研究之一》（《文艺争鸣》2002 年第 1 期）、《"右派作家"的"革命"认同——"伤痕"、"反思"小说新论之一》（《人文杂志》2000 年第 5 期）；白亮：《"私人情感"与"道义承担"之间的裂隙——由遇罗锦的"童话"看新时期之初作家身份及其功能》（《南方文坛》2008 年第 3 期）。

⑥ 如韦丽华：《"改革文学"的现代性叙事反思》（《南京师范大学文学院学报》2004 年第 2 期）；刘旭：《高晓声的小说及其"国民性话语"》（《文学评论》2008 年第 3 期）。

的叙事与研究是其主要诉求。在此基础上，他们试图建构属于自己的个人化的80年代。文学史对80年代文学的历史重述"将八十年代重新变成一个问题，它尝试通过将八十年代历史化和知识化，探讨何种力量与何种方式参与了八十年代的文学建构"①。有论者用"重建政治维度"②来概括其意图、策略与方法，可谓是抓住了问题的本质。文学史对80年代文学的历史重述关注的侧重点是80年代文学产生的社会背景、文化氛围、社会情绪，制约与规训80年代文学的政治与文化体制、意识形态，80年代文学所能反映的80年代的思想态度、精神生活、文化脉络与历史观念，总之他们对附着在80年代文学之上的一系列隐喻与修辞更感兴趣。"重返八十年代"的倡导者李杨认为"八十年代的规训主要采取的不是这种外在的暴力形式，而是采取内在的方式实施的"，进而他强调文学研究的历史化原则，将文学放在80年代特定的中国社会政治语境中，研究80年代文学与80年代文化政治的内在关联。③正是从政治维度出发，"重返八十年代"建构了一种不同于以往文学史叙述的80年代文学。总体而言，对80年代文学的历史重述的反思倾向和意图更为明显，而"80年代叙事"是否有意识地反思以及能否建构自己的80年代观则因作家而异。不过，应当指出的是，作家反思意识的自觉程度与作品反思的强度与深度并不成正比关系。有些作家并非有意识地对80年代进行重新叙述，但他从个体感受出发呈现80年代的历史面貌，其作品可能更具反思与建构价值。

尽管不同的作家和研究者对80年代的具体样态的描述与评判有着并非一致的看法，然而他们对80年代的认识起码达成两点共识：一是无论是20世纪90年代以来80年代的"文学叙事"还是文学史对80年代文学的历史重述的"历史叙事"，他们的80年代重述所呈现的80年代历史远非原初与本源意义上的80年代，而是依据当下语境、历史经验与文献材料所想象与建构的80年代，这里的80年代具有虚构性与想象性。李杨认

---

① 程光炜、李杨：《主持人的话》，《当代作家评论》2006年第2期。
② 赵牧：《"重返八十年代"与"重建政治维度"》，《文艺争鸣》2009年第1期。
③ 李杨：《重返八十年代：为何重返以及如何重返就"八十年代文学研究"接受人大研究生访谈》，《当代作家评论》2007年第1期。

为文学史的叙述不可避免存在想象的成分："历史著作常常就是一种历史记忆，然而从不同时代、不同立场和不同思路出发的往事回忆，往往呈现出不同的历史叙述，建构出不同的现代主体。更重要的是，不只是个人回忆会有种种夸张、遗忘和涂抹，整体的历史叙述也会由于环境和现实而变化，表现出不同的意识形态和文化取向，这使得'文学史'成为了一种历史叙述，成为了一种追忆和编撰，成为了一种不折不扣的'历史想像'。可以说，每一部历史著作的完成，都曾经过叙述上的虚构和情节化的操作，包含被拓展了的隐喻象征结构。"[1] 根据这一观点，对于80年代文学的历史重述也不可避免的是一种历史虚构与想象的产物。二是他们都充分认识到历史的复杂性、含混性、多面性与模糊性，因此并不试图对80年代做出一元化、单极化的判断，这就避免了对80年代的片面怀旧或片面反思。走向怀旧的极端意味着无视80年代的问题，千方百计为80年代涂脂抹粉；走向反思的极端意味着为反思而反思，将80年代批评得一无是处。正如一位80年代的当事人所说的："我们不能因为今天对改革的反思，而就此对20世纪80年代持一种简单的否定态度，亦不能因为对社会主义经验的重视，就对20世纪80年代的伟大意义怀有疑虑。历史并不是如此简单，如此的非此即彼。尤其是，当时整个社会都被卷入思想解放运动的潮流之中，其内在的合理性就很难被轻易否决。……正是因为20世纪80年代，前'三十年'的那种无所不在的同一性才有可能被彻底冲垮。在这一意义上，20世纪80年代的价值，怎么评论也不算为过。这并不是说，20世纪80年代就不能被反思，而是应该怎样反思。我不能同意的，是在昨天和今天之间设置一种简单的推演关系。……历史就是如此的复杂，但是，我们如果牺牲了历史的复杂性，那么，我们也就失去了自身思想的复杂性，剩下的，只能是不负责任的哗众取宠。"[2] 最大限度地发掘80年代的复杂性是作家和研究者的共同诉求。

在反思向度上，20世纪90年代以来对80年代文学的历史重述与"80

---

[1] 李杨：《文学史写作中的现代性问题》，山西教育出版社2006年版，第11页。
[2] 蔡翔：《两个"三十年"》，《天涯》2006年第2期。

年代叙事"表现出一定程度的重合。由于文学史对80年代文学的历史重述在理论视野和自觉程度上相对较高，所以从反思维度上来看，对80年代文学的历史重述具有多重的反思向度。如反思文学现代性叙事的维度、反思纯文学的意识形态性维度[①]、反思80年代文学与十七年、"文革"文学的内在关联维度[②]等。基于80年代文学与社会历史的关联性，这一系列反思维度既是反思80年代文学的角度，也是反思80年代历史的角度。因此，在一定程度上可以说，对80年代文学重述的这些理论与思想维度对于"80年代叙事"的思想与精神的提升具有或深或浅的指导意义。

20世纪90年代以来对80年代文学的历史重述与"80年代叙事"表现出相互补充相互促进的关系。对80年代文学的历史重述之于20世纪90年代以来的"80年代叙事"促进表现为：一方面，对80年代文学的一系列反思强化了80年代文学在反映时代层面的历史局限性，从而激发了一部分作家重述80年代历史的兴趣与信心；另一方面，对80年代文学的历史重述的理论思考也开拓了部分作家的思想视域，使"80年代叙事"更具理论深度与历史深度。而"80年代叙事"之于80年代文学史重述的补充关系表现为：一方面，"80年代叙事"关于80年代丰富的历史场景的呈现与描述是对80年代文学史重述的有力印证；另一方面，20世纪90年代以来小说的"80年代叙事"与80年代对于80年代的叙事的差异对比对80年代文学史重述具有重要的启发意义。

二 文学史对80年代文学的历史重述与文学创作的"80年代叙事"之间的裂隙

对80年代文学的历史重述与"80年代叙事"的上述共谋关系并不能掩盖二者之间的差异与断裂。这一差异与断裂是由二者关注对象及侧重点的不同所决定的。之所以要考察对80年代文学的历史重述与"80年代叙

---

① 李杨：《"好的文学"与"何种文学"、"谁的文学"》(《南方文坛》2003年第1期)，蔡翔：《何谓文学本身》(《当代作家评论》2002年第6期)，贺桂梅：《"纯文学"的知识谱系与意识形态》(《山东社会科学》2007年第2期)。

② 李杨：《重返"新时期文学"的意义》，《文艺研究》2005年第1期。

事"的差异与断裂处,其目的在于加深对二者之间矛盾、对立与差异的认识,进而反思二者在对80年代认识上的独特价值与局限性。

有研究者在肯定近年"重返八十年代"重新阐释与评价80年代文学史的基础上,指出"面对80年代这段'光荣与梦想'般的历史,如果学术论文也能提供更多的历史细节而不光是在逻辑的层面推衍,它就不仅具有了可读性,也会增强更大的说服力"[1]。这在一定程度上可谓是击中了文学史对80年代文学的历史重述的软肋。历史往往离不开一系列性格迥异、面貌纷呈的历史人物,悬念迭出、风云变幻的历史事件,奇崛诡异的历史场景以及充满人间烟火的日常生活与风俗等细节元素,因此,如果历史叙事仅仅停留于观念与逻辑演绎的层面,那么这种历史叙事只抓住了一具历史骨架,却舍弃与放逐了丰富饱满的历史血肉。文学史对80年代文学的历史重述毕竟隶属文学研究的学术范畴,学术研究的概括性与严谨性的要求阻碍了其对于80年代丰富博杂的历史细节的呈现。相比而言,由于文学作品的虚构性与故事性,20世纪90年代以来叙述80年代的小说提供了大量关于80年代的鲜活的个人记忆与丰富的历史细节,可以说是对上述缺憾的有效弥补。无论是80年代的"新土改"运动对个体命运的影响、个体户大潮所引发的伦理裂变、知识分子在80年代的活动及其影响等历史细节在"80年代叙事"中都得到了很好的呈现。另外,文学史对80年代文学的历史重述,其经由逻辑推演所展示的历史往往前后连贯、整齐划一、一丝不乱,而20世纪90年代以来小说的"80年代叙事"所呈现的历史则零乱不堪、五花八门、歧异纷呈。逻辑演绎的历史叙述由于刻意强调历史的逻辑性而忽视了对那些另类边缘的历史的发掘。当然,从价值与意义评判上来看,这并非意味着对80年代的日常生活与历史细节重现就必然大于对80年代内在发展逻辑的推演,应该说二者有其各自适用的领域与范围,又起到互相补充与丰富的作用。因此,这就要求对80年代文学的历史重述在观念与逻辑推演中不可忽视80年代丰富的历史细

---

[1] 赵勇:《〈兄弟〉读者八十年代——〈当代文坛〉新设栏目阅读札记》,《文艺争鸣》2008年第11期。

节的呈现，同时"80年代叙事"在呈现历史日常生活细节时又不可一味沉湎于细节，为细节所湮没。

对80年代文学的历史重述特别强调要打破历史断裂论的思维模式与研究路径，从时代与历史连续性的维度展开对80年代文学的重新研究。李杨早在《没有"十七年文学"、"文革文学"，何来"新时期文学"？》一文就对那种否定50—70年代文学的断裂论文学史模式发出了诘问，到了《重返"新时期文学"的意义》[①]，他更是对80年代的历史断裂论的思维模式及其成因提出质疑："'断裂论'总是试图把历史划分为互无联系的离散本体与完全可知的部分。但混杂物不仅从未消失，而且还在扩散，当混杂物生成时，越界事件就会不断发生。实际上，如果真的在文本之外有一个真实的历史存在的话，这些历史'真相'的常态肯定是'混杂的'而非'纯净的'，而且肯定处于一个不断混杂的过程之中。"进而他从80年代文学与政治的关系、80年代文学的制度化问题等层面指出80年代文学与"文革"文学的联系。同样，王尧在《"重返八十年代"与当代文学史论述》[②]一文中特别指出："'八十年代'所包含的问题是与之前的历史和之后的现实相关联，这些问题发生在八十年代，却有'前世'和'今生'。"因此他强调关联性研究，探讨"文革"是如何过渡到80年代的以及80年代与90年代的内在发展轨迹问题。具体言之，即"从'文革'时期的社会思潮和文学思潮中挖掘积极的因素来论述'新时期'到来的必然性以及历史断裂中的进步力量"；从"新启蒙"与"纯文学"的历史局限性中、从80年代的现代化想象等维度理解从80年代过渡到90年代的内在根源。关于80年代文学前世今生的历史研究也出现了不少成果。[③] 与研究界关于历史连续性的自觉意识相比，由于种种主客观条件的限制，20

---

① 李杨：《重返"新时期文学"的意义》，《文艺研究》2005年第1期。
② 王尧：《"重返八十年代"与当代文学史论述》，《江海学刊》2007年第5期。
③ 比如蔡翔、罗岗、倪文尖：《当代文学六十年三人谈》（《21世纪经济报道》2009年2月16日）、程光炜：《新时期文学的"起源性"问题》（《中国人民大学学报》2009年第5期）、王世诚：《断裂时代的肯定性写作》（《扬子江评论》2008年第6期）、李云雷：《"神话"，或黄金时代的背后——反思80年代文学的一个视角》（《天涯》2009年第2期）、黄平：《新时期文学的发生——以〈今天〉杂志为中心》（《海南师范大学学报》2007年第3期）等。

世纪90年代以来叙述80年代的小说在揭示时代关联性的深广度方面还较为薄弱。特别是"80年代叙事"在叙事"文革"和80年代这两个时代时不少作家往往采取断裂的叙事态度,真正具备自觉的关系性思维的作家并不多见,即使稍有这方面意识的作家,其关于历史连续性的思考往往只是支离破碎地呈现与表露,不具整体的思想冲击力。

从价值判断的清晰性与明确性来看,对80年代文学的历史重述的知识立场与价值判断比较鲜明。对80年代文学的历史重述其潜在的反思与批判对象是之前关于80年代文学的叙述格局及其所体现的叙述原则、价值预设与研究方法。因此,其所谓的"重返"就不可避免地要提出一整套区别于之前文学史叙述的价值理念。因此,研究者关于文学史研究的价值判断往往有比较自觉的意识。"在文学史的框架中研究文学现象,一个醒目的问题是难以回避'价值判断'。轻率的决断容易致使研究对象简单化,而采取相对主义方法则会使描述犹豫不定,影响到问题更丰富和有力度的呈现。"[①]

同时,他们对知识立场的适用性问题也显得比较谨慎:"当我们设定一种新的知识立场时,这一立场会不会游离于所讨论的问题,尤其是游离于当时文学的'现场',而不能与讨论的对象进行真正的接触、摩擦并产生富有启示性的分析?"[②] 而"80年代叙事"则回避先在的知识立场与明确的价值判断,可谓含而不露,让历史人物和事件自己说话。不过,也正是"80年代叙事"在知识立场与价值判断方面的模糊性,其在思想刺激性与冲击力方面存在一定的局限。如何在既具备一定的价值判断又不陷入偏执之间寻求一个平衡点是对80年代文学的历史重述和"80年代叙事"亟待面对与解决的问题。

重述80年代,是一场历史重构与主体建构的双向动态过程,同时也是一个联结过去与未来的重大课题。对80年代文学的历史重述与20世纪90年代以来小说的"80年代叙事"之间的分野和裂隙与二者不同

[①] 程光炜:《重评"先锋文学"》,《文艺研究》2005年第10期。

[②] 同上。

的研究范畴、不同的写作主体不无关联，二者的优势与缺憾也与这种不同相对应。因此，二者之间应该加强联系与沟通，取长补短、互生互动，一方面对80年代文学的历史重述为"80年代叙事"提供理论与思想资源；另一方面"80年代叙事"为对80年代文学的历史重述提供参照对象与原生场景，从而在二者的相互促进中达到对80年代的重新认识与深入理解。这不仅是文学创作的重要的深化路径，同时也是文学史重述的重要命题。

结　语

　　80年代不是历史坐标轴上的一个可有可无、无足轻重的时间段，也不仅仅是中国改革开放与现代化的起始阶段，而是一个充斥着诸多矛盾性的庞大而繁杂的意义综合体。80年代在渐行渐远的历史文化时空背景下逐渐膨胀为一个无所不包的巨大能指，成为凝聚着特定历史记忆与社会情绪的精神向标与文化符号，发挥着象征与隐喻的功能。

　　80年代末90年代初的社会转型与时代断裂使得80年代的历史就此中断，但80年代及其所代表的80年代精神却并未就此终结。80年代依然顽强地留存在人们的精神躯体中，影响着人们的意志、行为、思想、情感。无论是动情地追慕与怀旧，还是尖刻地反思与批判，80年代都是20世纪90年代以来一个挥之不去的巨大历史背影。20世纪90年代以来关于80年代的史料、回忆录、访谈录以及研究著作的大量开掘与出现又不断加固与强化人们对于80年代的认识。同样，本书"论20世纪90年代以来小说对'80年代'的叙述"这一研究亦可看作20世纪90年代以来日趋成熟的"80年代学"的一个重要组成部分，由于文学叙事的形象性、多义性、隐喻性等特征，它在呈现80年代历史原貌、表述思想方面具有自身的巨大价值和无可替代的优势。

　　随着80年代的渐行渐远，关于80年代叙事的小说也日趋充实与丰沛，无论作家自觉与否，它都是人们进入80年代研究与20世纪90年代以来文学研究的一座宝贵的矿藏。具体而言，20世纪90年代以来叙述80年代的小说的价值和意义表现为：第一，20世纪90年代以来的社会文化背景催生了"80年代叙事",而反过来透过20世纪90年代以来小说的"80年代叙事"可以进一步了解20世纪90年代以来深层的时代逻辑与文化脉动。即通过对20世纪90年代以来如何理解、想象与建构80年代的考察,更好地理解"讲述话语的年代"。第二,20世纪90年代以来小说的"80年代叙事"对于消除我们对80年代本质化、一元化的理解具有重要作用,它是我们重新认识80年代丰富博杂的历史面貌的一扇窗口。第三,20世纪90年代以来小说的"80年代叙事"是我们反观80年代小说的"80年代叙事"的价值与局限进而重新反思80年代文学的重要媒介。第四,20世纪90年代以来小说的"80年代叙事"对于理解20世纪90年代之于80年代的断裂与延续的复杂关系具有重要的历史与思想意义。第五,在概括20世纪90年代以来叙述80年代的小说的审美内涵、叙事价值以及局限的基础上,我们可以进而透视20世纪90年代以来文学的整体格局与时代征候。第六,20世纪90年代以来叙述80年代的小说相对于80年代叙述80年代的小说的变化,可以帮助我们了解作家历史观念、创作心态、表现方式、叙事策略等维度的变迁。

　　在当下的思想史与文学史研究中,20世纪90年代以来小说的"80年代叙事"这一矿藏并未得到应有的重视与开掘。本书关于20世纪90年代以来小说的"80年代叙事"研究希望能起到抛砖引玉的作用。本书分别从叙事意图与话语、叙事题材与思想意识、叙事价值与局限等层面对20世纪90年代以来叙述80年代的小说进行了综合性的思想研究与审美把握,主要解决20世纪90年代以来为什么出现"80年代叙事"、"80年代叙事"从哪些维度对80年代进行重新理解、反映了作家怎样的思想观念与文化意识以及叙述得怎么样等问题。不过,本书关于"80年代叙事"的研究只是开了个头,还有较多的学术空间留待开拓:第一,由于本书是关于20世纪90年代以来叙述80年代的小说的总体性研究,因此对于单个重要作家的80年代意识、历史观念等并未做出专门研究。第二,由于叙事意图的多样性、叙事话语的多维性以及叙事主题的复杂性等原因,20世纪90年代小说所呈现的80年代是多元复杂、矛盾冲突的意义结合体,因此本书也并未试图从中抽象出一个面貌清晰、价值明确的80年代，对80年代还有待进一步研究。第三，由于学术视野的限制，本书是关于20世纪90年代以来小说对80年代的叙述的研究，而对一些回忆性的散文、回忆录、文学批评的广义上的"80年代叙事"却较少涉及，而通过对这些对象的研究，无疑可以拓展我们的视域，丰富与加深我们对80年代的理解。

参考文献

一 著作类

[澳] C. 贝汉·麦卡拉:《历史的逻辑:把后现代主义引入视阈》,张秀琴译,北京师范大学出版社 2008 年版。

[美] E. 希尔斯:《论传统》,傅铿、吕乐译,上海人民出版社 1991 年版。

[加] William Sweet 编:《历史哲学:一种再审视》,魏小巍、朱舫译,北京师范大学出版社 2008 年版。

[匈] 阿格尼丝·赫勒:《日常生活》,衣俊卿译,重庆出版社 1990 年版。

[意] 安东尼奥·葛兰西:《狱中札记》,葆煦译,人民出版社 1983 年版。

[德] 奥斯瓦尔德·斯宾格勒:《西方的没落——第二卷·世界历史的透视》,吴琼译,上海三联书店 2006 年版。

[法] 波德里亚:《消费社会》,刘成富、全志钢译,南京大学出版社 2000 年版。

[法] 布尔迪厄:《文化资本与社会炼金术》,包亚明译,上海人民出版社 1997 年版。

[法] 达尼洛·马尔图切利:《现代性社会学:二十世纪的历程》,姜志辉译,译林出版社 2007 年版。

[美] 丹尼尔·贝尔:《资本主义文化矛盾》,赵一凡等译,生活·读书·新知三联书店 1989 年版。

[美] 杜赞奇:《文化、权力与国家——1900—1942 年的华北农村》,王福

明译，江苏人民出版社 1996 年版。

［德］斐迪南·滕尼斯：《新时代的精神》，林荣远译，北京大学出版社 2006 年版。

［美］弗雷德里克·詹姆逊：《时间的种子》，王逢振译，江苏教育出版社 2006 年版。

［美］古德纳：《知识分子的未来和新阶级的兴起》，顾晓辉、蔡嵘译，江苏人民出版社 2002 年版。

［法］古斯塔夫·勒庞：《乌合之众——大众心理研究》，冯克利译，广西师范大学出版社 2007 年版。

［德］哈拉尔德·韦尔策编：《社会记忆：历史、回忆、传承》，李斌、王立君、白锡堃译，北京大学出版社 2007 年版。

［美］海登·怀特：《后现代历史叙事学》，陈永国、张万娟译，中国社会科学出版社 2003 年版。

［美］海登·怀特：《形式的内容：叙事话语与历史再现》，董立河译，文津出版社 2005 年版。

［美］汉娜·阿伦特：《黑暗时代的人们》，王凌云译，江苏教育出版社 2006 年版。

［美］汉娜·阿伦特：《极权主义的起源》，林骧华译，生活·读书·新知三联书店 2008 年版。

［日］加藤节：《政治与人》，唐士其译，北京大学出版社 2003 年版。

［英］吉登斯：《现代性与自我认同：现代晚期的自我与社会》，赵旭东、方文译，生活·读书·新知三联书店 1998 年版。

［英］安东尼·吉登斯：《现代性的后果》，田禾译，译林出版社 2000 年版。

［美］卡尔·博格斯：《知识分子与现代性的危机》，李俊、蔡海榕译，江苏人民出版社 2006 年版。

［德］卡尔·曼海姆：《意识形态和乌托邦》，艾彦译，华夏出版社 2001 年版。

［德］康德：《康德历史哲学论文集》，李明辉译，台湾联经出版事业公司 2002 年版。

［美］柯文：《历史三调：作为事件、经历和神话的义和团》，杜继东译，江苏人民出版社 2000 年版。

［法］利奥塔：《后现代状况：关于知识的报告》，岛子译，湖南美术出版社 1996 年版。

［法］罗兰·巴尔特：《符号学原理：结构主义文学理论文选》，李幼蒸译，生活·读书·新知三联书店 1988 年版。

［法］罗兰·巴尔特：《符号学历险》，李幼蒸译，中国人民大学出版社 2008 年版。

［英］马克·柯里：《后现代叙事理论》，宁一中译，北京大学出版社 2003 年版。

［联邦德国］马克思·霍克海默、特奥多·阿多尔诺：《启蒙辩证法》，洪佩郁、蔺月峰译，重庆出版社 1990 年版。

［德］马克斯·舍勒：《资本主义的未来》，刘小枫编，罗悌伦等译，生活·读书·新知三联书店 1997 年版。

［德］马克斯·舍勒：《价值的颠覆》，刘小枫编，罗悌伦等译，生活·读书·新知三联书店 1997 年版。

［美］麦克洛斯基等：《社会科学的措辞》，许宝强等编译，生活·读书·新知三联书店 2000 年版。

［英］迈克·费瑟斯通：《消解文化——全球化、后现代主义与认同》，杨渝东译，北京大学出版社 2009 年版。

［捷克］米兰·昆德拉：《被背叛的遗嘱》，孟湄译，上海人民出版社 1995 年版。

［捷克］米兰·昆德拉：《小说的艺术》，董强译，上海译文出版社 2004 年版。

［法］米歇尔·福柯：《疯癫与文明：理性时代的疯癫史》，刘北成、杨远婴译，生活·读书·新知三联书店 1999 年版。

［法］米歇尔·福柯：《规训与惩罚：监狱的诞生》，刘北成、杨远婴译，生活·读书·新知三联书店 1999 年版。

［美］莫里斯·迪克斯坦：《伊甸园之门——六十年代的美国文化》，方晓

光译,译林出版社 2007 年版。

［德］尼采:《历史的用途与滥用》,陈涛、周辉荣译,上海人民出版社 2000 年版。

［法］皮埃尔·布迪厄:《艺术的法则:文学场的生成和结构》,刘晖译,中央编译出版社 2001 年版。

［英］齐格蒙特·鲍曼:《立法者与阐释者:论现代性、后现代性与知识分子》,洪涛译,上海人民出版社 2000 年版。

［英］齐格蒙特·鲍曼:《流动的现代性》,欧阳景根译,上海三联书店 2002 年版。

［法］热拉尔·热奈特:《叙事话语 新叙事话语》,王文融译,中国社会科学出版社 1998 年版。

［英］塞西尔:《保守主义》,杜汝楫译,商务印书馆 1986 年版。

［美］史蒂文·塞德曼编:《后现代转向:社会理论的新视角》,吴世雄等译,辽宁教育出版社 2001 年版。

［美］斯蒂芬·贝斯特、道格拉斯·科尔纳:《后现代转向》,陈刚等译,南京大学出版社 2002 年版。

［斯洛文尼亚］斯拉沃热·齐泽克等:《图绘意识形态》,方杰译,南京大学出版社 2002 年版。

［美］苏珊·桑塔格:《疾病的隐喻》,程巍译,上海译文出版社 2003 年版。

［英］特里·伊格尔顿:《历史中的政治、哲学、爱欲》,马海良译,中国社会科学出版社 1999 年版。

［英］特里·伊格尔顿:《后现代主义的幻象》,华明译,商务印书馆 2000 年版。

［英］托斯·艾略特:《艾略特文学论文集》,李赋宁译,白花洲文艺出版社 1994 年版。

［美］王德威:《想像中国的方法》,生活·读书·新知三联书店 1998 年版。

［美］微拉·施瓦支:《中国的启蒙运动——知识分子与五四运动》,李国英等译,山西人民出版社 1989 年版。

［法］西尔维娅·阿加辛斯基:《时间的摆渡者》,吴云凤译,中信出版社

2003年版。

［英］以赛亚·伯林：《扭曲的人性之材》，岳秀坤译，译林出版社2009年版。

［美］詹明信：《晚期资本主义的文化逻辑》，张旭东编，陈清侨等译，生活·读书·新知三联书店1997年版。

［美］张英进：《影像中国：当代中国电影的批评重构及跨国想象》，胡静译，上海三联书店2008年版。

［法］朱利安·班达：《知识分子的背叛》，上海世纪出版集团2005年版。

［英］朱利安·沃尔弗雷斯编著：《21世纪批评述介》，张琼、张冲译，南京大学出版社2009年版。

北岛、李陀主编：《七十年代》，生活·读书·新知三联书店2009年版。

陈晓明：《剩余的想象——九十年代的文学叙事与文化危机》，华艺出版社1997年版。

陈晓明：《文学超越》，中国发展出版社1999年版。

陈彦：《中国之觉醒：文革后中国思想演变历程1976—2002》，香港：田园书屋2006年版。

程光炜：《文学史研究的兴起》，福建教育出版社2008年版。

程光炜：《文学讲稿："八十年代"作为方法》，北京大学出版社2009年版。

崔卫平：《我们时代的叙事》，花城出版社2008年版。

戴锦华：《隐形书写》，江苏人民出版社1999年版。

甘阳主编：《八十年代文化意识》，上海人民出版社2006年版。

高瑞泉、杨扬等：《转型时期的精神转折——"新时期"以来中国社会思潮及其走向》，上海古籍出版社2008年版。

公羊编：《思潮：中国的"新左派"及其影响》，中国社会科学出版社2003年版。

顾准：《顾准日记》，经济日报出版社1997年版。

韩少功、王尧：《韩少功王尧对话录》，苏州大学出版社2003年版。

何清涟：《现代化的陷阱》，今日中国出版社1998年版。

贺照田编：《后发展国家的现代性问题》，吉林人民出版社2002年版。

黄平、姚洋、韩毓海：《我们的时代——现实中国从哪里来，往哪里去？》，中央编译出版社 2006 年版。

洪子诚：《问题与方法：中国当代文学史研究讲稿》，生活·读书·新知三联书店 2002 年版。

洪子诚等：《重返八十年代》，程光炜编，北京大学出版社 2009 年版。

季红真：《文明与愚昧的冲突》，浙江文艺出版社 1986 年版。

金元浦、陶东风：《阐释中国的焦虑——转型时代的文化解读》，中国国际广播出版社 1999 年版。

旷晨、潘良编著：《我们的八十年代》，广西人民出版社 2004 年版。

蓝爱国：《游牧与栖居——当代文学批评的文化身份》，中国社会科学出版社 2005 年版。

李泽厚、刘再复：《告别革命》，香港天地图书 1996 年版。

李世涛主编：《知识分子立场——激进与保守之间的动荡》，时代文艺出版社 2000 年版。

李世涛主编：《知识分子立场——自由主义之争与中国思想界的分化》，时代文艺出版社 2000 年版。

李杨：《文学史写作中的现代性问题》，山西教育出版社 2006 年版。

廖炳惠编著：《关键词 200：文学与批评研究的通用词汇编》，江苏教育出版社 2006 年版。

林白：《像鬼一样迷人》，陕西师范大学出版社 1998 年版。

林道群、吴赞梅编：《告别诸神：从思想解放到文化反思 1979—1989》，牛津大学出版社 1993 年版。

刘军宁：《保守主义》，天津人民出版社 2007 年版。

刘小枫：《现代性社会理论绪论》，上海三联书店 1998 年版。

刘小枫：《沉重的肉身：现代性伦理的叙事纬语》，华夏出版社 2004 年版。

刘旭：《底层叙述：现代性话语的裂隙》，上海古籍出版社 2006 年版。

刘志荣：《潜在写作》，复旦大学出版社 2007 年版。

路文彬：《历史想像的现实诉求——中国当代小说历史的承传与变革》，百花洲文艺出版社 2003 年版。

陆学艺等：《中国农村现代化道路研究》，广西人民出版社1998年版。
卢周来：《穷人的经济学》，上海文艺出版社2002年版。
罗岗、倪文尖编：《90年代思想文选》，广西人民出版社2000年版。
孟繁华主编：《九十年代文存》，中国社会科学出版社2001年版。
秦英君：《当代中国哲学思想史》，河南大学出版社2000年版。
秦晖、苏文：《田园诗与狂想曲》，中央编译出版社1996年版。
孙立平：《转型与断裂：改革以来中国社会结构的变迁》，清华大学出版社2004年版。
陶东风：《社会转型与当代知识分子》，上海三联书店2001年版。
王安忆：《王安忆说》，湖南文艺出版社2003年版。
王斑：《全球化阴影下的历史与记忆》，南京大学出版社2006年版。
王绍光：《理性与疯狂：文化大革命中的群众》，牛津大学出版社1993年版。
王晓梅编著：《记忆长河：怀旧八十年代》，中国电影出版社2005年版。
王晓明编：《人文精神寻思录》，文汇出版社1996年版。
王尧：《一个人的八十年代》，华东师范大学出版社2009年版。
王岳川：《中国镜像》，中央编译出版社2001年版。
新京报编：《追寻80年代》，中信出版社2006年版。
徐贲：《走向后现代与后殖民》，中国社会科学出版社1996年版。
徐晓主编：《民间书信：1966—1976》，安徽文艺出版社2000年版。
徐友渔：《自由的言说》，长春出版社1999年版。
许纪霖、罗岗等：《启蒙的自我瓦解：20世纪90年代以来中国思想文化界重大论争研究》，吉林出版集团有限责任公司2007年版。
许志英、丁帆主编：《中国新时期小说主潮》，人民文学出版社2002年版。
燕凌斯：《公正地对待历史》，群众论坛出版社2006年版。
杨健：《文化大革命中的地下文学》，朝华出版社1993年版。
杨念群：《昨日之我与今日之我：当代史学的反思与阐释》，北京师范大学出版社2005年版。
衣俊卿：《现代化与文化阻滞力》，人民出版社2005年版。
杨庆祥等：《文学史的多重面孔：八十年代文学事件再讨论》，程光炜编，北京大学出版社 2009 年版。

尹昌龙：《1985——延伸与转折》，山东教育出版社 1998 年版。

查建英主编：《八十年代访谈录》，生活·读书·新知三联书店 2006 年版。

张光芒：《中国当代启蒙文学思潮论》，上海三联书店 2006 年版。

张京媛编：《新历史主义与文学批评》，北京大学出版社 1993 年版。

张钧：《小说的立场》，广西师范大学出版社 2002 年版。

张鸣：《乡村社会权力和文化结构的变迁（1903—1953）》，广西人民出版社 2001 年版。

张清华：《境外谈文——中国当代文学中的历史叙事》，花山文艺出版社 2004 年版。

张文杰等编译：《现代西方历史哲学译文集》，上海译文出版社 1984 年版。

张文红：《伦理叙事与叙事伦理》，社会科学文献出版社 2006 年版。

张新颖：《栖居与游牧之地》，学林出版社 1994 年版。

张寅德编：《叙述学研究》，中国社会科学出版社 1989 年版。

赵静蓉：《抵达生命的底色》，广西师范大学出版社 2005 年版。

朱学勤：《思想史上的失踪者》，花城出版社 1999 年版。

二　论文类

丁帆：《"现代性"与"后现代性"同步渗透中的文学》，《文学评论》2001 年第 3 期。

李敬泽：《穿越沉默——关于"七十年代人"》，《当代作家评论》1998 年第 4 期。

刘淳：《青春在激情中燃烧》，《收获》2008 年第 3 期。

毕光明：《精神的八十年代》，《海南师范大学学报》2007 年第 3 期。

程光炜：《"重返"八十年代文学的若干问题》，《山花》2005 年第 11 期。

程光炜：《重评"先锋文学"》，《文艺研究》2005 年第 10 期。

邓晓芒：《20 世纪中国启蒙的缺陷》，《史学月刊》2007 年第 9 期。

郜元宝：《"于一切眼中看见无所有"》，《小说界》2004 年第 2 期。

甘阳：《八十年代与现代性批判》，《书摘》2006 年第 4 期。

何顿：《写作状态》，《上海文学》1996年第2期。
洪治纲：《苦难记忆的现时回访》，《当代作家评论》1998年第3期。
金观涛：《八十年代的一个宏大思想运动》，《经济观察报》2008年第365期。
李凤亮：《历史境况在复杂与简练之间——米兰·昆德拉的小说历史观》，《华南师范大学学报》2002年第6期。
李春青：《文学的与历史的：对两种叙事方式之关系的思考》，《社会科学辑刊》2006年第6期。
李陀：《破碎的激情与启蒙者的命运》，《读书》1999年第11期。
李新宇：《如何反思八十年代》，《文艺争鸣》2006年第1期。
李杨：《重返八十年代：为何重返以及如何重返就"八十年代文学研究"接受人大研究生访谈》，《当代作家评论》2007年第1期。
廖盛芳：《个体户的忧思》，《粤海风》2007年第2期。
陆学艺：《"农民真苦，农村真穷"？》，《读书》2001年第1期。
孟繁华：《觉醒与承诺——重读〈乡场上〉》，《小说评论》1995年第3期。
朴忠焕：《乡村与都市：当代中国的现代性与城乡差异》，《中国农业大学学报》2007年第2期。
单世联：《告别黑格尔：从张中晓、李泽厚、王元化到顾准》，《黄河》1998年第4期。
王晓娜：《历史叙事的虚构性问题》，《文艺研究》2005年第6期。
吴俊：《瓶颈中的王安忆——关于〈长恨歌〉及其后的几部长篇小说》，《当代作家评论》2002年第5期。
吴义勤：《玉秧》，《当代作家评论》2002年第5期。
吴义勤、房伟：《广场上的风景》，《作家》2005年第8期。
解志熙：《深刻的历史反思与矛盾的反思思维》，《中国现代文学研究丛刊》2002年第2期。
杨胜刚：《没有旗帜的对抗——朱文的写作姿态》，《小说评论》2001年第4期。
张宏：《"新启蒙"吊诡与现代性追问》，《文学评论》2007年第1期。
张景兰：《戏说与解构：20世纪90年代以来"文革"题材小说一瞥》，

《淮海工学院学报》2008 年第 1 期。

张颐武：《"八十年代"的意义》,《北京青年报》2006 年 9 月 3 日。

张颐武：《新保守主义：价值转型的表征》,《中国文化研究》1994 年夏之卷。

张旭东：《重访八十年代》,《读书》1998 年第 2 期。

张未民：《是什么"长势喜人"》,《当代作家评论》2005 年第 6 期。

赵牧：《"重返八十年代"与"重建政治维度"》,《文艺争鸣》2009 年第 1 期。

赵勇：《〈兄弟〉读者八十年代——〈当代文坛〉新设栏目阅读札记》,《文艺争鸣》2008 年第 11 期。

朱航满：《重返八十年代：怀念，或者反思》,《中华读书报》2006 年 5 月 31 日。

后　记

　　本书是在我的博士学位论文的基础上扩充修改而成的。博士学位论文的孕育与成型应该归功于我的博士导师丁帆教授与硕士导师张光芒教授。我于2004年师从张光芒教授攻读硕士时，他正在从事中国当代启蒙思潮与文学思潮的研究，在他的指导下，我也对启蒙思潮特别是作为启蒙思潮复兴的"80年代"产生了浓厚的探究兴趣。我生于80年代，却因为儿时的记忆淡漠而与80年代失之交臂，为此深感遗憾。硕士毕业后我报考了丁帆教授的博士，感谢丁帆老师不嫌我愚钝将我收入门下。期间，中国思想文化界涌现出一股"80年代热"，以查建英的《八十年代访谈录》和程光炜教授主持的"重返八十年代"为代表，他们分别以不同形式，借助新的知识谱系，根据不同的价值理念，形成了各自对80年代的思想、文化、文学的重新阐释与评价。笔者认为20世纪90年代以来的小说也参与了对"80年代"的反思与建构，而且由于文学作品特有的形象性与感性特征，其对"80年代"的反思较之思想界的理论阐释更富于审美魅力。于是，我决定将研究20世纪90年代以来小说对"80年代"的叙事作为博士学位论文的选题。当我向丁老师表达我的选题意向时，他对我的论题表示了肯定与支持，并提醒我注意研究的价值立场。此后，从论文选题的最终确立到论文逻辑结构的成型到论文的具体写作，都离不开丁老师的悉心指导。还记得提交论文初稿后，丁老师给我写了满满一页的修改意见，包括篇章结构的调整，行文表述的商榷、漏缺参考文献的补充等，而这是他于百忙之中在飞机上完成的，真的让我非常感动。

　　本研究亦可看作20世纪90年代以来日趋成熟的"80年代学"的一

个重要组成部分,由于文学叙事的形象性、多义性、隐喻性等特征,它在呈现80年代历史原貌、表述思想方面具有自身的巨大价值和无可替代的优势。本书试图梳理20世纪90年代以来特定的文化时空对于80年代的想象,还原80年代丰富驳杂的历史面貌,凸显20世纪90年代之于80年代的断裂与延续的复杂关系,并概括20世纪90年代叙述80年代的小说之内涵与嬗变轨迹及其所凝聚的深层文化动因、时代审美趋向。具体而言,本书分别从叙事意图与话语、叙事题材与思想意识、叙事价值与局限等层面对20世纪90年代以来叙述"80年代"的小说进行了综合性的思想研究与审美把握,主要解决20世纪90年代以来为什么出现对"80年代"的叙事、这一叙事从哪些维度对80年代进行重新理解、反映了作家怎样的思想观念与文化意识以及叙述的怎么样等问题。

对于该论题的研究还有较多的学术空间留待开拓,比如对单个重要作家的80年代意识、历史观念的专门研究,对一些回忆性的散文、回忆录、文学批评等广义上的"80年代叙事"的研究等。通过对这些对象的研究,可以拓展我们的视域,丰富与加深我们对"80年代"的理解。这些都将成为我以后研究中拓展和推进的课题。

衷心感谢参加我博士学位论文评阅与答辩的专家:朱晓进教授、王彬彬教授、沈卫威教授、张光芒教授与秦林芳教授。他们对我的论文给予了充分的肯定与悉心的指导,他们宝贵的修改意见为我此后论文的修改与现在的出版指明了方向。

我还要感谢我的先生与我的母亲。先生的辛勤工作使我不为生活所累,有余心沉潜下来进行阅读与思考;母亲辛苦地帮我抚养与照顾两个儿子,使我有余力继续从事学术研究。你们辛苦了!

江苏省青蓝工程优秀青年骨干教师项目与南京晓庄学院社科处的配套基金为本书的出版提供了经费支持,中国社会科学出版社的陈肖静女士为本书的出版付出了大量辛勤的劳动,在此,表示诚挚的谢意。

童 娣

2015 年重阳日